文芸社セレクション

鏡の色は何色／メルヘンストリート

北村 誠

KITAMURA Makoto

文芸社

目次

メルヘンストリート

鏡の色は何色

1・闇の世界へ

夕暮れの街、白いガードレールに足をブラブラさせた女の子が座っていました。紫色の髪が肩にかかり、白いフリルのついたもも色のワンピースに銀色のブーツを履いています。白い肌、そして薄緑色の瞳。ガードレールの後ろをヘッドライトを灯した車が何台も通り過ぎていきます。その度に、ヘッドライトに照らされる不思議な子、でも街行く人は誰も気がつかないようです。

立ち並ぶビルの谷間は薄暗くなりかけていました。まだ夕日は沈んではいないはずなのに。夕焼けをバックに黒々とそびえる高層ビル群の大きな影が街全体を覆っていました。ビルの底の通りには色とりどりのネオンがきらめき、街灯が灯り始めたその街並みは、そこだけ見れば華やかできれいなものです。春風に誘われて街へ出かけてきた人たちは、足取りも軽やかにあちらこちらで笑い声をあげていました。そんな中で落とし物でも探すようにキョロキョロと道ばかり見回しながら歩いている男の子の姿がありました。マー君です、マー君はスミレの花を探していたのです。

『こんなところにスミレが咲いているわけがない』

そう思いながらもあきらめることができず、日が沈もうとするこんな時間になってしまいました。

それはついこの間の事でした。扉の開け放たれた子供部屋の中、そこにあるゲーム機のモニターの前にゲームコントローラーを握りしめ、あぐらをかいたマー君が座り込み、スピーカーからは悲しげなメロディーが流れていました。モニターの画面には『パーティーが全滅しました。もう一度戦う／敵のレベルを落として戦う／タイトルに戻る』の選択肢が表示され点滅しています。

「強すぎなんだよ、このラスボスは」

（ラスボス：ラストボスの略。ビデオゲームなどにおいて最後に登場するボスキャラクター。一般的にはラスボスを倒すことがゲームの最終的な目的となっている）

ゲームコントローラーを放り投げて、大の字に寝転がったマー君が愚痴をこぼしました。ビデオゲームに夢中になり、もう何度も同じ戦闘を繰り返しているのに、どうしても勝てないラスボスに阻まれて、ラストステージがクリアできずにもがいていたからです。一人っ子のマー君は学校が終わると真っ直ぐマンションへ帰り、大抵はゲームで遊ぶのが日課でした。他の子も似たようなもので、野外で遊んでいる子供の姿はこの街ではもう見られませんでした。

「ゲームにもいい加減飽きたし、ムーミン谷のような素敵な場所でかわいらしい妖精の子たちと知り合って、自然の中で遊んでみたいけどな、でも映画の中だけだもんな、そんな世界は」

先日、『ムーミン谷の仲間たち』という映画を見たのです。北欧の何処かにあるムーミン谷の大自然の中で様々な不思議な妖精たちが繰り広げるファンタジー作品でした。世界的にも名作といわれる物語です。マー君も本では読んでいたのですが、映像としてあらためて触れると、コンクリートとアスファルトで出来ているこの街には無い魅力に強く惹かれました。四季折々の風と光の風景、美しくそして心優しい登場人物のみずみずしさに憧れたのです。初めてムーミンの本を手にした時の事を懐かしく思い出しました。挿絵に描かれているムーミンを見てマー君はカバの話だと思いました。ところがそれは違っていました、ムーミントロールと言う妖精だったのです。他にも沢山の仲間が登場していました。映像になった映画の中の世界では、思わず見とれてしまうような可憐なかわいらしい妖精たちもたくさん登場していたのでした。

「ふーっ」

思わずついて出た大きなため息が、子供部屋の前を通りかかったおばあちゃんの耳に届きました。

「おやおやなんだいマー君、遊び盛りの子供がため息ついて、心配事でもあるのかい」

「なんでもないよ」

そう答えて、おばあちゃんが次に言うだろう言葉を拒むようにドアを閉めました。そうしながら、何度となく聞かされてきたおばあちゃんの昔話をあらためて思い出していました。南向きのおばあちゃんの部屋、その暖かな陽だまりの中でまどろみながら何度も聞いた話は、マー君の胸に刷り込まれていました、そう、スミレの話です。

『いいかい、何かお願い事がある時はスミレの花に頼めばいい。なあに方法は簡単さ、スミレの花を摘んできてな、よーくお願い事を頼んでから、その花びらをお茶の上に浮かべて、またよーくお願い事を念じながら飲めばいいのさ。ほのかなスミレの香りのするお茶はおいしくておばあさんは春になるとよく飲んだもんだよ、効き目もあったしね……昔は、そうそう、今ビルが立ち並んでいるあたりは広い原っぱでね、春になると一面紫色に見えるくらいスミレが咲いていたんだよ、それはそれはきれいだったね。それにね、子供たちはいつもスミレの原っぱで遊んでいたよ。缶けりとか、ダルマさんがころんだとか。今の子供たちには遊び場がないから、ちょっとかわいそうだね』

マー君にはお願い事がありました、ムーミン谷のような大自然に囲まれた場所で、妖精のような素敵な子と知り合って、友達になりたい。だからどうしてもスミレの花が欲しかったのです。下ばかり見て歩いていたマー君は急ぎ足で歩いてきたおじさんにぶつかり、その勢いで歩道に転げてしまいました。

「どこ見て歩いてんだ」

おじさんはそう言い残して人ごみの中へ消えました。そのおじさんはたいして気にもせずそう言ったのかも知れません。でもマー君のその時の気持ちとしては心にしみました。何も悪いことはしていない、なのに、あんなふうに言われるのか、おじさんのその捨て台詞に心が乱れました。

「あるわけないよ、こんな所に」

歩道に手をついたままふっと横を見ると、街路樹のイチョウが植えられた囲みがあり、土が露出している部分がありました。そこに、図鑑で見た見覚えのある花があったのです。細長いハート型の葉っぱ、濃い紫の花弁、まぎれもないスミレの花が一輪咲いていたのでした。

「あった」

マー君がそっと手を伸ばした時です。

「まって！」

ビクッとしてあたりを見回してもそれらしい人はいません、また手をのばすと、

「その花を摘まないで、一輪しか咲かせられなかったの、だから摘まないで！」

今度はもっとはっきりと聞こえました。凛とした女の子の声でした。

「誰、どこにいるの」

「ここよ」

声の方へ顔を向けると、いつの間にかすぐ横の白いガードレールに足をブラブラさせた女の子が座っていました。紫色の髪が肩にかかり、白いフリルのついたもも色のワンピース、そして銀色のブーツを履いていました。白い肌、薄緑色の瞳がじっとマー君を見つめていたのです。

「君は誰？」

「私は、マ・ム・ル」

「どこから来たの？」

マムルは答えずに微笑みました、マー君は重ねて問いかけました。

「何してるの、スミレの花を見張ってるの？」

「その前に名前を教えて」

「ボクはマー君て呼ばれてる」

マムルの髪が車の巻き起こした風に舞い上がります。引っ切りなしに、白いガードレールの後ろを車が行きかっていました。

「マー君が来るのを待ってたの、ずーっと、ずーっと待ってたの」

少しの間言葉を失い、大きな音をたててつばを飲み込みましたが、一呼吸置いて気を取り直しました。

「どうして、ボクが来ることがわかってたの」

「ここに咲いているスミレに気づいてくれる人を待ってたの、その人にお願いがあるから」

ガードレールに腰掛けて目線の低いマムルの、薄緑色の大きな瞳は上目がちに、街の光の反射でキラキラとした紫色の前髪の間から、真っ直ぐマー君に注がれていました。

「ちょっとまって、スミレにお願い事をしようと思って探してたのはボクのほうだよ」

マムルは動揺するマー君とは反対に、ゆっくりとこう言いました。

「あのね、右手を見せてほしいの」

マー君は言われた通りに、恐る恐る右手を差し出すと、マムルは小首をかしげて手首の辺りをさすりました。

「何？」

マー君が思わずたずねると、マムルが首を小さく横に振りながら視線をあげ、マー君を見つめてつぶやきました。

「腕輪は無い、でも、私と……一緒に来てくれる」

その声音は、訴えかけるようなそんな響きを含んでいました。でも、こんなに不思議なかっこうをした子がいるのに道行く人は誰も振り返りません。

『おかしいな、他の人にはこの子が見えないのかな』

マー君の頭を、そんな思いもかすめたのです。そうして二人は少しの間、心の中を覗くように、互いの瞳を見つめ合っていました。最初は体を強張らせたマー君も、マムルの曇りのないつぶらな瞳を見ているうちに、

『願い事があるって言ってたな、この子のお願い事、ボクに出来る事なら』

そんな気持ちになりかけていました。

「私と……一緒に来てくれる」

ちょっと首をかしげてマムルがまたそう聞きました。マムルのすぐ後ろを何台もの自動車のライトが交差し、そんなガードレールに向き合って立っているマー君に、不思議な物でも見るような視線を投げかけて、人々が通り過ぎていきます。

「そんなところに何時までも腰掛けてたら危ないよ」

にぎやかな夕暮れの街、不思議な女の子、少し悲しげな瞳、不思議な感覚にとらわれたまま、マー君はいつの間にかうなずいていました。

「マー君の気の変わらないうちに」

そう言いながらガードレールからピョンと降りたマムルがマー君の手を取り、目の前にある大きなイチョウの木を眩しそうに眺めて立ちました。並んで立つと二人の背丈は同じくらいでした。木の後ろに青白い強い光を放つ水銀灯が立っているため、大きなイチョウはいっそう大きく高く黒々とあかね空にそびえ、葉と葉の間をキラキラと輝かせて二人を見下ろしていました。マムルが手の平でイチョウの幹をなでるようにすると、その手はスーッと木の中へ、続いて体も、マムルの手に引かれたマー君の視界に、道路の向こう側の電光掲示板がチラッと見えました。

『5月10日、午後6時21分、そうだ、そろそろ家に帰らなきゃ』

そう思った次の瞬間、イチョウの中へ消えようとするマムルの手に引かれるままマー君の体も木の中へ、そして、溶けるように消えて行きました。

二人の姿が見えなくなっても、イチョウの木は何事も無かったかのようにかすかな葉擦れの音を立てていました。

マー君とマムルはほんのりと明るい木の中の空洞、そこに続いている螺旋階段をゆっくりと下りていきながら遠くの物音のような街のざわめきが、だんだん小さくなっていくのを聞いていました。

「どこへ行くの」

マー君の声は狭い空間に響き、コッッコツッというマムルのブーツの踵が木の階段を叩く音が、メトロノームのように時を刻んでいました。

「私たちの、閉じ込められた世界へよ」

「いつになったらそこへ着くの」

「このかすかな明かりさえ届かなくなって真っ暗になったら、そこが私たちの世界なの」

「そこにはマムルの友達がいるの」

「たくさんいるの、でもみんな眠ったまま永遠に目を覚ますことがないわ」

うつむいたマムルの瞳に、わずかながら陰りがさしました。

「そうだ、さっき言ってたお願い事ってなあに」

「あのね、鏡の色は何色か探してほしいの」

ちょっとの間、キョトンとしたマー君でしたが、すぐに笑顔に戻って言いました。

「何だ、そんなことか」

「マー君知ってるの」

うつむいていたマムルは声を弾ませてマー君の顔をのぞき込みます。

「じゃあ、ミカンは何色?」

「ミカン色よ」

「空は?」

「空色ね」

「それなら鏡は、」

「待って、鏡色なんて言わないでよ」

「どうしてさ、鏡は鏡色に決まってるじゃないか」

「マー君たら、それなら鏡色ってどんな色？」

不意に立ち止まり、マー君に向き直ったマムルがほっぺたを膨らませました。

「どんな色かなあ」

マー君は照れくさそうにペロッと唇をなめたのでした。

「でも、なんでそんなことが知りたいの」

二人の下りて行く階段はもう足元がやっと見えるくらい、そんな中でマムルの顔が白く浮かび、マー君はその大きな目のあたりをジッと見つめました。

「そうね、最初から話さなくちゃね。何年くらい前までかしら、私たちの世界は太陽の光に満ちていたの。本当に美しく楽しい世界だったのよ。私たちは春を飾るのが仕事だったわ、毎年風が暖かくなると眠りから覚めて、そしてあたり一面を紫色に染めて甘い香りをふりまくの。そよ風が体をくすぐる、青い空、白い雲、チョウやミツバチも飛び回っていたわ。夏になるとまた別の仲間たちが赤や黄色にあたりを塗り替えていくのよ。あかね雲が赤トンボを呼んでくると秋。私たちの世界では季節の移り変わりがはっきりとわかるの、満月の光を浴びて虫の声を聞きながら次の春までの眠りにつく、春は必ずまた訪れる、そんな自由な一年の繰り返しだったわ。でもある春の事、雪解けが終わったばかりの私たちの世界、そろそろ目を覚まそうとしていた頃、ゴーゴーという地鳴りが聞こえてきたの。初めは遠くから、そしてだんだん近くへ、闇の怪物アスファルドンがやって来たのよ。アスファルドンは私たちから太陽を奪ってしまった、アッという間に私たちを埋め尽くし、その日から二度と太陽を見ることはなかったの。私たちは眠りにつき長い年月が過ぎたわ、それでも私たちは夢の中でも信じて待ち続けた、アスファルドンの滅びる日が来る、そして私たちの世界に再び太陽の光が届くようになると、でもだめだったの。だけど私だけはあるとき目を覚ましたの、体は動かなかったけれど、意識だけは目覚めた。そして私は、ずーっと太陽に祈り続けたの、そしてやっと太陽の声を聞くことができた。こう言っていたわ」

『大地の子供よ、よく聞くがよい。闇に閉じ込められたお前たちを救う方法が一つ見つかった。光のトンネルを通すのだ、そのためには星、月、太陽の光の結晶を集めておくれ、そして鏡の色は何色か、その答えを探しなさい。それがわかった時、私の力は何百倍にも膨らんで光のトンネルを呼び出す事ができる、そのトンネルを通してお前たちを救い出せるだろう』

その時この手鏡が目の前に現れたの。いつの間にかマムルの手には小さな手鏡が握られていました。それは銀の手鏡で手の平より少し小さなガラスの鏡がはめられており、取っ手の部分には三つの穴が開いていていました。

「そして私は、イチョウの木の助けを借りてやっとの思いで地上へ出て、スミレに気づいてくれる人が来るのを待ってたの」

マムルが話し終えた時、階段もちょうどそこで終わっていました。何も見えない闇の中、マー君がおでこをぶつけた扉を、手さぐりで押し開けるとやっぱり真っ暗な世界でした。

2・星の光の結晶

「ここがそうなの」

「そう、ここが私の居た場所」

枯れ葉の匂いがする少し冷たい微かな風が流れています。マー君がぐるっと見回すと、遠くの地平線のほうが夜明けのようにわずかに明るく見えていました。

「あそこから先はまだアスファルドンの魔力の及ばない所なの、でもあの光も少しずつ小さくなっているわ、アスファルドンの魔力がだんだん広がっているから」

マムルの声は小さく震えていました。そんなマムルの様子を見て、マー君は背中に寒気が走るのを感じました。マムルに一緒に来てくれるよう頼まれた時、夕暮れ時の少し幻想的な雰囲気に、飲まれてしまっていたのかも知れないと思い始めていたのです。

『夕暮れ時には、不思議な事が起こるって昔から言うんだよ、逢魔が時って言ってね』

いつか聞いたおばあちゃんの言葉を思いだしました。昼から夜に移り変わる、薄暗くなる夕方の時間帯を『逢魔が時』と言って、魔物や妖怪に出会う事があるのだと。スミレを探していた夕暮れの街で実際に不思議な体験をして、そして不思議な場所についてみると、あらためて現実として受け入れがたい気持ちが胸の中に芽生えたのでした。

『明日持っていく算数の宿題はどうしよう』

フッと思いました。でも、隣にはマムルと名乗る不思議な少女がいて、そして今、目の前には初めて目にする空間が広がっているのです。

『この子は魔物、まさかな』

夢とも現実とも判断がつきませんでした。

『夜になっても家に帰らなかったらおばあちゃんだって心配するよなあ』

そんな思いも頭をかすめました。でも隣にはやっぱりマムルがいるのです。まだマー君の手を握りしめたまま、たたずんでいました。

『この子は妖怪なんかじゃない、たぶん……違う』

握りしめた手の平が温かく命のぬくもりのようなものを感じました。

『妖怪の手が、こんなにあったかいわけないから』

その視線は真っ直ぐに地平線の微かな光を見据えています。マー君はそんなマムルを横目で盗み見ていました。長いまつげが細かく震えています。

『この子は、怖がっている、そうだよ、探し物をして知らないところへ行くのは怖いよ、今のボクも同じだもの』

　自然にそう感じ取りました。でも、小さな弱い生き物がいれば、守ってあげたい、そう思うのは男の子の、純真な本能だったのかも知れません。変化は手を伝わってやってきました。

『とてもあったかいな、マムルの手、おばあちゃんの陽だまりの部屋みたい』

　そう思った時、そのあたたかさが心に芽生えた不安な気持ちを静かに打ち消していくのを感じていました。そしてこの子のお願い事、叶えてあげたい、怖がっているこの子を守ってあげたい、その思いが胸の中に湧き上がり急速に広がっていくのがわかりました。

『これは夢なのかもしれない、でも、もうこの場所に来たんだから、進むしかないじゃないか、夢なら夢でいいから、ここでボクに何が出来るのか、試してみようかな、この子と一緒に』

　そう思った時、自然と言葉が出ていました。

「大丈夫、ボクがきっと答えを探してあげる、行こうよ」

　見つめる先の地平線にはわずかな光があり、後ろは漆黒の闇につつまれた、音さえ吸い込まれてしまいそうな重苦しい空間が広がっているのです。

「でも、私はここより他へ行った事がないの、何があるかもわからないわ、怖いの」

　マムルは両手で肩を抱くようにしてしゃがみ込んでしまい、うつむいたまま小さな声でそう言いました。

「だけどさ、鏡は光のないところでは何も映さない。地平線に見える微かな光、あっちへ行かなきゃ答えは見つからないよ、ボクが一緒に行くんだから、何か起きたら守ってあげるよ、それでも怖い？」

マー君としては、勇気を振り絞った精一杯の一言でした。するど、マムルはゆっくりと首を横に振り、胸元で手の平を祈るように合わせました。すると手の隙間から淡い紫の光がこぼれ、手を離した時マムルの手の平はほんのりと紫の光を放っていました。

「ありがとう、この光はマー君がくれた私の勇気、十分とはいえないけど、明かりが無いよりはいいかな」

マムルがそう言うと、行く手に手の平をかざし、その光を懐中電灯の代わりにして二人は歩き始めました。

「あのね、光のある場所へ行く事も大事だけど、その前に三つの光の結晶を探さなきゃ」

マムルが恐る恐るそう言うと大事そうに持っていた手鏡をマー君に手渡します。銀の手鏡は手の中でズシリと重く、マムルの放つ淡い紫の光を受けて、鈍く光っていました。

「そうか、星と月と太陽の光の結晶って言っていたよね、何か思い当たることはあるの」

「うん、まず星の光の結晶だけど、木の葉に降り注いだ星の光が、結晶になって、蜜と一緒に根に溜まるって聞いたことがあるわ、ここへ来る時通ったイチョウの木のところへ戻ってみない」

さっきまで怖がって震えていたマムルですが、希望につながる太陽の謎かけの事になると本来の調子を取り戻しつつあるようでした。

　マー君は考え事をする時の癖で、目をつぶり右のこぶしでおでこをコツコツ叩いていましたが、目を開けるとこう言いました。

「あそこがボクたちが下りて来たイチョウの木の階段だとすると、ここは大通りの地下でしょ、ここからイチョウの木を見て右の方へ向かうと、大きなケヤキがある噴水広場があったよ、すっごく大きなケヤキの木だからあの木ならそうとうの量の星の光を集めてるんじゃないかな」

「マー君はすごいな、素敵な提案よ、そのケヤキの木へ行ってみましょう」

　声を弾ませたマムル。マー君はそんなマムルの視線を背中に感じていました。不思議な女の子が信頼を寄せてくれたと思うと、なんとなくはしゃいでしまう自分を感じるのでした。

「ただ気をつけなくちゃならないのは、私たちは今は虫くらいに小さいって事、マー君が地上にいた時のイメージ通りには進めないわ」

「ボクたち、小さくなっちゃったの」

「そうなの、イチョウの木を通った時から」

　マー君は自分の手足を見回してみました、特に変わった点は見当たりません、でもそう言われてみればマムルの手の平の明かりに照らされた世界は大きな岩がごろごろ転がっているような場所です。それは自分たちが小さくなったので地面がそんなふうに見えているのだと思えばそんな気もしてきました。この子に出会ってから不思議なことだらけ、もう大抵の事には驚かない、そう心に言い聞かせる事にしました。

「了解、出発」

景気付けに大きな掛け声と共に二人は進み始めました。進むべき方角はわかるのですが虫のような速度でしか進めないという事なので、噴水広場までどのくらいかかるのか見当もつきません。それでもだいぶ進んだと思われる頃、前方にぼんやりした明かりの行列が見えました。

「前方に何か見える、だんだん近づいてくる」

小高い丘に登ったマー君が警戒して小声でマムルにささやきました。その光の行列は更に近づいて来ています。

「あれは、埋められたアリたちの亡霊だわ、闇の中で意識だけが目覚め長い時間じっとしていた時、そばを通るのを何度か見たの、彼らは餌を求めて永遠にさまよっているのよ」

そのアリはほんのりと微かな青い光を帯びていて、体は透き通っておりガラスの生き物のように見えていました。その行進のスピードは思ったより速いのでした。

『そういえば、小さいくせにアリの歩く速さってけっこう速かったな』

マー君はそんな事を思い出していました。やがて触覚の触れ合うガチャガチャという音と、互いに交わすアリの亡霊たちの声が聞こえてきました。

「匂うぞ、獲物の匂いだ、花の蜜の香りもする」

「近いぞ、探せ」

アリの亡霊はもう直ぐそばまで迫っていました。大きさはマー君の腕くらい、すると今のマー君はアリの大きさと比べて、身長1センチと言ったところでしょうか。腕ほどもあるアリの顎に噛まれたら、腕はちぎれてしまうでしょう。とっさにそう判断したマー君は、辺りに目を配りました。その時でした。

『丸まった枯葉の中に隠れるんだ、ほら、そばにあるよね』

「何、マムル、何か言った」

「えっ」

キョトンとしたマムルの肩越しに、枯葉の山が見えていました。マー君はとっさにマムルの腕を引いて、そこにあった枯れて丸まった枯れ葉のトンネルに隠れました。枯れ葉のトンネルの入り口と出口を折り込んでふさいでしまえば直接見つかる事はありません、後は祈るだけです。

『誰かの声が聞こえた……気がするけど』

マー君がそう思い返した時、アリの亡霊は直ぐ横に迫っていました。何かしゃべりそうになったマムルの口を思わず手で塞いでいました。

「この枯れ葉が匂うぞ」

「匂いの元はこれか、それではこれを持って帰ろう」

アリの亡霊たちは枯葉のトンネルを引きずって戻っていきました。枯葉の中ではマー君とマムルは寄り添ってうずくまっていました、気配を悟られないように、声を立てずに揺れに耐えていました。長い事引きずられ、最後は縦穴の中に押し込まれていくようでした。やがて静かになりました。気配からすると地中のアリの巣の中に運び込まれ、その中の部屋の一つに放置されたと思われました。アリの亡霊たちは何処かへ行ってしまったらしく、今は物音一つしません。

「見つからずに済んだね、でもまだ安心は出来ない、たぶんここはアリの巣の中だ、ここから脱出する方法を考えなきゃ、いつ戻ってくるかわからないもんね」

折り込んだ枯れ葉のトンネルの入り口に隙間を開けて、マー君が外の様子をうかがおうとしていました。

「アリの亡霊はいなくなったけど、まだまだ危険な状態って事でしょう、どう外の様子は」

「何故だか明るい」

「本当ね」

マムルも隙間から顔を覗かせました。そこは結構大きな空洞でした。マー君は枯葉のトンネルを出て辺りを調べました。空洞、いいえ、アリの巣の中の部屋なのでしょう、その入り口らしき穴がありました。まず最初に、アリの亡霊が戻ってこないように、その穴を通れないようにする事を考えました。穴は枯れ葉のトンネルがちょうど通れる程の大きさです。マー君の背丈ほどですからそれ程大きくはないので塞いでしまうことは出来そうでした。まず、周辺に散らばっている石や土の固まりを転がして集め、下の方を塞ぎました。次に小石を集めて積み上げました。それだけでは穴に隙間がありましたので、土を塗りこんでなんとか穴を塞ぐことが出来ました。反対側から見れば通路の壁のように見えて直ぐにはここに部屋があったとはわからないでしょう。気がつくまでの時間稼ぎにはなるはずでした。

「まずはこれでよし、アリの亡霊が不意に入ってくる事は防げる」

マー君とマムルは改めて部屋を確認しました。そこは結構広い部屋でした。人間のサイズに当てはめれば体育館ほどの大きさです。部屋の奥には色々な物が積まれていました。ここは食料庫のようです。干からびた果物らしきもの、ドライフルーツです。まさに保存食、道に落ちていたらしいビスケットの破片、おなじくチョコレートのかけら、虫の死骸、それと蜜のような物が入ったペットボトルのキャップがいくつか並べられています、そして干からびたアリの卵らしき物もいくつも積まれていました。その中でも、蜜のような物と干からびた卵が淡い緑の光を放っていたのです。その光で部屋の中はほんのりと明るいのでした。

「もしかして、そうだわ、この緑色は星の光の結晶の輝きよ、星降る春の夜にほんの少し落ちてくるのを見た事があるの、結晶のまま降ることは滅多にない事だけど、これはね、春に目覚める命の息吹きを見守る『星ぼしのやさしさ』を宿した星の光の結晶と呼ばれている物よ。木々は昼間は光合成を行って養分を作るでしょ、夜は葉に降り注いだ、星の光を集めるの、星の光は長い年月をかけて根まで届きそこで木の根の蜜の中に結晶として固まるのよ、アリたちはその蜜を集めるし、女王アリはその蜜を食べる、だからアリの卵の中にも含まれてるのね」

身振り手振りを含めたマムルの説明に聞き入っていたマー君ですが、

「よく知ってるんだね」

つくづくとマムルを見つめました。

「私にとっては普通のことなんだけど、マー君は初めて見聞きするんだものね」

マムルはちょっと照れたようにして、上目線でマー君の表情を見やりました。

「ううん、そうじゃなくてさ、何ていうか、ううん、そういう事は図鑑には書いてなかったなって、もちろん教科書にもだよ、だからその、知らなかったなって……」

「ズカン、キョウカショ、なあに、それ」

マムルはポカンとした目でマー君を見ました。

「ああ、たいしたことじゃないよ、気にしないで、それよりここではボクの知らないことが多いみたい、また教えてね」

「うん、マー君は鏡の色の謎をとく宿題を引き受けてくれたんだもの、なんだって協力するわ」

『郷に入っては郷に従え、これもおばあちゃんの受け売りだけど、こういう事なのかな』

大抵の事には驚かないと心に決めたはずのマー君は、あらためてまたそう思うのでした。

いくつもあるペットボトルのキャップに集められた木の根の蜜、その中には緑色の光を放つ砂のような物が無数に含まれていました。身長1センチのマー君がペットボトルのキャップに溜められた木の実の蜜を上から覗き込むと、まるで星空を覗き込んでいるように思えました。

「甘い、とてもおいしい」

思わず手にとって舐めたマー君が歓声を上げました。そして闇に閉じ込められ、干からびたと思われるマー君の頭よりも大きなアリの卵は、中に電球が入っているのかと思えるような少し大きな光をそれぞれ放っていました。積み重ねられた無数の卵が淡い緑の柔らかな光を放ち、その不思議な光景は神秘的な雰囲気を醸し出していました。その時です。マー君のお尻のポケットに入れられていた手鏡が銀色に光りだしたのです。マー君の後ろ側で、夢中で蜜を舐めていたマムルが最初に気づきました。

「マー君、鏡が光ってる」

マー君が蜜を舐める手を休め、首を回してポケットを見るとズボンの生地を通して鏡が光っているのがわかりました。手にしてみると手鏡のガラスを覆う銀の部分が光っているのでした。

「鏡が何かに反応しているのかな」

干からびた卵が震えだしました。そして蜜のなかの星のような小さな光も少しずつ集まり始めたのです。震えていた卵の中から飛び出した緑の光がマー君とマムルの周りを回り始め、蜜から飛び出した光もそれに加わりました。光の渦はだんだん回転のスピードを上げていきます。二人は声も無くまるで銀河系が回転しているような光の乱舞を見守っていました。やがて渦が小さくなり、全ての光が一つになって、スーッと手鏡の取っ手の部分に開いていた穴の一つに収まったのです。散らばっていた星の光の結晶が消滅したその空間は真っ暗になってしまいました。暗闇の中、マムルの手の平の光を頼りに二人は鏡を覗き込みました。集まった星の光の結晶は、丸い石になって手鏡の穴に収まっています。マー君が何気なく取っ手を握りしめると、鏡の表面から強烈な緑のビームが発射され、手鏡を握りしめたマー君の顔の横をかすめました。

「びっくりした、すごいや、取っ手を握るとビームが出るんだ」

マムルはジッと手鏡を見つめていました。

「星の光の結晶を手に入れたのね」

「そうか、これがそうなんだ、アリの亡霊のお陰だけど、でも、次はどうやってここから出るかだ」

マー君が腕組みをした時、大きな音が響き渡りました。部屋の壁が突然崩れて穴が開き、ほんのりと緑に輝く大きなぶよぶよした物が轟音と共に出現したのです。

「今この辺で、星の光の結晶のエネルギーを感じたんだけど」

大きなぶよぶよの口が何処にあるのかはわかりませんが、そんな声が聞こえました。ぶよぶよは穴から飛び出している部分だけでもマー君の体よりも大きいのです。

「君の言うエネルギーってこれの事」

マー君はそういうとマムルを後ろに庇い、鏡をそのぶよぶよに向け取っ手を握り締めました。間髪入れずに鏡から緑色のビームがほとばしりぶよぶよを照射しました。

「わーい、それだよ、気持ちいいな、もっとやって」

マー君は言われるままにぶよぶよに向かって何度かビームを照射しました。ぶよぶよは喜んで更に部屋の中へ浸入してきました。

「ボクはホタルミミズのミルルって言うんだ、目が無いんだけどその分敏感にエネルギーを感じる事が出来るんだよ、さっき強い光のエネルギーを感じてさ、急いで来てみたら君たちがいたってわけ、今のビームは星の光の結晶の光だよね」

「そうだと思うよ」

マー君はまだ警戒を解かず、マムルを後ろに庇ったまま注意深くミルルを観察しながら答えました。ミルルと名乗ったぶよぶよは大型ホタルミミズの頭の部分という事のようです。アリの食料庫の壁を突き破って横たわるその姿は、まるで地下鉄が事故で脱線し、トンネルを突き破ったように見えていました。マー君たちから見ればそれほど大きかったのです。

「ここはアリたちの巣だね、それでもってここにあったはずの木の根の蜜の中にあった星の光の結晶の欠片は君たちが全部取ったって事かな」

「たぶんその通り、たくさんあった小さな星の光の結晶は一つの塊になって、手鏡の取っ手の穴にはまっちゃったんだ」

ミルルの頭の淡い緑の光に、銀の手鏡の取っ手の石は緑色に見えていました。

「そうか、それじゃあもう食べられない、残念だなあ、ボクの大好物なんだけどなあ」

「ごめんよ、その代わりもっとビームを当ててあげるよ」

マー君は、大きなミミズの頭にビームを当てました。ミルルの頭の光はすこし強くなったようです。

「なんか力が湧いてきた、ありがとう」

その時です。入り口の穴の方からガチャガチャというアリの触覚のふれあう音が聞こえてきました。アリの亡霊たちが戻ってきたようです。塞いだ入り口の石が押されているらしく、隙間を埋めるために塗りこんだ土がボロボロと崩れ始めていました。

「マー君どうしよう、アリの亡霊にまた捕まっちゃうわ、それどころか食べられちゃうかも」

マムルはマー君にしがみつき、怯えています。

「君たちここから出たいのかい、それなら、光のエネルギーを照射してくれたお礼にここから連れ出してあげるよ、ついて来なよ、ミルルのパワー全開だ」

塞いだ入り口は破られ、アリの亡霊たちがなだれ込んで来ました。マー君はアリに向かってビームを照射、目がくらんでアリが動きを止めた隙をついて、マムルの手を取るとホタルミミズの作った穴に飛び込みました。ホタルミミズは頭とお尻が光っているので、トンネルの中はよく見えました、マー君たちが通過するとトンネルは崩れて埋まっていくので、アリの亡霊たちはついて来られないのでした。程なくして二人と一匹は地下空間へ出ました。

「助かったよ、ミルル」

「それじゃもう一度ビームを照射してよ、ホタルミミズは光を出さなきゃならないからね、光のエネルギーに当たるのが大好きなんだ、特に星の光の結晶の光は特別気持ちがいいんだよ」

穴から這い出したミルルは、頭とお尻を振り上げてクネクネとその時を待っています。そこに強烈な緑のビームが吸い込まれていきました。

3・幻の沼

ホタルミミズのミルルにお礼を言って別れた二人は、小高い丘に登って辺りを見回してみました。すっかり暗闇に慣れた目ですが、地平線のわずかな光がかろうじて世界の輪郭を映すだけで全貌は見えませんでした。マムルの手の平の光の届く範囲は、不毛の大地が延々つづいているだけです、アスファルドンによって閉じ込められた世界の状況は何も変わっていませんでした。

「星の光の結晶か、一つ見つけたね」

「でも、アリの亡霊に連れ去られたおかげで、イチョウの木の位置も見失っちゃったわね」

「階段のあったイチョウの木？　あっ、それってボク帰れないって事じゃないの」

目をつぶり右のこぶしでおでこをコツコツ叩いて考え込んでいたマー君ががばっと目を見開きました。

「そうかも」

「そっ、そうかもって簡単に言ってくれるよ、ボクにとっては大問題なんだから」

「ごめんね、そうよね、でもマー君には光の結晶を集めて、鏡の色の謎を解く宿題があるのよ、だから帰るなんて今は言わないでよ、お願いを叶えてくれるって約束してくれたんだよ、だめなの」

暗闇のなかでもマムルの大きな瞳がマー君を見つめ、潤んでいるのがわかりました。マムルにそんなふうに見つめられると弱音は吐けない、そんな思いがマー君の心にジワリと広がりました。今まで気持ちのどこかでゲームを楽しむような感覚が無かったとは言い切れません。突然踏み込んだこの世界はきっと夢のようなもの、そういう思いが心のどこかにありました。夢から覚めるにはリセットボタンを押せばいい、それで何もかも元通り。でも、込み上げてきた思いはその甘い考えを一気に吹き飛ばしていきました。マムルの真剣な眼差しは自分を必要としている、リセットボタンなんて何処にも無い、自分の逃げ場は、ここに来た時点でもう無かった、そう考えた方がいい、そしてマムルにも逃げ場は無い、ボクを頼るしか無いんだ、だったらそれに応えなきゃと強く思ったのです。きっとそれが自分のためでもあると。

「帰るわけないよ、約束したんだから、マムルと」

マー君はマムルの手を取りまた歩き出しました。

「信じていいの」

マー君は答える代わりに、握る手に力を込めました。

「次は太陽か月だ、何か心当たりはある」

二人は暗闇の中をマムルの手の平の光を前にかざしてとぼとぼと歩いていました。少し肌寒い風が吹く大きな岩の乱立する乾いた道でした。

「そうねえ、月と言えば夜かしら、昼間も月は見えるけど、夜の月は特に美しいでしょう。ここからは月も見えないけどね」

マムルは何も見えない空を見上げました。

「夜の月と言えば、中秋の名月、季節は秋だよね」

「秋と言えばコオロギかしら、うーん、そうそう、コオロギのオスは月の光の力を体に溜めて音楽を奏で、メスは月の光の力を溜めて卵を産むの、だからコオロギの卵には月の光の結晶が出来ているっていう話を思い出したわ」

「マムル、すごいじゃないか、それは大きなヒントだよ」

思わずハイタッチをした二人は微笑みました。

「コオロギ……原っぱ……水辺……低い土地」

目をつぶり右のこぶしでおでこをコツコツ叩いてマー君がつぶやきました。

「坂があったら下っていこう、この辺りは岩ばかりだし、アスファルドンがやってくる前に原っぱだったところ、そう、近くに水が流れていたような場所を探そう」

「コオロギたちの住みかだった場所ね」

方針が決まるとまた暗闇の中の探索が開始されました。疲れると休憩し、少しばかりまどろむのです。真っ暗な世界には、朝も昼も夕方もない、時間の感覚の無い世界でした。それでも時間がたてばお腹が減ります。アリの巣で木の根の蜜を舐めましたが、その時、そこにあったビスケットやチョコレートの破片を持てるだけポケットに詰めていました。それが役に立ちました。

歩き疲れて岩にもたれ掛かりうとうとした時、マー君は夢を見ました。そこは緑と紫のまだら模様の絨毯を敷き詰めたような野原でした。スミレが一面に咲いていたからです。遠くには芽吹いたばかりの新芽に彩られた黄緑色の里山、空には白い雲がゆったりと流れ、ひばりのさえずりがあちこちからに降り注いでくる、そんな穏やかな昼下がりのようでした。野原の先は雑木林が広がっていてそこにひときわ大きな木があり、その周りに数人の子供の姿が見えていました。一人が木に顔を押し当てていて何か言いながら時々振り返り他の子供たちを見ます。その後また木に顔を押し当ててまた振り返るという動作を繰り返していました。他の子供たちは一人の子が木に顔を押し当てている時、少しずつ木に近づいていくのですがその子が振り返ると一斉に動きを止めるのです。

『なんだろう』

　マー君は子供たちの方に向かってゆっくりと歩いていきました。

「だ・る・ま・さ・ん・が・こ・ろ・ん・だ」

　子供たちの声が聞こえてきました。一人の子が足を上げた状態で動きを止めましたが、バランスを崩して倒れてしまいました。その子は名前を呼ばれて諦め顔で名前を呼んだ子と手を繋ぎました。

『これがおばあちゃんが前に話していた、だるまさんがころんだ、なんだな』

　そう思いながら見回すと少し離れたところにいる二人の女の子が目に入りました。一人は他の子たちと同じような古風な着物を着ています。もう一人はもも色のワンピースに銀色のブーツ、マムルでした。

『あれ、なんでマムルがこんなところに』

　マー君は二人の周りを歩き回ってよくよく観察してみましたが、じっくり見ると顔つきが少しふっくらしているようで、マー君の知っているマムルとはちょっと違う気もします。でも着ている物はマムルそっくりでした。二人はマー君の方を見ようともしません、無視されたというよりも見えないようなのです。それどころか、マー君が紫の髪の子に声を掛けようと肩にかけた手はそのまま空を切りました。触ることも出来なかったのです。

その時これは夢なのだとぼやっと思いました。

「ことちゃんにはお願い事があるの？」

　紫の髪の子が着物の女の子の顔を覗き込んで言いました。

『ことちゃん、って言ったな、それっておばあちゃんの名前とおなじだ』

「マムルが私のお願い事を叶えてくれたなら、私もいつかマムルのお願いを叶えてあげる」

　ことちゃんが紫の髪の子をマムルと呼んだのを聞いて、マー君の目は大きく開かれました。

「そうね、私の姿は他の子には見えない、でもことちゃんには、私が見える。だったらこれをあげる、これはね、約束の腕輪って言うの、私たち、この腕輪を通じてお日様と約束をしているの。私たちの約束事は春を飾ること、それでお日様の約束は光を届けてくれること。腕輪に誓って約束は守るのよ。だからね、この腕輪をことちゃんにもあげる。これを受け取ったらね、絶対に約束を守らなくちゃいけないのよ、私はことちゃんの願いを叶えてあげる、だからことちゃんは私の願いを叶えてね、約束よ」

　見えたのは、薄紫色の細い腕輪で数輪のスミレの花弁が差し込まれていました。

「もし約束を守れなかったらどうなるの」

　ことちゃんにそう聞かれ、マムルは空を見上げて少し考え込んでいました。

「……守れなかった人を知らないから、どうなるかはわからない」

「へんな約束、なんか約束ごっこみたい」

「それでいいの、いつか私にお願い事が出来たら、ことちゃんに会いにいくよ」

その後、二つの楽しそうな笑い声がしばらく続いていました。

そして、場面が変わり、ことちゃんがお茶を飲んでいる姿が見えました。腕輪から抜き取ったスミレの花弁をお茶に浮かべ、湯飲みを両手で大事そうに掲げて匂いを嗅いでいます。そしてゴクリと、喉がなる音がしました。

『おばあちゃんのいつもの話とおんなじだ、腕輪の事は知らなかったけど』

そこでマー君は目を覚ましました。その時、何気なく目に入った右手首に、さっきの腕輪が束の間見えたのです。いいえ、見えた気がしたと言ったほうが良いのかもしれません。それは瞬きの後にはもうありませんでしたから。気のせいと思いながら隣に目を向けるとマムルがマー君に寄りかかって寝息を立てていました。長いまつげに夢の中のマムルの面影が重なりました。

『あれはおばあちゃんだったのかな、昔あんな事があったのって、マムルが起きたら聞いてみようかな』

何となくそう思った時、マムルの寝言が聞こえてきました。

「うむうむ、ことちゃん、約束だよ、きっとだよ、むむう」

マー君は心臓がドキドキするのを感じていました。

『同じ夢を見ていたのかな……いやもしかすると、マムルの夢の中に入り込んでいたのかも知れない』

今の夢の事、やっぱり聞くのは止めようと思い直しました。もしかすると何か手を触れてはいけないものを見てしまったような、答えを聞くのがちょっと恐い、そんな不安な思いが心をよぎったからでした。夢の事は胸にしまっておく事にしました。

マムルが起きるのを待って二人はまた歩きはじめました。出来るだけ坂を下る方向にしばらく進むと岩だらけだった周りの風景に枯れ草が混じってきたのがわかりました。

「水辺が近いのかしら」

「ほら、水の流れる音がする」

手の平の明かりで周囲を観察すると少し先の土地が更に窪んでおり、音はそこから聞こえてきていました。窪地に下りるとそこは溝のような地形が長く続いているようです。水が流れる事で土が削られ、自然に出来た水路のようでした。

「水が流れてる、地面に染み込んだ雨水の水路になっているみたいだ」

覗き込むと浅い流れですが、きれいな水が流れていました。

「流れに沿って下っていきましょう」

マムルがそう言った時です、上流の方からゴーッという音が聞こえてきました。

「何かしら、この音」

「大量の水流が迫ってる音みたいだよ、まずい、水路から出よう」

マー君がマムルの手を取って溝を登りかけた時、白い波しぶきはすぐそこまで迫っていました。先に登ったマー君がマムルを引き上げようとした時、予想を上回る速さで近づいてきた水流はマムルを飲み込みました。濁流から伸びたマムルの白い腕を見るや否や、マー君は迷わず飛び込んでいました。

『大丈夫、落ち着いて、流木が流れて来るからそれに摑まって』

何処からか声が聞こえた気がして上流を見ると、摑まるのに手ごろそうな流木が近づいてきていました。マムルの手を取り、流れてきた木の切れはしに摑まり呼吸を確保しました。

「大丈夫かい」

二人は並んで一つの木の切れはしに摑まっていました。足は川底に届いていません、流れは速く水量もありました。

「ありがとう、私は大丈夫、どうしたのかしらこの水」

「想像だけど、地表で大雨が降って大量の水が地面にいっきに流れ込んできたんじゃないかな、春の嵐とかさ」

『またへんな声が、聞こえた気がする、流木が来るって教えてくれた、誰もいないのに、もしかして誰かに守られてる……』

右手で流木を摑み、左手でマムルを抱き寄せ、そんな事を心なしか思いましたが、とりあえず濁流に身を任せて様子を見るしかありませんでした。しばらくそうして流れに身を任せていると流れはいくらか緩やかになり、流れの幅も広くなったようでした。やがて流れは森のようなところに入っていきました。まるで木が生えているように何かがたくさん立っています。天井の高さは暗闇に覆われていてどれほどあるのかわかりませんが、更に進むと木のようなものは枝分かれしていて網の目のように密集してきました。時々枝分かれした木のようなものの先端がピカッと光りました。光るとその辺りの周囲が瞬きするほどの時間だけ見えるのです。光に切り取られたその風景はどこも密集した木のようなものに囲まれていました。まるでカメラのフラッシュがあちらこちらでたかれているような奇妙な感じです。やがて奥の方が明るく見えてきました。近づくとそれは光るキノコでした。キノコが水面からニョキニョキと生えていて、それがその辺り一面を覆っているのです。キノコの淡い緑の光に照らされて辺りの様子が見えるようになってきました。真っ暗な天井から無数の枝が伸びてきていて、それが何本にも枝分かれして地面に届いているのです。まるで葉のない森のような景色を見せていました。

「おーい、木の根に掴まってしばらくじっとしておれ、じきに水は引くよってな」

声は上から降ってきました。見上げると枝分かれしている木のようなものに掴まっていたのはダンゴ虫でした。

「あらまあ、変わったお客さんだこと」

ダンゴ虫の横で木の根にしがみついているのはムカデのようです。マー君は言われるように流木を離して木の根に掴まり、ダンゴ虫に問いかけました。

「あなたはどなたですか？」

「ワシは見ての通りのダンゴ虫、しかも相当に老いぼれておる、こちらはムカデのご婦人、やはり婆さんじゃ」

「婆さんはよけいだよ」

ムカデが触覚で、ピシっとダンゴ虫を打ちました。

「おお怖い、ワシは本当のことを言ったまでじゃ」

敵じゃないし、意地悪い虫たちではなさそうだ、マー君が目でマムルに合図し、マムルもうなずきました。

「ここは何処かしら」

マムルがもも色のワンピースの裾を絞り上げながら問いかけました。

「木の根の森じゃよ、ワシらが摑まっているのは木の根っこじゃ、この上にはとても大きな木が立っておる、地上で大雨が降ると染み込む水で細い地下水路は氾濫しここらも水浸しになってしまうのじゃ、だから木の根にしがみついて避難してるというわけじゃ」

「それだけじゃないのよ、大抵こういった大雨は雷を伴うでしょう、近くに雷が落ちると、ほらね、木の根の先っぽが放電して光ったでしょ」

ムカデ婆さんの説明で、ここへ来る途中の光はそれだったのだとわかりました。

「触るとしびれるから、注意するんじゃよ」

いつの間にか水かさはマー君の膝くらいになっていました。

「婆さん、そろそろ水が引いてきた、下に下りて客人と話をしようじゃないか、ここに誰かが来るなんて、滅多にないことじゃからのう」

言われるままに、二人と二匹が水の引いた地面に現れた石の椅子に座りました。辺りの木の根の先端は、まだ時々ピカッと光るのです。

マー君とマムルはこれまでの経緯を話し、情報提供を求めました。ダンゴ虫爺さんも、ムカデ婆さんも、熱心に話を聞いてくれました。やはり、マムルたちと同じようにアスファルドンによって闇の世界に閉じ込められた境遇だったのです。

「あの日、そうアスファルドンがやって来た日じゃ、空の虫、地面の虫で運命が分かれてしもうた、空の虫はいち早く逃げ去った、地面の虫はそうはいかない、あっと言う間に飲み込まれていった、それは恐ろしい光景じゃった」

ダンゴ虫爺さんのひげのように並んだ小さな足は、規則的に波打ちながらも小刻みに震えていました。

「私たちは地面にもぐる事でかろうじて生き延びたのよ、そうして、キノコの明かりに寄り添って、木の根の蜜を吸って生きながらえてきたの」

ムカデ婆さんは瞳に深い悲しみをたたえ、しょんぼりとつぶやきました。

「生き残った仲間も死に絶えて、いまでは婆さんと二人きり、最後に太陽の光を見てからどれくらいの時間が過ぎたことか、見当もつかんな」

「この狭い世界でこれ以上生きながらえても、その先には何の希望も無いのよ」

そこで大きなため息が聞こえてきました。話を聞いたマー君もマムルも、慰めの言葉のかけようもありませんでした。

「アスファルドンめ、ひどい事をする」

　こぶしを握り締めたマー君はそうつぶやきましたが、確かに老いた虫たちに希望があるようには思えませんでした。ひとつだけ希望があるとすれば、太陽の謎かけを解いてこの世界を救えたなら、残りの命の輝きを少しは取り戻してあげられるかも知れないという不確かな思いだけでした。

「お爺さん、お婆さん、ひとつボクたちに出来ることがあるとすれば、太陽からの謎かけを解いて、光のトンネルを呼び出すこと、それでこの世界のすべてを救えるかはわからないけど、でも太陽の謎かけは絶対に解きたい。なにか知っていることがあれば教えてくれないかな」

「そうじゃな、月の光の結晶なら、コオロギの卵の中にも出来るはずじゃ」

「そうそう、コオロギのオスは、秋の夜長の月の光の力を借りて音楽を奏でる。コオロギのメスは、月の明かりを浴びてその力を卵に溜め込むのよ。ムカデにはできない芸当だわ、それだけコオロギたちは月と仲良しなのね」

「コオロギの声なら、風に乗って木の根の森を抜けた向こうから聞こえてくる事があるから生き延びているのかも知れんなあ。そうじゃ、森を抜けて進むのならひとつ頼みを聞いてくれんかのう」

　コオロギの卵の情報は、マムルの情報と一致していました。進むべき方向が確認できた二人は互いの目を見て深くうなずき合いました。

「情報ありがとう、お礼にボクたちにできることなら話を聞きます」

ダンゴ虫爺さんに話の続きを促します。

「すまんのう。老い先短い命ではあるが、気になる事があってのう、森を抜けて少し行くとこの水路の水が地面に浸み込んで消滅する場所があるのじゃ、そこはのう、今、ワシらは幻の沼と呼んでおるのじゃ。以前に池があったところで、それがアスファルドンに埋められてしまったのじゃ」

ダンゴ虫爺さんはうつむいたままそう言うと、後はたのむと言わんばかりにムカデ婆さんのほうへ視線を向けました。ムカデ婆さんは仕方なさそうに話を引き取りました。

「幻の沼に化け物が出るのよ、大きなやつよ。むかし池に住んでいた生き物の怨念が姿を変えた物らしいけど、見るたびに大きくなっていくの、辺りの怨念をどんどん吸収して成長しているらしいの。気の毒だからいまのうちに浄化してあげないと、とんでもないことになりそうなの。だけど年寄りでは手におえないのよ」

「方法はわかっちょる、この『輝きの水』を振りかけてやればいいはずじゃ。これは木の根の蜜に含まれる星の光の結晶の粒を溶かして作ったもので、命の息吹を見守る星ぼしのやさしさが込められているのじゃ、迷える魂を天に導く力を持つはずじゃ」

そこまで話を聞くと、マー君がマムルの方を見ました。

「星の光の結晶ってそういうもの？」

「たぶん……そうなんだと思う、星の結晶の隠れた力かな」

マー君とマムルは大きくうなずきました。

「わかりました、そういう事なら引き受けます」

「コオロギの声はもっと向こうから聞こえてくるから、幻の沼はその途中よ、お願いね」

ムカデ婆さんから『輝きの水』の入ったビンを受け取りました。別れを告げると二人は森の外へ向かったのです。

「ダンゴ虫爺さんも、マムルと同じこと言ってたね。星の光の結晶には、命の息吹を見守る星ぼしのやさしさが込められているって」

「うん、この世界では、みんな知ってる事だもの、でも迷える魂を救えるなんて知らなかったけど」

遠い目をしたマムルが小さくつぶやきました。

木の根の森を抜けると、光るキノコはなくなり、まわりの様子が変わってきた事を感じました。よどんだ空気が立ち込めているようで、湿気が体にまとわりついてくるようでした。その空気の中に、確かに怨念のようなものを感じるのです。埋め立てられた池には魚や、多くの虫たちが暮らしていたことでしょう。それがアスファルドンによって埋め立てられ、命も奪われてしまったのです。

二人はそれらしき場所に近づくと、辺りを警戒し、ゆっくりと進みました。チョロチョロ流れていた水路はだんだん流れを細くし、最後はぬかるみで途切れていました。

「ここだね、幻の沼は」

マー君は何時でもビームを放てるようにズボンのポケットから手鏡を抜き取り、正面に構えました。マムルが手の平の明かりを周囲に向けて探っています、あまり遠くまでは見通せませんが、もともとあまり大きな障害物の無い地形でしたので何かが潜んでいればわかるはずでした。しかし、その気配は感じられませんでした。

「誰も居ないわ」

安心する間も無く、変化は突然やって来ました。足元がグラグラ揺れたかと思うと、高速エレベーターのように一気に上昇しました。マー君たちは立ち上がった化け物の背中に、すでに乗っかっていたのです。大きな化け物とは聞いていましたが、もうこれほどの大きさになっていたようです。マー君たちの体のサイズに比べると、まるで大型トレーラーの上に乗っかったようです、それくらいの大きさはゆうにありました。乗っている背中のその位置から見る限り、ナマズのような胴体の横に虫のような6本の長い足が生えていて、顔の部分には大きな顎がついているのが見えます。大きな顎ははさみのようになっていて開いたり閉じたりを繰り返していました。あの顎で噛まれたらひとたまりもないでしょう。化け物は叫び声をあげるわけではなく、静かに沈黙していますがその代わり長い尾を振り回し、背中の二人を振り落とそうと叩きつけてきました。それでも尾は背中までは届きません。二人は腹ばいになってつかまり、揺れに耐えていました。

化け物の体は『輝きの水』を振りかける目標としては外すことが無いくらいに大きいのですが、揺れが激しく足場が確保できないのです。『輝きの水』の入ったビンを落としてしまってはそれで終わりです。マー君は状況を確認すると瞬時に作戦を考えました。ビデオゲームのボスキャラとの戦いがこんな場面で役立ったのかもしれません。

（ボスキャラ：ボスキャラクターの略。主にビデオゲームにおいて、プレイヤーの難関となるよう設計された登場キャラクター）

「ボクがビームの早撃ちで、二つの目を撃てば目がくらんでちょっとの間動きが止まるはずだから、そのチャンスが来たらマムルは輝きの水を撒いて」

化け物の目の位置は右と左で結構離れていました。ほぼ同時に早打ちで両方の目を撃つのはゲーマーとしてのマー君の腕の見せ所でした。

「わかったわ」

マー君が放った緑のビームは正確に化け物の片目に命中しました。一テンポ置いてもう片方の目にも命中させました。閃光を目に受けて一時的に視界を失った化け物の動きが鈍くなりました。

「マムル、今だ」

立ち上がったマムルが瓶を振り回すと、輝く水が化け物の背に振り撒かれました。化け物の動きは完全に停まりました。そしてシューという空気が抜けるような音を立て急速にしぼんでいきました。化け物の姿が消えた時、二人は大きな穴の底に立ちつくしていました。そこはいままで化け物が潜んでいた幻の沼の穴という事になります。そこに、干からびたおたまじゃくしとヤゴが倒れていました。

「化け物の正体は、この子たちだったんだ、さっきの姿はおたまじゃくしとヤゴの合体した姿だったんだね」

「そうね、逃げることも出来ず、たのしい生活を突然奪われて、怨念が残っていたのかしら」

「ほんとにひどい事をするやつだ、アスファルドンのやつ、絶対ゆるさない」

マー君は倒れているおたまじゃくしとヤゴに手を合わせ、そうあらためて誓ったのでした。

「あれっ、何か落ちてるわ」

マムルが傍に落ちていた物を拾って見ると、それは封がされた封筒でした。

『とうさん、かあさんへ』

と表書きがありました。するとその封筒がマムルの手を離れてフワリと浮き上がると、ゆっくりと二人の頭上で方向を探すように旋回を始めました。その後、地平線の微かな明かりの方へと真っ直ぐ飛び去っていきました。二人はその様子をぼーっとしばらく見つめていましたが、我に返ったマー君がマムルの手を取りました。

「何だろう、あれ、よくわからないけど、でも終わったんだよね、頼まれた仕事は……、行こうか」

「うん、疲れちゃった」

「マムルも強くなったね、輝きの水を振り撒くタイミングは、ばっちりだったよ」

「マー君のおかげよ、動きを止めてくれたから」

　歩きながらもたれかかったマムルの頭がマー君の胸の中にありました。マムルの体には陽だまりの暖かさがありその暖かさが伝わったのか、胸の奥がキュッと熱くなり、それと同時に、守ってあげたいという強い思いがまた込み上げてくるの感じていました。

「ボクも疲れたな、ダンゴ虫爺さんにもらった木の根の蜜を食べて、少し休んでいこうか」

　うなずくマムル、大任を果たして疲れが出たのか、二人は寄り添っていつの間にか眠りに落ちていました。

4・月の光の結晶

　幻の沼を過ぎると今までとはまた空気が違って感じられました。

「マー君、何か匂わない、カビのような」

「ボクも気になってたんだ、今までとは空気が違うよね」

　立ち止まって辺りを見回しました。マムルの手の平の光はそんなに遠くまでは届きません。でも少し先に大きな昆虫のような物が横たわっているのが見えました。用心深く近づいてみるとそれは干からびてミイラ化したコオロギの死骸でした。大きさはマー君たちの体の二倍ほどはあります。コオロギが大きいのではありません、マー君たちがそれだけ小さいのです。体のサイズが変わってしまった事をあらためて思いました。

「カビ臭いのはこのミイラがあるからみたいね」

「そうみたい、こっちにも、ほらあそこにも」

「ここは、闇に閉じ込められたコオロギの墓場ね」

マムルの声は少し震えていて、マー君がそっと抱き寄せました。

「大丈夫、ミイラは襲ってはこない、あっ、あそこに何かある」

マー君が指差す方に、マムルが手の平の明かりを向けると、小さな立て看板のようなものがおぼろげに浮かびました。

「行ってみよう」

近づいて見るとそれはまさしく看板でした。

『終わりの無い音楽会、観客募集中、場所はこの先の月夜広場のコンサート会場』

「誰かしらこの看板を立てたのは、場所は書いてあるけど日にちと時間が書かれてないわね」

「終わりの無い音楽会って部分が答えかも知れないね、行ってみようか」

看板の先を眺めましたが、特に危険はなさそうでした。ゆっくり進んでいくとぼんやりした光が見えてきました。更に近づき、目をこすってよくよく見ると、すり鉢状に窪んだ広場の真ん中に、うっすらと青く光るコオロギが数匹立っていました。アリの亡霊と同じで体はガラスのように透明でした。コオロギの立っている場所は、そこだけ一段高くなっていて、ステージのような作りになっています。そしてすり鉢状の斜面はさしずめ観客席といったところでしょうか、全体の広さとしては、今のマー君のサイズから見て野球場ほどの広さがあるようでした。

「ねえマー君、ここってコンサート会場と思っていいのかな」

二人が会場と思われる場所を眺めていると、コオロギが二人に気づいたようです。

「おやおや、お客さんだ、感激だね、そして歓迎するよ」

会場に、コオロギの大きな声が響きました。

「これはご丁寧に、お招きくださってありがとうございます」

マー君は恭しく頭をさげました。マムルは後ろに隠れてマー君の腕をつねりました。

マー君は振り返り、小声でマムルにささやきます。

「彼らはどうやら亡霊らしい、でも敵意はなそうだ、大人しく従って、月の光の結晶の話を聞くチャンスを待とう」

マムルが小さくうなずくのを確認し、手を引いてすり鉢の一番上の観客席とおぼしき場所に座りました。そこから見下ろすと、すり鉢の底にステージがあり、その上に数匹のコオロギの亡霊が羽を広げていました。

「さあ休憩時間は終わりだよ、今夜は珍しいお客さんも来てくれたよ、おまけにすばらしい満月だ、いまからは特別な音楽会になるよ、続きは聞いてのお楽しみだよ」

コオロギの亡霊たちの演奏が始まりました。目を閉じて聴き入ると、秋の夜の風景が目に浮かびます。コオロギって結構生命力旺盛で、ビルの谷間の植え込みの中からも聞こえてきていたのを思い出していました。そんなコオロギでさえアスファルドンに囚われてしまえば生き抜くことは出来ずに、亡霊となってさまよっているのです。

「こうして目を閉じて聴いていると、ここが地下の世界とは思えないな」

二人は目を閉じてしばらく演奏に聴き入っていました。

「さっきのコオロギの亡霊が話したこと覚えてる、今夜は満月だって、ここには空が無いのよ、あるのはアスファルドンに覆われた真っ暗な天井、それもどのくらいの高さがあるのかわからない、高いのか、低いのか、何しろ何も見えないんだもの」

「そうだね、たぶん、あのコオロギの亡霊たちはかつての草原の音楽会の記憶の世界を見てるんだよ、たぶん亡霊だから彼らには時間の感覚が無いんだ、きっとこうして何時までも永遠に演奏している、それが終わりの無い音楽会って事なんじゃないかな」

その時、周りの空気が少し違ってきているのに気がつきました。恐る恐る目を開いて見ると、ステージを取り巻く観客席とおぼしきところには、うっすらとほのかな青い光を放つ丸い物がびっしりと並べられていました。大きさはマー君のこぶしくらい。それがすり鉢状の斜面に規則正しく何列にも並べられ光を放っていたのです。それはそれは神秘的な光景でした。

「いつの間に現れたのかしら、これって干からびているけどコオロギの卵よ、月夜に遊んだコオロギたちの卵の中には月の光が閉じ込められ、月の光の結晶が出来ている。演奏に包まれて、孵化する事の出来なかった干からびた卵が青く光りだしたみたい。そうよ、この青い光は、中秋の満月の『清らかさ』を宿した月の光の結晶の光よ」

　いつもながらのマムルの解説に感心しつつ、マー君は辺りを観察しました。

「最初から置かれていたんだね、それが音楽に反応して光を放ち始めた。この終わりのない音楽会の観客は、満月を見る事が出来なかったコオロギたちの命ってことかな」

「いいえ、音楽だけに反応したんじゃないと思う、だって光り始めたのはコオロギの卵だけじゃないもん、ほら見て、また手鏡の銀の部分が光ってる」

　マー君は鏡をズボンのポケットから取り出しました。確かに手鏡のガラスを覆う銀の部分が光を放っていました。

「星の光の結晶を見つけた時と同じだ」

　マー君が思わずつぶやいた時、コオロギの卵の中から青い光がいっせいに飛び出し、コオロギたちの立つステージの上空を回り始めました。無数の青い光が渦を巻き、少しずつ集まり始めました。

『いつか図鑑で見た、アンドロメダ大星雲のようだ』

　ステージの上に回転する光の粒の集まりがそんなふうに見えました。コオロギたちも演奏を止めて光の渦を見上げています。星の渦のような青い光の回転は次第にスピードを上げ、穴に吸い込まれる水のように中心に集まり、やがて一つの強い光の塊になって、それがマー君の方へ飛んできました。そして、スーッと手鏡の取っ手の部分に開いていた穴の一つに収まったのです。二人は、鏡を覗き込みました。月の光の結晶は丸い青い石になって手鏡の穴に収まっています。三つある穴の二つに、星の光の結晶とそして今収まった青く見える月の光の結晶が並んでいました。

「手に入れたのか、月の光の結晶」

「うん、だけど今見ると緑色だった星の光の結晶が黒くなってるわ」

マムルの手の平の薄紫の光で見ると、緑だった星の光の結晶が黒く見えていました。

「そうじゃないよ、マムルの手の平の薄紫の光だけでは黒く見えるけど、見ててね」

マー君が取っ手を握り締めると、鏡から空色のビームが飛び出し、勢いよく闇を切り裂きました。反動でよろけたマー君をマムルが支えます。

「ビームが強くなっているのね、それに色も緑から空色に変わってる」

「うん、ビームの色が変わってるとは思ってなかったけど」

そして、空色のビームに照らされた月の光の結晶は鮮やかな青色を、そして星の光の結晶は緑色をしているのを、二人はビームの閃光の一瞬で確かめたのです。

「ほんとね、色の見え方って難しいのね」

マムルは鏡を見つめていました。コオロギの亡霊たちも、今のビームに関心を示しているようです。

「今、何をしたのですか、お客さんだと思ったら、あなたたちは救いの神か」

「今の光は空の光だろう、そうなんだろう」

　コオロギの亡霊たちは口々に驚きの声を上げていました。

「青い空の光をどれほど待ち望んだことか、我々は闇に閉ざされ、何処にも行く事ができなかった、この闇の中で永遠とも思われる音楽会を開くよりする事が無かった、本当は満月なんて無い、青空も無いこの世界でだよ」

「でも、あなたたちは、空の光を見せてくれた、お願いだよ、その光で私たちを照らしておくれ」

　コオロギの亡霊たちはゆっくりと近づいてきました。マムルはマー君の後ろに隠れ、マー君はそのままずるずると後ずさりを続けました。危険な気配は感じませんでした。ただどうしていいかわからなかったのです。

「私たちが集めていた月の光の結晶は、今は一つの石として君たちの手の中にある、どうやって一つにまとめたのか知らないが、神の技のようだ」

「神なら、私たちの願いを聞いておくれ、私たちに再び空の光を与えておくれ」

　マー君は意を決すると、鏡をコオロギの亡霊たちに向け、そして取っ手を握り締めました。そうと思うが早いか、空色のビームがほとばしり出てコオロギの亡霊たちを包み込んだのです。

「おお、空の光だ、ありがとう、これでこの場所を去ることができる」

　コオロギの亡霊たちはほのかな空色の光に包まれ、その姿はゆっくりと消えていきました。その姿がすっかり見えなくなると、緊張の糸が切れたのか、マムルはしゃがみ込み、小さくつぶやきました。

「ダンゴ虫のお爺さんが言ってたけど、星の光の結晶の迷える魂を天に導く力、それがまた効いたのかな、あのコオロギたちも天国に行ったのね」

「そうか、マムルの言う通りだ、元々手鏡には星の光の結晶の力が宿ってたんだから、そこに中秋の満月の『清らかさ』が加わったんだ。夜空の月と星、青と緑が合わさって、昼間の明るい空のような空色のビームになった。魂の浄化の力も、より強い物になっている、そういう事で良いのかな」

そう言ってから、『なんかやっぱりゲームの世界によくあるような法則だな』とふっと思いました。余計なこと言ったかな、そんな不安な気持ちでマムルを横目でチラッと見ましたが、マムルは澄んだ瞳をしていました。

「そうだよね、そして私たちは二つめの結晶を手に入れた」

その時マー君は、『ここはこういう世界なのかな、光の結晶石を集めれば道は開けてくる、だけど、でもそれだけじゃ何かが足りない気がする、何か大事な事が隠されているような』そういう思いが心の隅に頭をもたげていました。

「終わりよければすべて良しって言うもんね」

マムルがそう言ってマー君が差し伸べた手を掴みました。お互いの手が重なり、その手の平からはまた陽だまりのようなぬくもりが伝わってきた時、マー君は心の不安を振り切って顔を上げました。そしてマムルが立ち上がると、二人はまた歩き出していました。

前に進むしかない、その足取りには力強さが加わったようです。きっと二つ目の光の結晶を手に入れた事が、自信につながっていたのでしょう。

5・回想、地上へ

歩きながら右のこぶしでおでこをコツコツ叩いていたマー君が急に立ち止まりました。

「ボク、わかりかけた事があるんだ」

「なあに」

期待のこもったつぶらな瞳が次の言葉を待っていました。

「コオロギの亡霊たちが空色の光に包まれて消えた事、考えてたんだけど、あの時はただ青と緑が合わさって、昼間の明るい空のような空色のビームになったって思ったけど、もっとちゃんとした理由があるのかも知れない」

マー君は手鏡を取り出して、二つの光の結晶石を指でさすりながら言いました。

「星の光の結晶は緑だった、そして手鏡からは緑のビーム、月の光の結晶は青、手鏡からは空色のビームが出た。青と緑の光が混ざると空色の光になる。それって光の三原色のうちの二つだ」

「ヒカリノサンゲンショク、何それ」

「何時だったか、クイズ番組で見たことがあるんだ、光は三つの色で出来ている。緑と青と赤、この三つの色を組み合わせて全ての色を作り出す事が出来る。残る一つの太陽の光の結晶は、きっと赤なんだ」

「そうなのね」

マムルはわかったのか、わからないのかぼうっとしたままです。

「太陽の要求の一つ、星、月、太陽の光の結晶を集めるって事は光の三原色を集めろって事だよ、三原色が揃うと白い光になる。つまり太陽の光とおんなじ。という事は、『三原色』は一つのキーワードじゃないかな、たぶん太陽の光を作り出す事に繋がるんだよ」

「……、すごいな、あそこで、マー君に出会えてほんと良かった、マー君は絶対に太陽からの謎かけを解いてくれるわね」

いっとき言葉に詰まったマムルの笑顔が大きくなりました。さらさらと揺れる紫の髪、薄緑色のきれいな瞳、触れたら壊れてしまいそうで、だから守ってあげたい、この笑顔を、心の底からまたその思いが込み上げてきていました。

「最後の一つの、太陽の光の結晶を探さなくちゃね、そして鏡の色の答えを見つけるんだ」

その時、今まで嬉しそうにしていたマムルの顔がほんの短い時間ですが曇るのを、マー君の瞳が捉えていました。

『なに』

そう思って目を凝らした時には、その悲しげに見えたまなざしは何処にもなく、いつものマムルの瞳がそこにありました。

「そうね、マー君が居てくれるからきっと探し出せるって心の底から思えるなあ」

前を向いたまま、マムルが小さくつぶやいたのを聞いた時、マー君は気を取り直していました。本当にボクに出来るのか、そんな不安がいつも頭の片隅にくすぶっていたし、マムルのしぐさにも心が揺れるのですが、もう後ろ向きに考えるのは止めよう、途中リタイヤで『GAME　OVER』なんてビデオゲームの中だけで十分だ、ここでのボクは違うんだ、そう励ましてくれる心の中の、もう一人の自分を感じるようになっていたからです。

水の溜まっている小さな泉を見つけて二人は一休みしていました。チョコレートとビスケットの欠片を食べた後の事です。マー君が微かな寝息を立てていました。二つ目の光の結晶を見つけ、安心した事で疲れがでたのでしょうか。マムルはそんなマー君の寝顔を見ていて、マー君との出会いの事を思い出していました。

アスファルドンに闇の世界に閉じ込められ、どれくらいの時が経ってからだったのかしら、私の意識だけが闇の中で目を覚ました、他の子は眠ったままなのに、それはたぶん、私は考えることが出来る少し変わったマムルだったから、でも体は動かなかったわ、それからまた気の遠くなるような長い年月、闇を見つめ続けた。そうすると何も見えないと思っていた闇の中に、見えるか見えないかの微かな光が射しているのを見つけた。そう私には時間だけはいくらでもあった。その光をまた見つめ続けているとその光の射し込みは、少しずつ動いていた。そしてその動きに法則があることに私は気づいた。それまでにまた相当長い年月がかかっていたわ。わかったのは、小さな周期で西から東へ動くこと、大きな周期で南と北へ揺れること、それがわかった時、それは昔暮らしていた世界の昼と夜、春夏秋冬の時間の移り変わりの周期と同じではないかと、私は気が付いた。だとすれば、あの微かな光は、地上から差し込んでくる太陽の光。何処かに隙間があって太陽へつづいている証拠ではないかしら、太陽は消えてはいない。そう、私たちを覆いつくした物の上には太陽の降り注ぐ世界がまだある。そこまで考えた時、どうしようもない熱い思いが胸のなかに湧き上がってきた、そして遠い日に交わした約束の事を思い出した。願い事を叶えてくれる約束。私は太陽に祈り続けた、その昔、私たちと太陽の間には約束の掟があったはず、私たちにはそれぞれの季節を飾る事、太陽はその代わり光を届けてくれる事、それが長い年月守られてきた約束だった。でもそのどちらも今は果たされていない。だけど、私は太陽の下に帰りたいと、強く念じ続けていた。そしてついにその声は聞こえてきた。

『大地の子供よ、よく聞くがよい。闇に閉じ込められたお前たちを救う方法が一つ見つかった。光のトンネルを通すのだ、そのためには星、月、太陽の光の結晶を集めておくれ、そして鏡の色は何色か、その答えを探しなさい。それがわかった時、私の力は何百倍にも膨らんで光のトンネルを呼び出す事ができる、そのトンネルを通してお前たちを救い出せるだろう、かつての約束を再び取り戻すために』

私の手の中に銀の手鏡が現れた、そして、私は思った。

『行かなければならない、あの光をたどって、私には今、お願い事がある、それは再び太陽の下へ帰りたいという事。遠い昔、お願い事を叶えてくれる約束を交わした。だからお願い事を叶える為に、わたしを待っていてくれる人がいる、その人は、約束の腕輪に誓いを立てた人』

どんな人だったかしら、はっきりとは思い出せなかった、もう遥か遠い記憶、でも約束を守るためにきっとあの人は来てくれる、私はあの人に会いに行かなければならない、そう思った。その時、体が目覚めるのがわかったわ。そして私は立ち上がった。光のそばへ行こうとしたの。でも差し込む光は頭上にあり手が届くところではなかった。そばに大きな木の根があった。そこにもたれて途方に暮れているとき、その声が聞こえてきた。

「私の根をくすぐるのは誰かな、おや、目を覚ました子がいるのかい」

「あなたは誰」

「イチョウの木だよ」

確かな答えが返ってきた。一人ぼっちの世界に希望が芽生えるのがわかったわ。

「私に気づいてくれる方がいて良かったわ、イチョウさんには太陽が見えるでしょう」

「そうさ、ここからはよく見えるよ」

「私もそこへ行きたいの、どうすればそこへいけるかしら」

「それなら、力になってあげるよ、私の中を通っておいで、私は拒まないから、目覚めたお前さんなら出来るはずじゃ」

　私は木の幹の中を通り抜け、太陽の見えるところへたどり着くことができた。そして、私に気づいてくれる人を待っていた。その人がお願いを叶えてくれる人だから。

　そして、マー君に出会った。

『そうだわ、マー君はあの時、偶然現れたのかしら、それともマー君が約束の腕輪の人だったかしら、何時だったか、私には約束の腕輪を託した人がいた。でもそれがマー君だったのか、そこのところは思い出せない。でも、マー君の腕に約束の腕輪は無かった、あの時確かめたから、でも腕輪はいつでも見えているわけじゃないから、マー君が約束の腕輪の人では無いとは言い切れない、マー君はあの時私に気づいてくれたのだから』

　その時、マー君が目を覚しました。見つめているマムルの視線に出会い、少し戸惑いがちに微笑みました。

「いつの間にか眠っちゃったみたい、マムルは疲れてない？」

　マムルは微笑を返し、ゆっくり首を横に振りながら視線を地平線に向けました。遥かな地平線には一筋のわずかな光が見えています。二人はその光をじっと見つめていました。その先には、まだ太陽に照らされた場所があるはずなのです。

　地平線のわずかな光に見とれながらマー君の胸にも様々な思いが浮かんでいました。ここに来てまだそれほど長い時間が過ぎたわけではないと思うのですが、日差しがとても懐かしく思われました。そしてマムルとの最初の出会いの事を遠い昔の事のように感じていました。何故だかわかりません、初めての出来事の連続で気が抜けなかったせいで、とても濃い時間を過ごしてきたからかもしれませんが、ずっと前から友達だったような懐かしさをマムルの瞳に感じるのです。そして太陽の光の下で見るマムルの笑顔に思いを馳せました。姿は子供なのに、仕草やことば遣いは大人びているようにも思える、マムルって何者なんだろう、あらためて思いました。でも今はそれを考えても意味がない事、とにかく今ボクに出来ることをしよう。答えはその後についてくる。そう思い無理やり現実に頭を切り替えたのでした。

「休憩は終わり、行こうか。取りあえず、地平線の光を目指そう」

手を繋いでまた歩き出していました。その時、いきなり地面が揺れました。天井からは雷のような音も響いてきました。

「なっ、なんだこの揺れ」

マー君はマムルを抱き寄せ、辺りを見回しました。

「たぶん、ここは大きな道路の下よ。そこに重いものを載せたダンプカーとかが通ると激しく揺れるのね」

「そうか、じゃあ早く通過しよう、危ないもんね」

手を取り合って小走りに進みながらマー君はいつかの夢の事をおぼろげに思い出していました、マムルが着物の女の子と話をしていたあの夢です。また地面が揺れました。どうやら交通量の多い道路の下に差し掛かってしまったようです。

『あの時、マムルは寝言でことちゃんって呼んでいた。今なら、このどさくさに紛れてさらっと聞けるような気がする』

マー君はそう思い、走りながら言葉を発しました。

「あのさ、ことちゃん……」

突然、また大きな揺れに襲われました。今度は直ぐに収まらず、長く揺れていたかと思うと、ひときわ大きな雷のような音が響いて砂の雨が降り注いできました。二人はその場に抱き合ったままやり過ごすしかありませんでしたが、その間に見る見る砂に埋もれていきました。やっと揺れが収まり、静かになった時、二人は首まで砂に埋まってしまっていました。頭に積もった砂を振り落としたマー君とマムルですが、マムルの手の平が埋もれてしまった状態で真っ暗闇の中、抱き合ったままの二人は体を動かす事が出来ませんでした。

「マムル、無事で良かった、今助けてあげるよ」

マー君は少しずつ体を揺すって、砂から腕だけでも出そうともがきました。でも首まで埋もれた砂は重く、なかなか思うように作業は進みません。

「いつも私の事を気遣ってくれてありがとうマー君、でも大丈夫、ここは私にまかせて」

すると隣に埋まっているマムルの体の感触が、スーッと消えたかと思うと地面にふわっと紫の光が浮かび、そこに手の平を真っ直ぐ上に伸ばしたマムルの姿が現れました。そして差し伸べられた、マムルの手にすがってはい出したマー君は、不思議なものを見るようにマムルを見つめました。

「私ね、土に埋まったり、そこから抜け出たりする事は得意なの」

マー君は肩の砂を払いながら、力なく視線を足元に落としていました。思いがけないアクシデントに呆然としたような虚ろな目をしています。

「どこか痛いの」

マムルがマー君の瞳をのぞき込むと、マー君はゆっくり首を横に振りました。

「そうじゃなくて、今まで色々あったけど、ボクはまだマムルの事をあんまり知らないんだなって思ってさ」

「例えば、どんなこと」

「そうだな、マムルの髪は、なんで紫色なの」

マムルは砂にまみれた髪を指で梳かしていました。手の平の光が髪に反射して、とてもきれいだとマー君は思いました。

「それはね、スミレの花びらが紫だからよ」

「じゃあ、瞳が薄緑色なのはスミレの葉っぱが緑だから?」

「そうよ、でも、それを言うのなら私もマー君のことをあんまり知らないって事になるわ、マー君の髪はなんで黒いの、瞳はなんで茶色なの」

マムルがマー君の頭を抱きしめました。だからマー君の頭は温かいもので包まれていました。

「私は、マー君に出会ったのは何か意味があるとずっと感じていたの。でもそれがどういう事なのかはまだわからないの。でも鏡の色が何色かわかった時、何かがわかる気がするの」

耳元でそうささやかれ、マー君の心臓は高鳴りました。

「それならボクも同じさ、マムルにお願い事があるって言われたとき、最初から断れないってわかってた気がする」

「今知らない事だって、きっと太陽の謎かけを解けばわかってくるのよ」

「そうか、そうだよね、やっぱり今はそれが一番やらなきゃならない事だよね」

マー君はあらためて、マムルとの約束を果たそう、その思いを強めて再び手をとって歩き出していました。

『マムルとボクは今まで住む世界が違っていたんだ、でも、大事なのは、今は一緒にいるって事、そしてその目的も同じだって事なんだな』

つないだ手の温かさに、マー君はそう感じていました。

6・太陽の光の結晶

「ねえ、太陽の光の結晶については何か知っているの」

「ずっと記憶を探していたんだけど、断片的にしか思いつかないの、今思い出したのは、セミ、夏、そんな言葉くらいかな」

「セミが関係するなら、また卵の可能性大だね、セミの卵だとすれば木の皮の中だよね」

その刹那、マムルの姿がスーッと消えました。穴に落ちたのです、繋いでいた手に引かれマー君も前のめりに倒れましたが、手だけは離しませんでした。左腕一本で穴の中のマムルを繋ぎとめ、右手と両足を突っ張って支えていました。穴はマムルの体が通るくらいの大きさで、歩いていて踏み抜いたようでした。

「中はどうなってる、手の平の明かりをかざしてみて」

「穴の底まではそんなに深くないみたい、何かのトンネルのように見えるわ」

マムルが踏み抜いたくらいですから、周りの地盤も脆いようです。マー君は何とかマムルを引き上げようと周囲を見回しました。そばに何かの草の根があり、それが紐のように垂れているのが視界をかすめました。とっさにそれを摑んで命綱にしたのです。手ごたえを感じ『いけるかな』そう思ったその時、無情にも草の根は音もなく切れました。すでに干からびていたのです、脆くなっていた草の根に二人を支える強度はありませんでした。

「あっ」

叫んだ時に周囲の地面は崩れて、とうとう二人は落下してしまいました。幸いな事にそんなに深くなかった事と、穴の底が柔らかい土であったために二人に怪我はありませんでした。注意深く観察するとそこはマムルの言った通りトンネルになっていました。そしてそこには微かに光る何かが動いていました。マー君はマムルを背中に庇い、近づいてくる光る物をじっと見守っていました。

「誰だ、まさか人間の子供、やけに小さいな。それで後ろに隠れているのは誰だ」

近づいてきたのはセミの幼虫でした、今のマー君から見れば牛ほどの大きさの怪物です。そしてやはりガラスのように透明なところを見れば亡霊なのでしょう。

「後ろにいるやつは、フン、囚われたお仲間か」

セミの幼虫はそう言うとそれ以上の詮索をしようとしませんでした。特に興味は無いといった感じです。しかしマー君にしてみれば、たとえ亡霊でも何かの情報を得てここからの脱出につなげたいところなのです。敵意がなさそうなのでなおさらです。

「ボクはマー君、この子はマムル、君は誰？」

「俺様か、見ての通りのセミの幼虫、だけど今は魂が無い、熱い心は持ってるんだがな、6年間も地中に暮らし、やっと地上に出て太陽様を見ようとしていたところで何者かに閉じ込められてしまったのよ、名前はパオだよ」

天井を見上げて大きなため息をついたパオ。

「それは闇の魔物、アスファルドンよ」

思わず言葉を発したマムル、パオは振り向くと、キラリと光る刺すような眼差しでマムルを見ました。

「お嬢さん、言われなくても知っているさ、ただその名は口にしたくもない。俺様の6年間を台無しにしやがって」

セミの幼虫の亡霊パオはアスファルドンに対してそうとうの恨みを持っているようです。これは協力者になってくれるかも知れない、マー君はそう考えました。

「ねえ、パオ、ボクらはアスファルドンを倒す為に太陽の光の結晶……」

言い終わる前にトンネルの奥からすさまじい叫びと、何者かが高速で近づいてくるゴーッという音が聞こえてきました。マー君はマムルを庇い、トンネルの隅に避けて身構えました。そこに突っ込んできたのは、なんとホタルミミズのミルルだったのです。

「ミルル、どうしたんだい、こんなところで」

「どうしたもこうしたも無いよ、モグラに追いかけられているんだ、こんなところにモグラが生き残っていたなんてね、モグラのやつミミズが大好物ときてるからたまったもんじゃないよ」

マー君は手鏡を取り出すと、ミルルの後から猛スピードで迫ってきたモグラにビームを照射しました。ところがモグラはびくともしません。

「あれ、モグラは光に弱いんじゃなかったっけ」

ミルルがモグラの引っかきパンチをスレスレでかわしながら、叫びました。

「モグラが光に弱いなんてうそだよ、それより音に敏感なんだ」

「音、そうだ、ミミズって鳴くんでしょう」

「おっとっとっと、それもうそ、でもおかげで、ミルルには超音波って特技があったの思い出したよ、これでやっつけてやろう、ボクの光っているお尻にビームを照射してよ」

ミルルはモグラの噛み付き攻撃をまたもやスレスレでかわしながら、お尻をマー君に向けてきました。それを見ていたパオが協力を申し出ました。

「マー君、そのミミズはお前の友達かい、モグラはミミズの敵だよな、敵の敵は味方って言うからな、協力するぜ、モグラ野郎は俺たちの敵でもあるんだ」

「頼むよパオ、ホタルミミズのミルルはボクらの命の恩人なんだ」

「よーしいいか、このモグラトンネルにはごみ捨て場がある。このまま真っ直ぐ進むとゴミ捨て場だ、そこには地面の割れ目があって深い崖になってるんだ。モグラ野郎はそこからごみを捨てているのさ、そこに追い込んで崖から落としてやれ、モグラ自身を捨ててやるのさ」

「よし、その作戦に乗った、マー君、ビーム照射だ」

ミルルの掛け声に合わせてマー君はビームを照射しました。空色のビームがトンネルの暗闇を引き裂いて、ミルルのお尻に正確に命中しました。

「おおいいぞ、このビーム、前は緑だったけど、空色の光になってパワーアップしてるね」

「そうなんだ、月の光の結晶を手にいれたんだ、頼むよ、ミルル」

「よーし、超音波、発射」

ミルルの頭の光が強くなり、それと同時にモグラが暴れだしました。

「いいぞ、パワー全開」

ミルルの頭の光が更に強くなりました、キーンという甲高い音がトンネル内に響いていきます。モグラはたまらず、猛スピードで後退していきました。追いかけるミルル、ミルルのお尻にビームを照射するマー君がそれに続きました。マムルも懸命に走ってついていきます。

「いいぞ、ゴミ捨て場はその先だ、いけー」

パオがそう叫んだ時、モグラはトンネルの終わりの崖っぷちに踏みとどまるどころか、逃げる勢いのままトンネルから飛び出し、そのまま崖から落ちていきました。

「やったね」

マー君は勢いあまってミルルに体当たりして抱きつきましたが、ミルルの体はプクプクのポヨンポヨンで、おまけに頭の部分だけでもマー君の背丈以上に大きいので、抱きつくというよりはしがみついているようにしか見えません、そこにパオとマムルも加わって勝利の歓声がトンネル内にこだましました。

「さっきマー君が何か言いかけたな、アスファルドンを倒すとか、太陽の光の結晶とか」

勝利の興奮が一段落すると、パオが思い出したように言いました。そこで、マー君とマムルが今までの経緯を簡単に説明し、アスファルドンに強い恨みを持つパオにあらためて協力を依頼したのです。天井を見上げて黙って話を聞いていたパオですが、いつの間にか大粒の涙を大きな目に浮かべていました。

「そうよな、アスファルドンにはひどい目にあわされたよ、俺様たちセミはね、6年間も土の中で暮らすんだ、その時何を思ってると思う。それはね、太陽の事を考えて、恋焦がれているんだよ。成虫になったら思いっきり太陽の光を浴びるんだ、その日を夢見てずっと耐え忍んでいたんだ。それがだよ、7年目の初夏のこと、やっと地上へ出られると思い準備していた時、あいつが来たんだ、それですべては終わったね」

ミルルの頭とお尻の淡い緑の光に照らされたモグラのトンネルの中、マムルも瞳に涙をためていました。マムルだってアスファルドンによって闇の中に閉じ込められたと話していましたから、パオの気持ちが痛いほどよくわかったのでしょう。マー君はその涙を見て、ドキリとしました。マムルの潤んだ瞳を見るたびに。何とかしてあげたい、その思いは胸の奥でまたも疼くのですがそれが形にならず、言葉にもならず、ただこぶしを握り締める事しかできませんでした。

「だから、マー君がアスファルドンと対決するなら、俺様は応援するぜ、とびっきりの情報を提供するよ」

黙って下を向いていたマー君が顔をあげました。

「セミの成虫はね、真夏の太陽のもとに生きるんだ。オスは太陽の光のエネルギーを大きな声で鳴く事に使用する。しかし鳴かないメスはそのエネルギーを体に溜め込んで卵に宿す。だからセミの卵には、太陽の光の結晶がほんの少し含まれている。このトンネルの主だったモグラ野郎も太陽に強い憧れを持っていた。まあ暗い土の中を住処にしている大抵のモグラは多かれ少なかれ太陽に憧れているらしいけどね。だからモグラ野郎はセミの卵の中の、微かな太陽の光の結晶のエネルギーを敏感に感じ取りそれを集めていた。コレクション部屋には沢山の孵化する事の無かった卵が集められていたんだ、長い年月を経て、卵は土に還り含まれていた太陽の光の結晶はたぶんそこにある」

「でも、セミの卵は木の皮に産み付けられるでしょ、それを何でモグラが集められるの？」

　パオがギロリとマー君を睨みました。

「マー君って言ったっけ、お前よく知ってるな、俺様たちの事」

「まあ、図鑑にはそう書いてあったからさ」

「ズカン、なんだそれ、まあいいや。答えは簡単、アリの野郎に見つかった卵は、地下のアリの巣に運ばれるんだよ、そこをモグラが襲うってわけさ」

「なるほどね、それでそのコレクション部屋っていうのが何処にあるのか知ってるの」

　ミルルの体をクッション代わりにして座っていたマー君ですが、思わず身を乗り出しました。

「もちろんだよ、モグラ野郎は、俺たちを餌にしてたからな、亡霊になった今では復讐してやろうと思ってこのトンネルはくまなく調べてある。そのかいあって今日はミルルやマー君たちと一緒にあのモグラ野郎をとっちめてやったもんな、気分爽快だぜ。さあついてきな、こっちだ」

　それから一行は、しばらくトンネル内を進みました。トンネルは迷路のように続いていましたが、やがて奥まった部屋のようなところにたどり着きました。

「ここがそのコレクション部屋さ」

モグラの部屋ですからけっこうな大きさです。その壁にところ狭しと並べられているのは干からびたセミの卵のようです。その卵、一つ一つが微かに赤い光を宿していました。古い卵は原型を留めていませんでしたが、置かれていた土の部分が同じようにわずかに赤い光を含んでいました。

「マー君、また鏡が反応してる」

マムルに言われて鏡を取り出すと、前の時と同じように、銀の部分が輝いていました。鏡の輝きに誘われたようにやがて一つ一つの赤い光は空中に浮き上がり、赤い銀河のように部屋の中を回り始めました。光の渦は次第に集まり始め、そして最後には一つの強い光となって手鏡に吸い込まれていきました。マムルの手の平からの淡い紫の光とミルルの放つ淡い緑の光に照らされて、手鏡の取っ手の部分の三つの穴は、青、緑、赤の石で埋まっていました。

「これが、真夏の『太陽の強さ』を宿した太陽の光の結晶ね」

「やっぱり光の三原色だ、わかってきたよ、マムルの手の平は紫の光、ミルルの頭は緑の光でしょ」

マムルとミルルはうなずきました。

「光の三原色は、緑、青、赤なんだ、紫の光は何色からできていると思う、それは青と赤さ、という事は、マムルの紫とミルルの緑で三原色が揃う、だからここに、緑の星の光の結晶石、青い月の光の結晶石、そして赤い太陽の光の結晶石が鮮やかに見えているんだよ」

「マー君、そうすると三原色の光が全部あつまると、ビームの色は」

マムルが言い終わるより早く、マー君が手鏡を構えました。

「いっくよー、それー」

マー君が鏡手鏡の取っ手を握り締めると、白い光がトンネルの暗闇を引き裂いて走りました。鏡の光はまたパワーアップしていて、誰もが一瞬、視界を失い思わず目をつぶるほどになっていました。

「やっぱりね、白い光、それは、太陽の光を意味してたんだ」

マー君が鏡を見つめてポツリとつぶやきました。その手にマムルの手が重なります、また陽だまりのような暖かさがマー君の手の甲に伝わってきました。

「三つの光の結晶、見つけたのね」

「残りは、鏡の色の謎か」

二人は、ミルルの掘る穴を通ってモグラトンネルを脱出し、パオとミルルに別れを告げて、わずかな光を残す地平線を目指す事にしました。

「さよなら、マー君、マムル、きっとアスファルドンをやっつけてね」

振り向くとパオが手を振っていました。

「マー君、マムル、二度ある事は三度あるって言うよ、また何処かで会おうね」

ミルルは光る頭を振っています。それを見つめるマー君にはパオとミルルの姿がにじんで見えていました。涙があふれていたからです。みんなに助けられてここまで来た。だからみんなの思いも背負って行こう。でも、ボクに出来るだろうか、そう思うと自然に涙があふれてきたのです。隣のマムルをチラッと見ました。同じように瞳に涙が光っていました。マー君は涙をぬぐうと、真っ直ぐ地平線を見つめました。

「あのさ、マムルのお願い事は太陽からの宿題の、星、月、太陽の光の結晶を集める事、そして鏡の色は何色か、その答えを探す事だったんだけど、パオにはアスファルドンを倒すって言っちゃったよ、そこまで出来るかなあ」

何を思っているのか。マムルは暗い空を見上げていました。この時々見せる少し悲しげな横顔にマー君の心は騒ぐのですが……。

「鏡には三つの光の結晶石が揃ったし、太陽の光のビームも手に入れた、できるわよ、マー君なら」

直ぐに凛とした瞳に戻ったマムルの声に励まされ、

「じゃあ、行こう」

そう言った時には、マー君の瞳の光に力強さが戻っていました。うなずくマムル、二人はまた歩き出していました。

7・日差しの世界

　こぶしでおでこを叩きながら歩いていたマー君が立ち止まりました。また考え事をしていたのでしょう。

「ここで太陽からの要求事項を整理してみよう、まず一つ目が、星、月、太陽、の光の結晶を集める事だったよね」

　枯葉の匂いを含んだ少し冷たい風が吹く、音も無い暗闇の空間をマムルの手の平から灯る薄紫の光だけを頼りに二人は歩みを進めていました。

「そうね、その三つは手に入ったのよね、光の結晶に近づくと鏡が反応して、小さな結晶が集まり始め、最後には指先くらいの大きさの結晶石になって取っ手の穴に収まった。それはこの鏡の力で起きた事よね」

「そうだと思う、そして、結晶石が穴にはまった状態で取っ手を握り締めると、鏡からビームが出るようになった。そして三つの結晶石というのは、光の三原色と同じ色だった」

「そうね、それでマー君の考えた通り、三つの結晶石が揃った状態で出るビームの色は白だった」

「そう、それは太陽の光の色。そこまではわかったよ、太陽の要求は結晶石を集めて、太陽の光と同じビームを出せるようにする事だと思う。でもまだそこには隠されたキーワードがあると思うんだ。例えば星の光の結晶は星ぼしのやさしさとかなんとかマムルが説明してくれたよね」

「えーと、星の光の結晶は、春に目覚める命の息吹きを見守る星ぼしのやさしさを宿してるって言われてるわ」

マー君は歩きながら、まだ右のこぶしでおでこをコツコツ叩いていました、考え事をしている時のいつもの癖です。

「それそれ、星の光の結晶は、春を意味しているんだよ。月の光の結晶はなんだったっけ」

「月の光の結晶は中秋の満月の清らかさを宿してるって、そして太陽の光の結晶は真夏の太陽の強さを宿していると言われているわ」

「そうすると、二つめのキーワードは季節だね、春、夏、秋は揃った、残りは冬だけど、光の結晶は三つでおしまい。じゃあ何が冬を意味しているのか見つけること、それも次の課題かな」

歩みを止めたマムルが大きな瞳をいっそう大きくさせて、マー君の方へ顔を向けました。

「やっぱり、マー君はすごいな」

マムルの潤んだ瞳で見つめられ、少し照れたマー君は頬が火照るのを感じていました。でも、そう言った後、少し悲しそうな瞳をしたマムルの表情の変化を見落としませんでした。

『なんだろう、謎が解けて喜んだ後に、時々見せる悲しそうな瞳』

それが少し、マー君の心には引っ掛かるのです。

『何か気がかりな事があるのかも知れないけど、話したくない事なのかも知れないし、マムルが話してくれるまで待ったほうがいいな、ことちゃんの事も、生き埋め事件で結局聞けずじまいだし』

そう思いました。それよりしなければならない事があるのですから。

「よし、あの光のある場所をめざし、季節のキーワードの意味と、鏡の色を探そう」

照れ隠しに大きな声で叫んだマー君ですが、その背中でジワリと闇が濃くなるのには気がつきませんでした。こうしている間にもアスファルドンの闇は膨らみ続けていたのです。

二人は長いこと歩き続け、とうとう太陽の見えるところまでやって来ました。振り返ると暗い荒野が広がっていますが、今、目の前には、巨大な緑の草の生い茂る世界が広がっています。マー君にとってはテレビで見た南の国のジャングルのようにも見えました。それはマー君たちが小さいからで、普通の草が巨大なバナナの木のように生い茂って見えているのです。今自分たちは小さいのだという事はわかっていました。たぶんここは広々とした野原でそれがどこまでも続いているのでしょう。マムルが駆けだしました。

「懐かしいわ、昔を思い出すの、何年ぶりかなあ」

無邪気なマムル、紫の髪に、陽光がキラキラと躍り、銀のブーツが跳ねるたびにもも色のスカートが風に舞うのです。マー君は目を細めてしばらく見つめていました。明るい陽の下で見るマムルは眩しいほどに輝いていました。

『マムルの願いを叶えてあげたい、ボクがきっと答えを探してあげる』

そうつぶやいてマー君も駆けだしました。

するとすぐ先の草の先っぽにトンボが留まっているのに気づきました。その下にはギョロリと大きな目をしたトノサマガエルがしゃがんでいました。両方とも肉食です。今のマー君のサイズなら、一口で飲み込まれてしまう大きさです。マー君は素早く身構えました。

『怖がることないよ、敵じゃない、そのまま進んで』

「誰っ、マムル何か言った」

マー君は振り向きましたが、マムルはトンボとカエルに圧倒されて目を見開いたまま口を手で押さえていました。

『やっぱりマムルの声じゃない、男の子のような、誰かいるのかな』

そう思いながら前に向き直った時、

「お待ちしていました」

トンボとトノサマガエルは声を揃えてそう言いました。それは物静かな、どことなく寂しげな小さな声でした。敵意はまったく感じられません。

「怖がらないでください、あなた方に危害を加えるつもりはありません。実は子供たちから手紙を受け取りました、おかげ様で天国へ向かう事が出来るようになったとの事でした。お礼が言いたかったのです、本当にありがとうございました」

トンボは羽を動かし、トノサマガエルは両手をついて深々とお辞儀をしました。

「もしかして、幻の沼の……」

マムルは首をかしげてつぶやき、マー君も思い出したのかポンッと手を打ちました。

「そうか、『とうさん、かあさんへ』って書かれた封筒が落ちてたね」

「そうです、子供たちが天国へ召される事になったのはおふたりのおかげです、お礼にこれを受けとってください『絆の指輪』です、子供たちとの親子の絆が形を変えた物なのですが、この指輪をはめていると離れていてもお互いに心を通じ合わせることが出来るのです、トンボとカエルの分で二つあります、お役に立つことがあるかもしれません」

「魔法の指輪って感じだよね、遠慮せずいただきます」

「受け取っていただければ子供たちも喜ぶでしょう、しかし、アスファルドンにはくれぐれも注意してください。あいつの進行速度は変幻自在です。気が付いた時にはもう飲み込まれているのです。トンボは空に逃げ、カエルは連続ジャンプで逃げられましたが、水の中でしか生きられないヤゴとおたまじゃくしは逃げ切れませんでした。何しろ沼ごと飲み込まれてしまったのですから」

「ほんとにとんでもない化け物らしいね、アスファルドンてやつは」

トノサマガエルから金色の指輪を渡されました。二人がそれを右手の小指にはめるのを見届けると、

「それではさようなら」

声を揃えてそう言い、トンボは空へ、トノサマガエルは草の茂みに姿を消しました。

「幻の沼のおたまじゃくしとヤゴは、天国へ行ったんだ、それを知らせる手紙だったんだね、あの時落ちてた封筒は」

「役に立てたのよね、私たち、それでお揃いの指輪をいただいちゃったわ」

マムルがうれしそうに右手をあげ、小指の指輪を日の光にかざし、目を細めて見つめていました。

そうしてトンボとトノサマガエルを見送った二人は、また草のジャングルの中をどこまでもどこまでも走り続けて行きました。その時、マー君にはちょっとうれしい思いがありました。ピンチになったり、予期せぬ事態が迫った時に誰かが助言を与えてくれる、もしかして何かに守られてるのかも知れない。

『何か理由があって姿は現せられない、それって、神様？　いや天使の声かな』

何かそんな気がしていたのでした。まだ確信が無いのでマムルには話しませんでしたが、手探りの旅の中で、協力者の存在は小さなともしびのように思えて、頼もしささえ感じていました。

日差しの世界にはさわやかな風、若草の香り、青く透き通る空がありました。そして

マー君にとって何よりも大切に思えたのはマムルの笑顔、それと澄んだ笑い声だったのです。小高い丘の上に立ちました。右手の方には様々な色、形をしたきのこの森が広がり、正面にはくねくねとした小川の流れがあり地平線に消えていました。小川の岸にはイチゴが群生していて、マー君の体より大きな赤いツヤツヤした実がついています。

「ねえ、このイチゴ食べてみようよ、一粒だって食べきれないけどさ、今まで干からびたようなビスケットとか拾ったものばかりでまともな食べ物は無かったじゃない。これはご馳走だよ」

走り込んだ勢いのまま、いきなりイチゴにかぶりついたマー君はイチゴの中に体がめり込んだ状態になってしまいました。赤い果汁を頭から浴びたような格好です。顔を滴る果汁を大きなベロで受け止めて、マムルを見て楽しそうに笑っていました。

「マー君たら、服が真っ赤じゃない、どうするの」

「小川で泳げばきれいになるさ」

そう言いながら指さす左手の方には、家よりも大きなふきの葉の並木道が続き、遥か彼方には巨大な氷の壁のようなものも見えていました。

「あれは何なの」

「きっと霜柱よ、ここは冬と春の間の時間みたい」

「へーえー」

マー君がマムルの方へ顔を向けた時、マムルは後ろの闇の世界のほうを見つめていました。その顔からは微笑みが消えています。マー君はそんなマムルに気づいてはいましたが、後ろを振り向くことはせず、葉っぱの上にごろんと寝転がりました。若草の大きな葉っぱは上等な布団のようです。

「ねえマムル、ずーっといつまでもこうしていられたらいいのにねえ」

隣に座ったマムルは力の無い笑顔を返して言いました。

「……鏡の色を見つけなくちゃ」

「いつかわかるよ」

「いつかって何時」

「そのうちって事、それよりもっと探検してみよう、そうしているうちに何かわかるかもしれないし」

「マー君たらっ」

「さあ行こう」

マー君がマムルの手を取りました。気のせいか、それともアスファルドンの魔力のせいでしょうか、あたりが少し暗くなったように二人には感じられました。

「今までの闇に閉ざされていた世界とここは違うわ、ここはどんどん変化している世界、ここももうすぐ……」

最後まで聞かないうちにマムルの言葉をマー君が遮りました。

「ほら、まだ向こうはあんなに明るいよ」

　駆けていく二人の背中に〝ゴーゴーガー〟という地鳴りのような音がどこからか微かに届いていました。そうして旅しているうちにまた何日かが過ぎていきました。それと一緒にマムルの笑い声も小さくなっていったのです。マー君は何とかマムルの元気を取り戻そうと無理に陽気に振る舞うのでした。

「ねえマー君、そろそろ本気で探して、そうよ、まず鏡の色の謎を解かなきゃ」

　マー君はにっこり笑って、

「手鏡の他に、もう一つの鏡、みーつけた」

「ほんと、どこどこ」

「それはね、マムルの瞳だよ」

「じゃあよく見て、何色してる？」

　マムルは指で目蓋を大きく開きました。マー君はその瞳をじっとのぞき込んで、

「ボクが映ってる、ハハハ」

　そう言って走りだしました。

「またそんなこと言って、あっ」

　追いかけようとしたマムルはその束の間足をもつれさせ転んでしまったのです。

「マムルどうしたの」

　マー君が駆けよった時、マムルはゼーゼーと荒い息をしていました。近くでよく見るとだいぶやつれているようです。マー君はマムルの額についた泥をそっと払いながら聞きま

した。

「疲れたの」

「うん、ちょっと……あのね」

「えっ」

マムルが潤んだ目でマー君を見つめました。

「花の命は短いのよ、一緒にいられる時間は長くはないの、この時を逃してしまえば次に会えるのは一年後」

マー君はマムルの顔を見つめました。紫色の髪が風に揺れ、薄緑の瞳はジッとマー君を見つめ返してきました。紫色の髪、薄緑色の瞳、その意味からわざと目をそらしてきていた自分にあらためて気が付きました。そして『この時を逃してしまえば』その一言はマー君の心の柔らかい部分に突き刺さりました。うっかり忘れかけていた事を思い出したのです。ここがどこかって事、そして自分は何をしなければいけないのか、マムルの笑顔を取り戻すにはどうすればいいのかという事を。

「そうだよね、ボクがやらなきゃいけないのは……」

うつむいて拳を握り締めたマー君の耳に、ブーンという羽音が聞こえてきました。やがて二人の頭の上をたくさんのミツバチが飛び越えて行きます、そして口々に叫んでいました。

「ここはもう駄目だ、アスファルドンが来るぞ」

「急げー、追いつかれるぞ、遠くへもっと遠くへ逃げるんだ」

「アスファルドンの進行速度が急に速まってる、闇に取り込まれる前に君たちも走れー」

ミツバチたちの声が頭上から降り注いできました。

「羽のあるミツバチたちがうらやましいわ」

うつろな目で見上げながらマムルが小さくつぶやきました。そうしている間にも二人のいるあたりはどんどん暗くなっていきました。よろけるマムルに肩を貸して、ゆっくりとしか進めない二人をあざ笑うかのように、変化は思いのほか早くやって来たのです。昨日までは穏やかな草のジャングルだったのが嘘のように、緑の草原も青い空もみるみる色あせていきゴーゴーガーガーという音は耳をつんざくほどになっていました。強い風が起こり、ちぎれた花や草が飛ばされていき、たちまちあたりは白黒写真を見るような色の無い世界へと変わっていきました。マムルは耳を塞いで咳き込んでいます。そんなマムルを見るに見かねたマー君は立ち上がりました。

「マムル、ボク戦う。アスファルドンをやっつけてやる」

暗闇を睨みつけました。

「ダメ、今は逃げる事よ、鏡の色の謎が解けなきゃかなわないわ。ゴホッゴホッ」

「だってマムルが……」

そう言い終わらないうちに、マー君は駆けだしました。感情の高ぶりのまま、まっしぐらに暗闇のなかへ。

「待って、マー君」

マー君が振り向くとマムルはしゃがみ込み、懸命に岩にしがみついていました。そのすぐ横を風に飛ばされた大きな葉っぱが吹き抜けていきます。風は立っていられない程に強くなってきていました。マムルを一人に出来ないと危険を感じ取ったマー君が戻りかけた時です。巻き起こった竜巻が巻き上げた小石を避けるため、腕で顔を覆い、ちょっとマムルから目を離したその瞬きの間に、竜巻の突風はマムルをすくいあげていました。

「キャー、助けて」

悲鳴を聞いてそちらを見上げたマー君の目に、突風に吹き飛ばされていくマムルの姿が映りました。

「マムルー」

竜巻に取り込まれ、クルクル回るマムルの姿はあっという間に小さくなり視界から遠ざかっていきました。マー君はその場に倒れこんで突風を避ける事しか出来ませんでした。

『マムルを探さなきゃ、いやそれよりこの場でアスファルドンを倒さなきゃ、そうすれば風もおさまるだろう。それからゆっくりマムルを探せばいい、よし、やるんだ』

瞳に力を込め、歯を食いしばりギュっと口を結んで、またマー君は立ち上がり、風に抗って進みました。

「どこだー、アスファルドン出てこーい」

吹きすさぶ風に負けない大声で叫んだのです。真っ暗な空に赤い大きな目が開きました。

「ハハハ、俺に刃向かうのは誰だ、どうしようと言うのだ」

「お前をやっつけてやる」

　三つの光の結晶がはまった手鏡を手にすると、闇に向けて思いっきり取っ手を握り締めました。目がくらむほどの白い閃光がほとばしり出て、闇を真っ直ぐに貫きました。その衝撃でいったん風がやみ、音が途絶えました。チャンスと見たマー君は、赤い大きな目に狙いをつけ、走りながらビームを連続発射しつづけました。赤い目は閉じられたようです。

「やったのか」

　そう思いました。しかし静かな暗闇の中から再び声が響いてきました。

「驚いたな、それは光の手鏡か、三つの光の結晶石も揃っていると見た。最大パワーの太陽光線だったな、でも、打ち手の心が入っていないと見える。それなら恐れる事はない」

　太い声は、空から降ってくるのでした。

「お前がアスファルドンか、姿を見せろ」

　マー君は空に向かって再びビームを乱射しました。

「威勢がいいな、姿を見せろだと、愚かなこと、それならその手鏡に自分を映してみたらどうだ。アスファルドンだなんて誰がそう呼んだのかは知らないが、私はお前自身だ。お前がアスファルドンなのだよ、ハハハハ」

空にはまた、赤い大きな目が開いていました。

「何だって」

マー君の目が、思わず闇を泳ぎました。

「私の正体は、そうさ、道路、サッカー場、大型ショッピングセンター、遊園地といった文明の作り出した建造物。しかし、私を影で操るのはそれらを必要とし、そして作り出してきた、お前たち人間なのだよ」

マー君は言葉を失いました。うつむき、両手をだらりと下げたまま枯れ木のように立ち尽くしていました。

『そうか、そうだったのか』

その思いが突き上げてきました。亡霊となって彷徨う虫、コオロギのミイラ、生まれる事が叶わなかった虫の卵たち、埋め立てられた池のおたまじゃくしやヤゴ、それを見てアスファルドンの仕打ちに怒りを募らせていた自分の姿が目に浮かびました。

『うそだろう、あの残酷なアスファルドンがボクたちだって言うの、自分たちのしてきた事に勝手に腹を立てて、悪に立ち向かうヒーローのつもりだったって言うの、悲しいよ、そんなの、まるでバカみたいじゃないか』

耳を疑いたくなりました。でも追い討ちを掛けるように声は降り注いでくるのです。

「映画館を併設した大型ショッピングセンターが出来て喜んだのは誰だ、アトラクション盛りだくさんの遊園地の建設を望んだのは誰だ、実際に完成した施設で、満面の笑みで楽しんだのは誰だ。それはお前だ、アスファルドンを生み出したのはお前たち人間なのだ」

　今まで信じていた、正義が、良心が、心の中でガラガラと音を立てて崩壊していくように感じられました。

「そうなのか、そうだったのか、山を崩し、野原を掘り、池を埋め、建設を進めてきた街の施設や道路、テーマパークがアスファルドンの正体なのか。でもそれを望んだのはボクだって言うの。それはそうかも知れない、でもボクだけじゃない。大勢の人が必要としてたんだ、便利で楽しい暮らしのためだ。それは悪いことなのか。そんなに悪い事なのか」

　頭を抱えてひざまずき、声を絞り出しました。そんなマー君の打ちひしがれた姿を見下ろすように、闇の空の赤い目の光が増しました。

「いいところに気がついたな、お前の言うとおり、都市を建設するのは悪いことじゃない、誰だって豊かな生活がしたいんだ。何が悪いものか、それでいいじゃないか」

　アスファルドンの声は、悪魔のささやきのようにやさしい声音に変化していました。

「そうだけど、そうなんだけど、でもそのために、マムルたちの世界を壊してきたんだ。それで良いわけなかったんだ。だけどそれは、ボクのせいじゃない、ボクだけのせいじゃない」

　その声は、最後は叫びに変わっていました。

「お前たち人間がやった事だ、さんざん楽しんでおいて、いまさら言い訳か」

　その時、地面から突然何かが現れました。ぶよぶよした緑に光る物と、青白く光るガラスのような物、ミルルとパオでした。

「話は聞いたよマー君、マー君たちがアスファルドンを生み出したなんてちょっとショックだったけどね。でもそれを認めるんだろ、その上でアスファルドンと戦って、そして倒して、この世界を開放してくれるんだろ、太陽の降り注ぐ世界を取り戻してくれるんだろう、だったら助太刀するよ」

そう言ったのはミルルでした。地面から半分這い出して、吹きすさぶ風に耐えていました。

「間に合って良かったぜ、俺様も戦うぜ、なにしろアスファルドンには恨みがあるからな」

パオはミルルにしがみついて、アスファルドンを睨みつけています。

「ありがとう、パオ、ミルル。マムルを守れなかったけど、アスファルドンを倒すという約束は果たすよ、それからの事はそれから考える、お願いだから力を貸して」

「よし、モグラを退治した時のチームプレーで行くよ、マー君は太陽光線ビーム、パオは6年間分の呪いの念波、そしてボクは得意の超音波だ。名づけて『スペクトルソニックリプルアタック』だ」

ミルルが即座に作戦を提案し、マー君とパオも同意しました。

「わかった、狙いはあの目だ、いくよ、1で狙いを定めて、2でボクがミルルのお尻にビームを当てる、3で一斉に超音波と、呪いの念波と、鏡のビームを照射、いいね」

「了解」

ミルルがお尻を穴から出して、パオがうなずくのを確認し、マー君が口を開きかけた時、またあの天使の声が聞こえました。

『今、アスファルドンとは戦っちゃだめだよ、戦うなら鏡の色の謎が解けてからだよ』

いくら天使の声と思っていても、マムルを失った今のマー君は、冷静に考える余裕を失っていたのです。声のアドバイスに耳を貸さず、

「誰だ、黙れ、言うのは簡単さ、隠れた臆病者」

大声で怒鳴り返すと、構わず号令をかけました。

「スペクトルソニックトリプルアタック準備、1・2・3、行けー」

ビームは闇を引き裂き、超音波と呪いの念波は、風を押し返したのです。赤い目は閉じられ風は止み、長い静寂が来ました。

「アスファルドンを倒したのかな」

パオが辺りを注意深く眺めています。

「やったよね」

マー君がそうつぶやいた時、沈黙は突然破られました。また赤い目が開き呪いの声が落ちてきました。

「バカめ、打ち手の心の無いビームなど、何度放っても無駄だ」

その時、ひときわ強い風がマー君の体をすくいあげ、後は木の葉のように、

「うわー」

次第に薄れてくる意識の中、アスファルドンの太い呪いの声が響いていました。

「落ちろ、闇の底へ、そして永遠の眠りにつくがいい」

8・光の精

どのくらいの時間がすぎたのでしょう。遠くアスファルドンの呪いの声がこだまする闇の世界で、意識は戻りつつありました。でも体は動かず、ぬるま湯のような重たい空気の中に、揺れながら漂っているようでした。目を開いても何も見えず、時間の感覚のない真の闇の空間でした。遠く微かに、ガーガーゴーというアスファルドンの低い呪いの声だけが聞こえていました。考える事は出来ましたがマー君の心は絶望に打ちひしがれ、体はただ浮かんでいるだけなのです。眠くもなく、お腹もすかない。目を開いたまま上を見つめていました。そうしながらどれほどの時が流れた頃でしょうか、何も見えなかった闇のなかに、ほんとに微かな光の筋が見えてきました。他に見える物も無いのでその筋だけを長いこと見つめていました。時間の感覚がないのでそれがどのくらいの期間の事であったのかはわかりません。ただ、光の筋は規則正しく動いていることに気が付きました。闇のなか、西も東もわかりませんが、マー君の姿勢から見て左から右へ、しばらく見えなくなってまた左から右へ。それが地面の隙間から差し込む日差しで、それが日時計のように動いているみたいだ。そう思った時、その声は聞こえてきました。

「私に気づいたか」

「あなたは太陽？」

「そう呼ぶものもいる、しかし太陽ではない、光の精とでも思ってくれ。闇に対峙するものだ」

「マムルに鏡の色の問いかけをしたのはあなたなの？」

「そうだ、けれども、それは叶わなかった。それも運命と今はあきらめるほかない。それよりお前を元の世界に送り返してやろう。お前はこの世界の住人ではない、精霊界の闇に埋もれる必要は無いのだから」

その言葉を聞いて、マー君の瞳から涙の筋が流れましたが言葉は出て来ません。でも、首を横に振りました。

「帰りたくはないのか、では何が望みだ、まさか闇に埋もれたいわけではあるまい」

「……マムルとの約束を果たしたい、マムルを助けてあげたい、それだけ」

「そうだった、お前はマムルが見える人間だったな。では尋ねよう、約束を果たしてその後はどうする。お前はもう気づいたかもしれないが、アスファルドンは闇ではあっても悪ではない、少なくともお前たち人間にとってはな」

マー君は光の精の言葉を黙って聞いていました。アスファルドンの正体がわかり、それを踏まえて何がしたいのか、どうすれば良いのか答えを持っていなかったのです。

「実を言えば私も、出来る事ならマムルたちを救ってやりたい。その為には人間の助けが必要だった。アスファルドンを生み出した人間の助けがな。だがただの人間ではない。マムルたちの姿を見ることのできる、心の目を持った人間でなければならない。マムルたちの存在を知る必要があるからな。だがそういった人間はそうたくさんはいないのだよ。そして更に条件がつく。鏡の色を知りそして、己のなんたるかを知る人間でなくてはならない、その者の助けがあって初めて、光のトンネルが出現し、『種の目覚め』が発動されるのだよ」

「ボクにはマムルが見える、でもボクじゃダメなのは、鏡の色と、己のなんたるかを知らないから」

「そう言う事だ、光のトンネルを出現させるための条件は全部で三つある。そしてその条件を揃えるために必要なキーワードも三つある。条件の一つは【光の手鏡に三つの結晶石をはめる事】、光の手鏡は闇に抗うアイテムの一つだ。結晶石を集めてくれたのは助かった。おかげで私の持つすべての色の光を放つことができるようになった。お前がそれに気づいたように光の《三原色》だよ。それが一つ目のキーワードだったのだよ、おかげで太陽の光を再現させる事ができた。これで光のトンネルを出現させる為の条件の一つはクリアした。二つ目の条件は、【鏡のビームのリミッターを解除して、力のすべてを開放する事】。力のすべてとは、大地に眠るすべての思いをひとつに束ねるということだ。《鏡の色の答え》はその為に必要な二つ目のキーワードという事になる。そして最後のキーワードは、これもお前は気づいたようだが《季節》だ。星の結晶石は春、太陽の結晶石は夏、そして月の結晶石は秋。では何が冬を意味するのか、【心の目を持った人間がその答えにたどり着かなければならない】のだよ。それが三つ目の最後の条件だ。移り行く季節、時の流れが持つ自然界の力をその身に宿す、すなわち己の何たるかを知るためにな。つまるところ、今回は残り一つのキーワードである『鏡の色』がわかっていない、その為に鏡のビームのリミッターが解除されず、アスファルドンを退けるのに十分なパワーを得られなかった。そして、その打ち手であるお前が、季節のキーワードが暗示する『冬の意味するもの』が何なのか、わかっていなかったがゆえに自然界の力をその身に宿す、言い換えれば打ち手の心を込める事が出来なかったという事なのだよ」

「ボクに足りなかったのは、キーワードの『鏡の色』と、それから三つ目の条件の『冬の意味』を知らないって事」

「そういう事だ、この課題に挑んだ者は過去にもいた、まだ誰も三つの条件を満たした者はいないのだ。簡単ではないという事だ。でもお前はその小さな体で、条件の一つである、三つの光の結晶石を集めた、それだけでも大したものだ、出来ることを精一杯やったのだ、悔いはあるまい」

　その言葉を聞いて、マー君の目にまた涙があふれてきました。

『光の精はここまででゲームオーバーだって言ってるんだ、今までマムルと頑張ってきた事、それはゲームなんかじゃないんだ、終わりにするなんて、そんなのぜんぜんだめだよ。約束を果たしたことにならないじゃないか、鏡の色の謎解きだってあきらめてないよ。そうだ、アスファルドンが言っていた言葉、そう、打ち手の心の無いビームなど無駄だって、打ち手の心……それって何だろう、それと冬がつながりそうな気もするけど』

マー君はアスファルドンとの戦いを思い出していました。

「ボクはまだ死んでしまったわけじゃない。まだあきらめたくない、アスファルドンを生み出したのは確かに人間かも知れない、でも過去の世界は変えられないけど、これからの世界は変えられるんだ」

そう言葉がついて出た時、自分の中にこんなに強い思いがあったのかとあらためて思いました。ビデオゲームのラスボスを倒せずにうじうじしていたのが遠い昔の事のように思えたのです。マムルと出会って何かが変わったと感じていました。それは自分をさしおいてでも何かを守りたいという思いであると。

『そうだ、ボクはマムルを守りたい、だってマムルの事が、気になって、すっごく気になってどうしようもないから。何時からだろうこんなふうに思ってたのは』

少し間を置いて光の精の声がまた聞こえてきました。

「なるほど、世界を変えたいか、だとすればマムルとの約束が果たされたとして、ほんとうの戦いはそこから始まる事になるぞ。長く辛い戦いになるだろう、覚悟はあるのか」

『覚悟、それって思いの強さってことかな』

日差しに照らされたマムルの笑顔が心に浮かんで消え、甘酸っぱい思いが胸元にこみ上げてきました。

『そうだ、我ながら良いことに気が付いた、過去の世界は変えられなくても、これからの世界は変えられる』

マー君は思いました。そして力強くうなずいていました。

「マムルは良い少年にめぐりあったようだな、偶然では無いのかも知れない。青空のように澄んだ心を持つ少年よ、お前の心は受け取った。元の世界に返すのはもう少し待つとしよう、その信念を忘れずに大切に守っていけば、望んだ世界を手にする日も来るだろう。鏡の色は何色か、ヒントをやろう。大地に眠るすべての思いを、ひとつに束ねる為に必要なキーワード、その答えは光のドラマを思い出す事だ」

それを最後に光の精の言葉は途切れ、再び時間の感覚の無い闇が辺りを満たしていました。

9・未来図

どれほどの時が過ぎてからでしょうか、変化は突然やって来ました。仰向けに浮かんでいるマー君の少し上に白い光の輪が浮かびました。指先ほどの小さな輪でしたがジッと見つめているとそれはどんどん大きくなっていきました。やがて子供の背丈ほどの光の輪になった時、その輪の中から光るものがのぞきました。

「やっと会えたね」

それは聞き覚えのある声でした。そして光の輪から這い出してきたのはマー君と同じくらいの少年でした。メタリックな青いTシャツに白いスリムのデニムパンツ、赤いスニーカーを履いています。そしてマー君のそばに降り立つと横に立ちました。

「あの時教えてあげたのに、まだアスファルドンと戦っちゃダメだって」

少年の茶色い瞳が、クリーム色の髪の間からジッとマー君を見下ろしていました。

「ああ、あの声は君だったの、とても天使には見えないや。声が聞こえたのはあの時だけじゃなかったよね」

マー君が不思議な物でも見るようにジッと見上げていると、その少年はニコッと微笑みました。

「天使だなんて、名乗った覚えは無いけどね、でも声をかけたのは確かに一度じゃないよ。マー君を見つけたと思ったらいつも危機一髪みたいな感じでとても会ってる状況には無かったからね。それに過去には言葉だけでしか干渉できない、手助けは出来ないんだ。でも、ボクが声をかけてもかけなくても、結果は同じだったと思うけどね」

「過去？」

マー君はポツンとつぶやき、まだ少年を見上げていました。

「初めまして、ボクはイーオ、あの光の輪はタイムマシンだよ。西暦２５０３年の世界から、どうしてもマー君て言う人に会いたくてやって来たんだよ、でも本当に探すのに苦労したよ」

イーオが手を伸ばし、その手に引かれてマー君は闇の空間に立ち上がりました。光の輪の明かりがありますが二人の他には何も見えない、空も大地も無い、本当に闇の空間でした。

「未来から？　何が何だかわかんないんだけど」

「ごめん、そうだよね、順を追って説明するよ」

マー君がうなずくとイーオが話し始めました。

「ボクは、マー君とマムルが初めてあった運命の日の5月10日に行ったんだ。でもマー君はあの日、現実世界にはいなかった。それはそうだよね、だってマムルと一緒にこちらの世界にいたんだから、そしてボクが会いたかったのも、こちらの世界にいる時のマー君だったしね。それなんで翌日、5月11日のマー君に会う事にした」

「待って、次の日だってボクはここにいたと思うよ、だってもう何日もこの世界にいるんだから」

「でも、この世界での結末はどうあれ11日にはマー君は元の世界に戻っていた、たぶん現実世界とこの精霊界では時間の流れが違うんだろうね。だからこの世界にいるマー君に会うためには、11日のマー君に会ってそこからマー君の記憶にアクセスするしかなかったんだ。そういうわけで今ここには、実際にはボクの実体は無いんだ、記憶の中での、意識と意識の触れ合いだからね」

「……ううん、まだよくわからないけど、でもどうしてそこまでしてボクに会いに来てくれたの。それに君は誰？」

イーオがゆっくりと右手を目の高さに掲げました。その手首にはうっすらと紫色に光る腕輪がはまっていました。

「あっ、それは、おばあちゃんが持っていた約束の腕輪」

「そう、マー君だって持ってるはずだよ、ボクとマー君は遺伝的につながっている。マー君はボクのご先祖さまの一人って事かな」

「ボクは腕輪なんて持ってないよ」

イーオは首を横に振りました。

「マー君が約束の腕輪を持ってない？　そんなはずは無い、見えてないだけだよ、今は必要ないからね」

「じゃあ、イーオの腕輪は何で見えてるのさ」

「約束が果たされる時が近づいているからだよ、そして約束が果たされた時、腕輪は消える。それよりボクのいる世界、つまり未来って事になるけどそこでは、マー君が世界で初めてシードアクティベーション（Seed Activation：種の目覚め）を発動した歴史上の人物という事になっているんだ。そんな人がご先祖様にいるのはボクの自慢だし、シードアクティベーションが発動された瞬間を、出来れば見てみたかったんだよ」

「シードアクティベーション？」

「そうだよ、ただ、必ずしもそれがマー君の功績って事で確定しているって事でもないんだ。ボクの居た未来世界ではそうなっているけど、戻ったら歴史が少し違ってるって事もない事じゃない。でも、結果は変わらないからね。もしマー君が発動出来なくても、未来の大筋は変わらない。何でかと言えば、代わりとなる人が必ず現れて未来へのバトンを繋ぐからさ。それはマムルがこのまま永遠に眠りの世界に落ちてしまったとしても同じこと、第二、第三のマムルが必ず現れる。でも出来ればボクは、マー君の繋いでくれた未来に戻りたいけどね」

「じゃあ、ボクがマムルを助けられないって事もあるって事」

「そうだね、でもそうと決まったわけじゃない、これからのマー君次第だ。そのために少しでも手助けになればと思った事も、ボクがマー君に会いたかった理由の一つでもあるから」

『確かに、アスファルドンに太刀打ち出来なかった、今、マムルがどうしているのかもわからない』

　マー君は握り締めたこぶしの中で、爪が手の平に食い込む痛みを感じていました。それがマムルへの思いを呼び起こしたのですが、でも、今の自分には何も出来ないと知り、開いた手の平の、赤くなった爪痕を見つめる事しか出来ませんでした。

「記憶の中の出会いだから、実際に未来へ行くことは今は出来ない、でも見せてあげることは出来る。その前にシードアクティベーションを説明しなくちゃね。まず、マー君やボクのように妖精を見る事の出来る力、これはＤＩ能力（ディメンションインターベーションアビリティ、Dimension intervention ability）と呼ばれる超能力の一種なんだ。異次元に介入する事の出来る能力で、ボクたちの時代では、遺伝工学的に解明されている人類の潜在能力なんだよ。その能力解明の為の手がかりになったのが、ボクの居た未来では、世界で初めてマー君が発動したシードアクティベーションの痕跡という事になっているんだ。つまり、シードアクティベーションが発動された時、精霊界と現実世界とがお互いに干渉を起こした、そして時空の歪みが生じて、それが超常現象の痕跡として亜空間に残されていたって事さ。科学者がその経緯を解明した。シードアクティベーションは別の言い方では、『種の目覚め』とも言われたりもしてるけど、光の手鏡という精霊界に存在するアイテムによって引き起こされる一連の超常現象の事なんだよ」

「うーん、聞いてもぜんぜんわかんないんだけど、でも、マムルが言ってた、光のトンネルが何とかって……それの事かな……、そうだ、イーオの居る未来世界にもマムルは居るの」

「居るよ、ボクには見えてる。ボクとマムルとの約束はね、この目でシードアクティベーションを見届ける事、そしてその昔話をマムルに話し聞かせてあげる事だからね。でもマー君が思っているマムルと同一かどうかまでは知らないけどね。それとね、更に数千年の未来からの啓示では妖精と人間、生き物どうしの融合も進んでいるらしい、精霊界と現実世界の垣根がなくなる。ボクもまだ行ったことはない未来だけど、ちょっとボクでさえ信じられない世界だよね。例えば、幻の沼にいた怪物、あれなんかキメラの一種だと思うよ。さて、百聞は一見にしかずって言うからね、未来世界を見せてあげるよ」

（キメラ（chimera）：生物学で、同一の個体内に異なる遺伝情報を持つ細胞が混じっている状態や、異なる遺伝子型の細胞が共存している状態のこと。別の言い方をすれば「異質同体」、異なる生命体が融合した状態のこと）

いつの間にかイーオは、ほのかなオレンジ色の光を放つサクランボほどの丸いボールを持っていました。

「これはね、最新型の脳波制御型ＶＲ（バーチャルリアリティ：仮想現実）空間発生機さ」

そう言いながらイーオがボールを投げ上げました。ボールは頭上で、シャボン玉のように透明な、そして子供部屋ほどの大きさまで膨らむと今度はゆっくり落下してきました。二人はその中に取り込まれ、お椀を伏せたような、半円形のドームの中に立っているような状態になりました。二人を包む半透明の膜は、まだほのかなオレンジ色を放っています。

「この時代にもビデオゲームで使うＶＲヘッドギア（仮想現実の映像を映し出すオプション機器で、ゴーグルのように装着するもの）はあるよね、これはそれの進化型で、ボクたちを覆う膜がスクリーンになってるんだ、未来の世界がそのままここに現れて自由に見て回れるんだよ」

マー君は周りを見回しましたが、ドーム型テントの中にいるようにしか思えませんでした。

「さあ、行こうか」

イーオがそう言ったとたん、ドームの中だと思っていたその場所が急に広がりのある世界に変わり二人は白い砂浜に立っていました。目の前にはエメラルドグリーンの海が広がり、穏やかな白波が何層にも寄せてきています。後ろを見れば椰子の木の林、その奥は深い緑に覆われた高い山へと続き、潮の香りを含んだ暖かな風が頬を撫でていきました。

「どう、ここは匂い、音、風、温度で感じる仮想現実の空間なんだよ、脳波制御だから実際に触れる感触だってあるんだよ」

「これが、……未来のテクノロジーなの、すごいや、風も匂いも、暖かさも、確かに感じるんだね、でもこれってほんとはさっきのイーオが作ったドームの中の空間なんでしょ、という事は、アスファルドンに気づかれる心配は無いのかな、いきなり変なものが現れたって、だってまだ鏡の色の謎も解けてないし、ボクたちの事に気づいて、それで刺激して怒らせるのはまずいよね」

「それなら大丈夫、あいつはもうマー君の事なんか気にもしてないよ、闇の世界に閉じ込めたと思ってるんだから、それよりその事は一旦置いといて、あれを見てごらん」

イーオが指さす先には海に突き出した桟橋のような大きな建物があり、そこから、空に向かって透明なチューブが何本も伸びています。チューブは白い雲を遥かに超えて青空の中に消えていました。よく見ると、チューブの中に上下する円盤のような物がありそこに何人もの人影が見えました。桟橋の陸地側にも建造物があり、トンネルの出口のような構造になっており、そこから大型バスのような流線型の乗り物がゆっくり出てきたかと思うと、あっという間に高速で飛び去って行きましたが、騒音はまったくありませんでした。

「あれはね、この時代で言えば観光バスって言えばいいのかな、ここは太平洋に浮かぶハワイ島で、地球観光の出発拠点の一つなんだよ」

「地球観光？」

マー君は天に伸びている透明チューブを見上げながら間延びした声を上げました。

「ボクの居る世紀では、人口の九割は地球から離れ、月軌道上にいくつか建設された、人工衛星都市や月面都市に生活の場を移したんだ。それと火星と金星にも移住している。でも何処も住環境だけのマンション型居住空間だからね、今、マー君が体験しているこの脳波制御型VR空間発生機があっても、本当に海で泳ぐ事や、スキーをする事までは出来ないからさ。その代わり定期的に地球に観光に行くんだ。今度は宇宙へ出るよ」

周りの景色は変わり、目の前の大きな窓からは眼下に大きな青い地球が広がっていました。夜の部分には所々金色の光がちりばめられていました。夜の都市の明かりのようです。

「場所を一気に変えたよ、ここは衛星軌道上にある、軌道エレベーターステーションだよ、地球への入り口の一つなんだ。さっき見ていた透明なチューブが軌道エレベーターでこのステーションとハワイ島の地上のステーションが結ばれているんだよ。この地球の入り口施設は全部で三か所に作られている。マー君の時代では宇宙開発の主役はロケットだよね、でもロケットには墜落や爆発の危険が伴うでしょ、でも軌道エレベーターにはその危険はないし、大気汚染の心配もないからね」

窓の上に目を向けると、銀色の大きな月が迫っていました。でもマー君のよく知るクレーターの影がカニのように見える月ではなく、真ん中に巨大な建造物があるようです。

「月に見えている建物は、都市だけじゃないよ、核融合プラントが作られていて、電力はそこから太陽系中にワイヤレス送電されている。その他の鉱物資源だって発見された資源衛星や火星、金星でロボットによる自動採掘が行われているから、地球には一切依存していないんだよ、地球での資源開発はもう必要ないって事さ」

窓の横には大型飛行機くらいの大きさの宇宙船が軌道エレベーターステーションのドックに接舷していました。マー君は窓の外を食い入るように見つめ、ポカンと口を開いたまま、イーオの話に耳を傾けていますが、瞳はキラキラと輝いていました。

「あれは火星航路の定期宇宙船さ、星間航行用の大型もあるけどこの軌道エレベーターステーションには大きすぎて接舷できないから、月の宇宙港を利用することになる。2109年にタキオン粒子（タキオン：超光速で動く粒子、この発見はワープドライブ（超光速航法）やタイムトラベルの実現につながる可能性があるとされる）が発見され、それから200年を経てワープ航法が実現して星間航行が出来るようになったし、タイムマシンも完成した。無人次元探査船による異次元探査も進められているんだよ、それに異星人（エイリアン）とのコンタクトも始まっている、今のところ四種族だよ」

「やっぱりいたんだね、エイリアン」

マー君が思わずイーオへ顔を向けると、イーオは前を見つめ遠いまなざしをしていました。

「これだけ宇宙は広いんだから、当然だよね、でもこの話は長くなるからこの辺にしてもう一度地球に戻ろうか。今マー君が一番気にしてるのは地球の自然環境だものね」

イーオの言葉が終わるよりも早く、まわりの景色がまた変わっていました。太陽が降り注ぐ大きな通りの一面にパラソルを開いたテーブルと椅子が並べられ、大勢の人たちが食事や飲み物を楽しんでいるようです。ピエロの服をきた大道芸人がジャグリングを披露し、高層ビルも立ち並ぶ見慣れた風景ですが、空には自動車くらいの様々な形の乗り物が飛び交っていました。

「ここはニューヨークシティー、マンハッタンの五番街さ、地球観光に来た人たちが思い思いに楽しんでいるでしょ、車は走るものじゃなく、ここでは飛ぶものなんだ。大昔はモーターローターのついたドローン型っていう、マー君の持ってるおもちゃの大きな物だったけど、今主流な動力は、ＥＭドライブ『電磁（Electro Magnetic）推進システム』と言って音もしないから、これだけ飛び回っていても騒音もないし、何といっても道路がいらないからね、舗装道路なんて新しく作る必要がない。環境にやさしいでしょ。乗ってみるかい」

イーオがそう言ってウインクした瞬きの間に、二人は透明なフードに囲われた乗り物に乗り、空からマンハッタン島を見下ろしていました。目に入ってくるのは、大きな公園、博物館や美術館の建物、川の向こうには大きなスタジアムがあり、アメリカンフットボールの試合が行われているようです。たくさんの観客がスタンドを埋め尽くしています。

「真下に見える人だかりは、ブロードウエイのミュージカル劇場に並ぶ人だよ。地球ではね、昔のままの施設はそのまま残して、昔ながらの観光に役立ててる。ノスタルジーって単語があるけど、それが今の地球観光では大人気みたいだよ。でも新しく作ったりはしない、自然破壊を伴う開発は一切禁止、今では地球を純粋な観光惑星とする事は、世界条約で守られているからね。食料も海洋資源も培養肉や、植物プラント衛星でまかなえるから牧場も畑もいらない。一部天然食材の需要はあるから、大規模養殖場や農場は地球にまだあるけど、それも農場体験のアトラクションを兼ねてるから、テーマパークみたいな人気スポットなんだよ」

マー君は静かに眼下に広がる世界を見下ろしていました。

「イーオ、いろいろ見せてくれてありがとう、聞く事、見る物すべてが驚きで、すぐには信じられないみたい」

「そうだよね、でも、マー君わかってくれたかな、マー君たち過去の人類がよほど大きな方向転換をしない限りは未来の形は今見てもらった世界から大きく変わる事は無い、未来の世界には、アスファルドンは存在しないんだ。人類はマムルたちにとっての理想郷を作り上げたんだよ、それだけは伝えたかった」

マー君がうなずくと周りの景色がすーっと消えていき、二人は元居た暗い空間に立っていました。頭上にあるイーオが出てきた光の輪の明かりに、お互いの姿がぼんやり浮かんでいました。

「今の現実であるマー君の居るこの精霊界にはアスファルドンは存在する。現実世界で起きている自然破壊が、人間の思念として精霊界を侵食してきている、これがアスファルドンの正体だから。それを現実問題としてどうするか……、解決策は一つしかない、シードアクティベーションを発動する事、それがマー君の背負った十字架なんだろうね」

未来世界を垣間見た興奮に高鳴っていたマー君の心は、イーオのその言葉で置かれていた現実に戻りました。

「ボクの背負った十字架？　なんか怖いなそんな言い方……、でも、それは鏡の色の謎を解いて、光のトンネルを出現させるっていう宿題の事だよね、それで、イーオの暮らす未来を実現させるためには、ボクが出来なくても他の誰かがやるって事だったよね、何か少しホッとする気もする、本当はすごく怖かったんだ、ボクがマムルとの約束を守れなかったらどうなっちゃうんだろうって、口には出来なかったけどずっと思っていたから、でもボクが出来なくたって大丈夫なんだって思ったら、なんか少しほっとしたって言うか……、でもあきらめないよ、マムルとの約束は。イーオ、本当にありがとう」

イーオがマー君の手を取ってうなずきました。

「わかってるさ、さあ、ボクは行くけど、そうするとマー君はボクらが会う前の状態で目覚める事になる、闇の空間に漂っているところにさ、その時、マー君の記憶からはボクと出会った記憶は消えてしまうと思う。マー君にしてみれば過ぎてしまった過去の記憶にアクセスされているわけだから、記憶の上書きは出来ないって事さ、でも、未来を垣間見た事は時空を超えたマー君の魂のどこか深い所に、きっと何かを刻んだはずだよ、ボクもそうだった、マー君を初めて見つけた時、憧れのご先祖様に会えた、そう思ったらボクの魂が震えるのを感じたもん。だからきっと、ボクらの出会いが鏡の色を見つける手がかりにはなると信じているよ、マー君自身が未来へのバトンを繋げるのか、または他の誰かにゆだねるのかはマー君次第だけど、ほんとに会えて良かった、さよなら、ご先祖様」

「うん、ボクのほうこそお礼を言わなきゃ、未来の世界を見せてくれて。元気でね、イーオ」

　イーオの姿が光の輪の中に消えた時、マー君は意識が薄れていくのをぼんやりと感じていました。

10・鏡の色

マー君は目を閉じたまま夢を見ていました。遊び疲れて野原に仰向けに寝転がったマー君。気持ちいい風に吹かれて空を見上げているのです。青かった空は日が傾くにつれ、だんだん色を変えていきます。白かった雲もあかね色に染まり刻一刻とうつろう空、美しい光のドラマでした。黄色い夕日、だいだい色の空、そして燃えるような赤い夕焼け、金色の最後の光が地平線に消え、紫の残光、静かに藍色が消えてゆくとやがて満天の星空、マー君は夢の中で考え続けていました。

『七色の空』

何となくそんな事を思いました。今、空を覆うのは満天の星空でした。

『これ程までにたくさんの星は今まで見た事が無い、富士山に登った時だって天の川が見えるまでだったし、プラネタリウムでもここまでたくさんの星は無い、でも今見えているのは空全体が星の鏡になったみたいだ』

時間を忘れて見つめているうちに、いつの間にか東の空が青みを帯びてきました、それにともない星が消えていきます。最初は空と大地が接するところはそこだったのかと思うくらいのおぼろげな微かな青い光、次第にすこし紫を帯びて赤へそしてオレンジ色に、燃えるような夢のなかの夜明け、それと同時にマー君も目を覚ましました。真っ暗な中、息をするのももどかしい、頭の中はもつれたあやとりの糸のように混乱していました。けれども少しずつ絡まった糸がほどけていくように、何かがわかりかけていました。マー君は考え続けます。またまぶたを閉じ、今まで見ていた夢の中の世界へ、鏡の色の答えを求めてこれまでのことを思い返しました。

『マムルが持っていたのは、太陽と言っていたけれどたぶん光の精からもらった手鏡、ボクらはやっと三つの光の結晶を集めたんだ。一つは春に目覚める命の息吹きを見守る、星ぼしのやさしさを宿してる星の光の結晶。二つ目は中秋の満月の清らかさを宿している月の光の結晶、そして三つ目に手にしたのは真夏の太陽の強さを宿している太陽の光の結晶。それは、そうだ、季節の移り変わり、大自然の力をそれぞれ秘めているんだな。そしてそれぞれの結晶石の色は光の三原色だった。三原色が揃うと白い光になる、それは太陽光線と同じ』

そこで絡まった糸がまた動かなくなってしまいました。ほどこうとして、強く引けば切れてしまうのです。焦らず、大きく息を吸い込みました。

『でも、今までにわかったのはそこまでだった。それから、驚いたのは、敵だと思っていたアスファルドン、その存在を望んだのはボクだったたって事。いや、ボクだけじゃない、アスファルドンを作り出したのは人間だったんだ、ボクだけが望んだわけじゃないんだ』

「ボクだけじゃないぞ」

思わず叫んでいました。その後、心の中がシーンと静まりかえるような感覚に少しドキリとしました。叫んだ事で、自分を冷静に見つめるもう一つの心が目を覚ましたようでした。

『そうは言っても、ボクがテーマパークが出来るって聞いて喜んだのは本当だし、そのせいで、マムルたちの世界を壊し続けてきたのも本当だ、でも、でもそんな事は知らなかった。ああ、ボクはまた言い訳してる、都市が大きくなって、色々な施設が出来るって事は、その分だけ自然を壊してる、それは頭の中ではわかってたと思う、見ないようにしてただけじゃないか。だめだ、だから人のせいにして逃げてちゃだめだ。時間は戻せないんだから、じゃあどうしよう、本当の事をちゃんと見なくちゃ、ごまかさないでちゃんと見なくちゃ。だけど、そうだ、世界を変えるんだから、失敗を繰り返さなければ良いんだ。ビデオゲームで言えば経験値だ、そうだよ、これまでの反省を経験値に変えるんだ、経験値を溜めてボクたちがレベルアップしなくちゃならないって事だ、きっと。だから今、今のレベルでも出来る事をやり続けなくちゃいけないんだ、経験値を溜めて、レベルアップするために』

　そう思うと、もつれた糸がまた少しほどけるような気がしました。耳を澄まして、心の声を探しました。

『光の精が話していた事。光の三原色＝太陽の光、春夏秋、季節のキーワード、それはボクらを取り巻く自然の力を知れと暗示してるんだな、きっとそういう事、でも冬が欠けてる、それは何だろう、ここでくじけちゃいつものボクと同じだ。ビデオゲームだって、どうしても勝てないラスボスを前にして、いつもあきらめちゃう。そんな自分をよくわかってたから、マムルに出会って助けを求められた時、今度だけは最後までくじけないでいこう、そうは思ってたけど、でも、やっぱりマムルを守ってあげられなかった』

　マムルの事を思うと、込み上げてくる熱い思いがこらえきれずに、あふれた涙はこぼれて、マー君の漂う空間に吸い込まれていきました。その時、右の小指が熱くなっているのを感じたのです、見るといつかもらった絆の指輪が輝いていました。指輪をはめていると離れていても心を通じ合わせることができるというあの指輪です。そしてマムルの声が聞こえてきたのです。

『マー君聞こえる、あのね、冬はマー君だったの』

『誰、その声はマムルなの』

『離れてみてわかったの、マー君の心の強さに引っ張られてここまで来れたんだって事、そして気が付いたの、冬はね、マー君の心、冬の澄み渡った青空のような凛々しい心、マー君は気づいていなかったのかも知れないけれど、マー君の心は本当は強いの、そこに足りなかったものがあるとすればそれは、厳しい寒さと吹雪にも耐え抜くようなマー君の強い決意、きっとそうなの』

『マムル、どこにいるの』

『何も見えない、闇のなか、でもこの事を伝えられて良かった』

その後はもう声は聞こえてきませんでした。絆の指輪の輝きも消え、アスファルドンの低い呪いの声だけが辺りを満たしていました。でも糸がほどけた事を感じていました。

『そうなのか、冬はボク自身だったんだね、強い信念、決意を持たなきゃいけないんだ、あの時、アスファルドンが言っていたな、『打ち手の心の無いビーム』だって、その意味は、自然界の力をこの身に宿したボクの思いがこもってなかったって事か、最後まで諦めちゃだめなんだ、冬はボク、吹雪にも耐える強い心だ、そうか、それなら欠けたピースはすべて揃った、だから今出来る事をやるんだ、ボクたちのラスボスを、今度こそ……』

みなぎる勇気が体の中に溜まっていくのがわかりました。火口のマグマが静かに力を溜め込むように。

『最後のキーワードは、鏡の色か、そうだあの時、光の精はヒントをくれた。たしか、大地に眠るすべての思いをひとつに束ねる為に必要なキーワード、その答えは光のドラマを思い出す事、と言っていた』

闇の空間に漂うマー君は仰向けに浮かんだまま目を閉じました。もう一度、さっきまで見ていた夢の続きへと意識を戻していきました。

『七色の空、色が移り変わるきれいな空、あの空を鏡に映したなら……鏡の中にも空、空の色って何だ、青だけじゃない、そうさっきまで見ていた光のドラマ、だから空の色は、えーと光の色、そうか色は光だ、鏡は光を映すもの、光は……、太陽だ、太陽の光の色だな、鏡はそれを映すんだから太陽の光の色と同じなんだ、太陽の光の色はやっぱり空の色だ、それは一つの色じゃない、それなら鏡の色だって一つの色に決められないよ、鏡の色を探すって事は、鏡の色を一つに決めるって事じゃないんだ。青空から夕焼け空、そして星空、それから、朝焼けの空、その次には明日の空って事……、そうか、空の色というのは……明日へ続いているって事かな。何もかもみんな明日へ、明日の先には何が続くんだろう、明日には何がある』

その時、今度は右手首に温かいものを感じました、見るとそこには約束の腕輪がはまっていてうっすらと紫色に光っていました。それを目にした時、自然について出た言葉がありました。

「イーオ……未来」

自分の声だというのに、自分の声ではないような、心の奥から湧き出てきたような不思議な感覚がありました。

『何を言ってるんだ、なんだろうこの感じ』

そう思った時、心に浮かんだ言葉がありました。

『未来……か、明日の先にあるのは、希望の未来、夢か、だから……、それなら……そうか、わかった。鏡には決まった色は無い。だからボクが決めればいいんだ、鏡の色というのは、まだ見ぬ未来だ、鏡の色は未来へと続いていく事を意味している……、そしてヒントの言葉は、大地に眠るすべての思いをひとつに束ねるとあった……、それは、大地に眠るマムルの仲間たちが心を一つに結集するって事だから、鏡の色というのは、未来を開くための、パスワードだ、ならば、今決めるよ、ボクが』

マー君は目を開き、見えない大地にしっかりと立ちました。アスファルドンの呪いの声があたりを満たしていましたがマー君は叫びました、あらん限りの大声で、

「光の精も、アスファルドンも聞け、鏡の色は未来の色、未来の色は夢の色だ……」

その刹那アスファルドンの声が途絶え、闇の中は静寂に包まれました。永遠とも思われ

る音の無い時間、やがて何処からともなく、さざ波のような小さな声があちらからも、こちらからも湧きおこり、それはだんだん大きくはっきりと聞こえてきました。

『……カガミノイロハミライノイロ、ミライノイロハユメノイロ……』

小さな声は少しずつ重なり合い、しだいに大きくなっていきました。大地が声をあげているのです。やがて大合唱となったその声が空気を震わせるほどになった時です、真っ暗な空の一角に赤い目が開きました。吊りあがったその目には挑戦的な輝きがありましたが、声の合唱がさらに大きくなるにつれ、不安の色が混ざりはじめたようでした。

『……カガミノイロハミライノイロ、ミライノイロハユメノイロ……』

重なる声はまだまだ大きくなっていきます。それと同時に地平線に灯台のような白い光が灯りました。するとその光は本物の灯台のようにそこから光の帯が伸びて、クルクルと回り始めました。

『大地の声に応えて、光の精が、復活の機会を狙っている』

マー君は直感的にそう感じ取りました、回転する光の帯は周期的に赤い目を通るのですが、光が目に重なった時、その赤い目が苦痛の低い唸りを発しているのをマー君は見逃しませんでした。

『やっぱりあそこが弱点か』

マー君はそう見抜きました。

『見てろよ、今のボクには冬の強さ、決意があるんだ、そうだ、この世界を開放したいというボクの強い思いに、大地に眠るすべての思いを一つに束ねて乗せるんだ』

マー君は、ビデオゲームでシューティングのチャンスを見極めるように、白い光の帯が、赤い目に重なる一瞬に、鏡のビームをシンクロさせる事を思いつきました。タイミングを計り、光の帯が赤い目に重なる時点を見極めて、手鏡の取っ手を握りしめました。鏡から発射された白いビームは、光の帯と重なり真っ直ぐに赤い目を射抜いたのです。

「いけーっ」

マー君は叫び、その決意、思いの強さを光の手鏡が放射するビームに注ぎこみました。そして大地に眠っていた思いも、鏡の色、未来を開くパスワードを合唱する事でひとつに結集され、光の手鏡のリミッター（運動や出力に対して制限『LIMIT』をかけるもの）がその瞬間に、解放されたのです。それこそが『打ち手の心』を込めた一撃でした。強烈なビームの目のくらむ閃光、そして大合唱は今では地震のような凄まじさでした。

「グオーーー」

アスファルドンの断末魔の叫びが辺りの空気を震わせ、それでも鏡のビームは容赦なくアスファルドンの目に照射されたままそれを焼き続けていました。光の灯台は輝きを増して、光の帯の回転が速まりました。それに呼応するようにあたりに色が蘇っていきます。そこでマー君の見たものは光の帯の回転が作り出した光のトンネルでした。そこに浮かび上がったのは、マムルのような姿の女の子たちです。透き通ったトンボのような羽をもつ、何千、何万という女の子。一人ひとりはさざなみのような小さな声でも、皆が声を合わせる事で、津波のような大合唱になっていたのです。彼女らは、土の中から次から次へと湧きだしては飛び立っていきます。それは命の羽を広げた草花の種だったのです。アスファルドンの魔力で光を奪われ、眠っていた草花の種が、一時的に力を取り戻した光の精が放つ希望の光を受けて、命の羽を広げた姿でした。

マー君もその光景を視界のすみに捉えていましたが、ゆっくりと眺める余裕はありませんでした。何故かと言えば、鏡を持つ両手は相当力を込めて支えないとビームの反動で照準がぶれてしまうのです。アスファルドンの活動が完全に止まるまで、油断は出来なかったのです。

「少年よ、もう少し手を緩めずに耐えてくれ、今始まった『種の目覚め』が後戻りできない段階に移行するまで、アスファルドンの動きを封じておければ、この場は私たちの勝利だ」

そう、光の精の言葉が聞こえてきた時、勝利は目前だと意識したマー君は、マムルの事を思いました。

『一緒に居たかったよ、勝利のこの時に』

すると自然に目頭が熱くなってきました。でもその時です、マー君めがけて真っすぐに近づいてくる影がありました。どんどん迫ってきます、次第に姿が見えてきました。紫色の髪、もも色のワンピース、銀色のブーツ、羽を広げたマムルでした。

『マムルだ、マムルが来る、無事だったんだ』

マー君がマムルの姿をとらえた時、アスファルドンの目も同時にそれを捉えていたようです。苦し気な赤い目が、マムルに向けられました。

「しまった」

マー君が唇を噛んだ時、その声は起こりました。

「おまえだな、この少年を現実世界から連れてきたのは、よくも邪魔をしてくれた、おまえだけは絶対に許さん、闇への道づれにしてくれる」

アスファルドンが最後の力を振り絞って起こした、呪いを込めた竜巻の渦の尾が、空からマムルに迫ってきていました。それに気づいたマムルは、歯を食いしばって風に抗い、精一杯のばしたその手は、マー君の手が届きそうな距離まで近づいていました。一瞬、マー君は迷いました。手鏡から片手を離して伸ばせばマムルをつかめるかもしれない、でもそれでビームの照準がズレれば、アスファルドンがビームから逃れるスキを与えることになる。もしそうなれば、『種の目覚め』が途中で止まってしまうかも知れない、今、目覚めたばかりで、羽を手に入れ希望を抱いて大空を舞い始めた大勢の草花の種は、また大地に埋もれてしまう。マムルとボクでやってきたことが全部無駄になってしまう。二つの思いが心の中を駆け巡り、景色がスローモーションのように流れていきました。でも、マー君は手鏡を持つ手を離しませんでした。

『マムル頑張って、もうちょっとだ、ボクの体を摑んで』

竜巻の引き込む力に逆らい、懸命に羽ばたくマムルが、伸ばしていた腕をゆっくりと引いていきます。

『何、あきらめないでよ、手を伸ばしてよ、もう少しだから』

『もういいの、それより手鏡をしっかり握っててね、マー君、心の強さを、今こそ見せて』

　すぐそばまで迫っていたマムルの穏やかなまなざしが、そう告げていました。でもその時、マー君の片手は、手鏡を離れマムルへと伸びていきました。

「やだ、やっぱりそんなのやだ、絶対に、やだー」

　それに応えたマムルがもう一度手を伸ばしかけました。しかしその時には、すでにマムルの手を受け止めるタイミングを外していました。竜巻の尾がマムルをとらえ、渦に引き込むそのごく短い時間に、唇の動きが読み取れました。

『ご・め・ん・ね』

　その姿が渦に消え去るより、わずかに早く、突然地面から吹き上げた、土を巻き上げた噴水のような超音波が竜巻の尾を吹き千切っていたのです。そして一緒に飛び出してきた一陣の青い風がマムルを抱き抱えて大地に降り立つのと、ビームの照射に耐えられなくなったアスファルドンの目が焼き切れて灰になって砕けるのが同時でした。そしてその時、見上げる大空には光のトンネルと、『種の目覚め』がクライマックスを迎えていたのでした。

「わー、空に命の輝きのエネルギーを感じる、見えたら綺麗なんでしょう」

地面から現れたのは、ミルルでした。超音波で竜巻を吹き飛ばしたのはミルルだったのです。そして、マムルを救い出した青い風はパオでした。

「俺様には見えるぞ、生きてる虹みたいだな、とっても綺麗だ」

パオはそう言って、抱えていたマムルを大地に立たせました。

「良かった、君たちも無事だったんだね、そしてまた助けてもらった、ありがとう」

「マー君が飛ばされた後、ボクたちも直ぐに地面に潜ったんだ」

ミルルがそう説明すると、すかさずパオが付け足しました。

「ミルルはホタルミミズのくせに、逃げ足は速いからね、モグラトンネルでもすごい速さで逃げてたもんな」

それを聞いたミルルは頭を振ってパオを突き飛ばしました。

「何だよミルル、だってホントの事だろ」

「ホントの事でも、言って良い事と黙ってたほうが良い事があるんだぞ、おしゃべりのパオなんだから、まったく」

そんなミルルの声に隠れて、その時またあの声が聞こえたのです。

『マー君、すごいよ、さすがだよ、さっきの瞬間、マー君が世界で初めてのシードアクティベーションを発動したんだ、確かに見せてもらったよ、だけどボクは、ボクの腕輪が光って見えた時、こうなる事を確信してたけどね』

今まで何度となく危機に直面した時、アドバイスをもらったような、そんな印象から、今では天使の声と思う事にしていました。今回は耳慣れない言葉がささやかれたな、何のことだろうとは思いましたが、それより今この時は、マムルとの再会に胸がいっぱいだったのです。すべては終わったのかなという、万感の思いが心を満たしていました。そして、マムルの紫色の髪は、柔らかな風に揺れていました。

「助けるのが、遅くなっちゃったね、ごめんよ」

うつむくマー君の手を取るマムルの瞳は、真っすぐマー君に注がれていました。

「マー君、鏡の色を見つけてくれてありがとう、あなたは私たちに希望という命の羽を思い出させてくれたのよ、そして私たちは旅立つの、新しい大地を求めて」

「うん、うん、良かったね、マムルが無事でほんとに良かった」

その時、マムルが少し寂しそうな表情を見せたのにマー君は気づきました。マムルの表情は直ぐに笑顔に戻りましたが、前にも何度かこの寂しそうな顔をする瞬間があった事を思い出していました。涙をぬぐった時、そこにマムルの真っ直ぐな瞳がありました。

「もうわかっていると思うけど、私はスミレの精、他の子と違うのは太陽の声を聞けたっていう事。なぜかと言うとたぶん、私は意志を持ったマムルだったから、それとマー君の心と何処かでつながっていたからなんじゃないかなって思うの、その辺は何故なのかは自分でもよくわからないんだけど」

マー君は、マムルの美しい薄緑色の瞳に見入りながら、別のことを考えていました。

『そうだ、あのすこし悲しそうな顔は、光の精からの謎かけが一つ解ける度に、見かけたんだ』

マムルは、遠くを見るようにして話を続けます。

「ずいぶん昔の事だけど、マー君と同じような瞳の輝きを持った女の子が、よく私たちの園に遊びに来ていた事を思い出したわ。あの女の子は他の子たちと少し違っていた。あの女の子には私が見えていた、そう今のマー君と同じように、だから、あの女の子とマー君には同じ心を感じるの、とてもやさしい純粋なもの」

「それ、ことちゃん……のこと、それはボクのおばあちゃん、なのかも知れない」

マー君はそう答えながら、心の中ではまだ別のことを考えていました。

『光の精の問いかけた謎がすべて解けたとき、命の羽を手に入れて、光のトンネルを通って旅立つ、そこには別れが待っている、マムルはそれを知ってたんだな、課題を一つクリアするとそれだけ別れの時に近づく、だからあんな顔をしてたんだ、今、やっとわかった』

「そうだったわ、いろんなことがあってすっかり忘れてたけど、いつだったかマー君がことちゃん……って言いかけた事があったよね、そうよ、思い出した、ことちゃんよ、ことちゃんがマー君のおばあちゃんなら、約束の腕輪は、マー君が引き継いでくれていた、マー君との出会いは、偶然じゃなかったのね、それなら、私の疑問もこれで解けたわ。マー君が約束を守ってお願いを叶えてくれた、私たちを救ってくれた、やっぱり素敵な未来を託せる人、お礼なんて言い尽くせない」

マー君は思い出していました。いつかの夢の風景を。

『約束の腕輪、ことちゃんて子がいつか見た夢の中でマムルからもらってたアイテムだ、ことちゃんが、やっぱりボクのおばあちゃんなら、あの時の約束はボクが受け継いだってことなんだ、だからマムルの心と、何処かでつながってたのかな』

そう思いながら、袖で目をこすり再び開いた時、マー君の瞳にたくさんの種の娘たちが映りました。頭上を舞いながらその光る軌跡は帯になって空の彼方へ伸びています。

『これが光のトンネルか、そうだ、天使の声が言っていた、シ、なんだっけ、シードアクティベーションてこれの事かな』

マー君は漠然と思いました。

「そうだわ、私、自分の事ばかりマー君に押し付けて、マー君が最初に会った時に言っていた、スミレの花にするお願い事って聞いてなかった、それはなあに」

「ああ、その事はもうどうでもいいんだ」

「なんで、ここまできて秘密は無しよ」

「うん……、それじゃあ言うけど、あのね、それはね、マムルのような素敵な子と友達になれますようにって」

「そう……」

それを聞いてしばらくうつむいていたマムルが笑顔を作って言いました。

「大丈夫、私は残る、そして来年もここへ来る時に通ったあのイチョウの木の下に咲くわ、あそこなら土があるもの、マー君にも会えるし」

マー君は目を閉じてマムルが時々見せた悲しげな顔の事を思いました。

『マムルだって別れは辛かったんだな』

その思いはよくわかっていました。

『それに今は命の羽を手に入れたんだ、だからずっと一緒には居られないんだ、ボクが悲しんでたらマムルは旅立つことが出来ないじゃないか』

自分に言い聞かせ、マー君はゆっくりと目を開きました。

「ありがとう、でもそんなのだめさ」

そして首を横に振ります。

「マムルもみんなと一緒に行きなよ、ボクが大きくなったら、きっとマムルたちが安心して住める街を作るから、そしたら迎えに行くよ、ボクの方から、きっと」

アスファルドンの正体を知った今、アスファルドンを倒したわけでは無いとわかっていました。

『マムルたちを救うにはアスファルドンの力が弱まったこのつかのまのチャンスに賭けるしかない、だから、ボクは、そう伝えなきゃダメなんだ、涙はもう終わり、そんな別れにはしたくない』

マー君は溢れそうになる涙を一生懸命がまんしていました。マムルの瞳にもうっすらと涙がにじんでいます。手と手が重なりました。いつもと同じだ、こんなに暖かいんだ、陽だまりみたい、そう思いました。

「ほんとに、いいの、それで」

マー君は大きくうなずきました。

「その代わり、迎えに行ったら直ぐに出てきてよ、じらさないでよ」

「うん、ほんとにありがとう、マー君、きっと……きっと迎えに来てね」

マムルがそっと手渡してくれた物が手の中にありました。

「いつまでも、マムルが見えるボクでいたいから、いつか、草原に迎えにいくよ、ほんとだよ」

「約束よ、だからもう一度、この約束の腕輪を受け取って。これは私たち花の精と太陽との約束事を形づけた物なの、約束を守るあかし。これをマー君にも、もう一度持っていて欲しいの。私との約束のあかし」

「太陽って言うより、光の精なんだって、そう言ってたよ」

「マー君も、声を聞いたのね」

うなずいた時、手渡されたうっすらと紫色に光る腕輪は、何時の間にか右手首にはまっていました。

「マー君と私の間にはこの約束の腕輪がある、だからもう絆の指輪はいらないよね、でも預かっておくね、今度は私がマー君のお願いを叶えてあげる番だから」

マムルは右手小指の金色の指輪を光にかざしました。

「マー君が素敵な友達に出会った時、その子の小指にはこの指輪があるの、そうする事が私の約束」

『それはマムルじゃないの』

マー君はその言葉が出そうになるのをグッとこらえ、何度も小さくうなずきました。マムルの友達でしょうか、赤や黄色の髪の少女が、上空を回っていました。マムルが飛び立つのを待っているようです。マムルが空を見上げました。

「私、行くね、マー君、ほんとうに、ありがとう」

マムルが大地を蹴って飛び立ちました、その姿は小さくなり、やがて大勢の仲間の中へ消えていきました。

「元気でねー、ボク、忘れないよー」

マー君は力いっぱい手を振り続けていました。

マムルのそんな笑顔に、日差しが眩しくて
やわらかなそよ風に、揺れてる君の髪
どうしてもいつまでも、変わらずいてほしい
マムルのそんな笑顔を、守ってあげたい
ボクにしか出来ない事ならなおさら
マムルのそんな笑顔を、守ってあげたい

マムルのそんな姿に、もう一度会いたくて
目を閉じて思えば、かすかに覚えてる
どこか遠い野原で、遊んでいるんだね
マムルのそんな姿を、忘れはしないよ
もう二度と会えないわかっているけど
マムルのそんな姿を、忘れはしないよ

いつの日か会えると信じていられたら
夕暮れの草原に迎えに行こうかな
もう二度と会えないわかっているけど
夕暮れの草原でいつまでも、いつまでも

フッと気がついたとき、マー君は夕暮れの街のイチョウの木の前に立っていました。その横には白いガードレール。車のヘッドライトがめまぐるしく交差し歩道には人があふれています。生暖かい夜風が耳元をかすめ、水銀灯の光が降り注ぎ、道路の向こう側の電光掲示板には、5月10日、午後6時22分と表示されていました。

『そうだ、あの時、確か6時21分だった、ボクの誕生日の6月21日と同じだった事を覚えている、1分しか経ってないのか』

　足元に目を落とし、スミレを探しました。しかし、そこにはもうその姿はありませんでした。スミレが咲いていたところ、その辺りに右手を伸ばした時、うっすらと紫色に光る腕輪が手首にはまっているのに気がつきました。そして小指には、金色の絆の指輪も。

『やっぱり、夢なんかじゃない、約束の腕輪と、絆の指輪があるもの、だから、マムルは旅立ったんだ』

　そう思いました。命の羽を広げ空へ昇って行くマムルの姿が蘇りました。

『いつか迎えに行くって約束したけど、でもマムルにはもう会う事は出来ない、だって約束した未来はそんなに簡単にはやって来ないから』

　その事は心の中ではわかっていました。

「さよなら、マ・ム・ル」

　そうつぶやいた時でした。後ろから肩にやさしく手がかけられたのです。振り向くとそこにはいつの間にここへ来ていたのか、おばあちゃんが立っていました。

「おやおや、鳩が豆鉄砲をくらったみたいな顔してるね、マー君がスミレを探しに行くって言ったまま、帰りが遅いから迎えに来たんだよ」

「なんでここがわかったの」

「この街のことならなんでも知ってるからさ、まだここがスミレの原っぱだったころから、ずーっと見てきたからね」

「ここに、スミレが一輪だけあったことを知ってたんだね」

おばあさんはそっとマー君の頭を胸に引き寄せてくれました。

「でも、見たところなくなってるね……、マムルには会ったのかい」

マー君はうなずいておばあちゃんを見上げました。そこにはいつものやさしい包み込むような瞳がありました。

「あたしにはもうマムルは見えない、年を取ったからね、だから、マー君が代わりに、マムルとの約束を果たしてくれたんだね」

「うん、マムルはね、おばあちゃんの事を覚えていたよ、そしてね、新しい大地を目指して旅立ったんだ」

おばあちゃんは少しの間、目を閉じていましたがゆっくりと目を開きました。

「それがマムルのお願い事だったんだね」

「……ここにいるより、その方がいいんだ、そうだよね、そうなんだよね」

おばあちゃんは、微笑みながらうなずくとやさしくマー君の頭をさすってくれました。

「マー君が見つかって安心したよ、おばあちゃんは先に帰っているから、マー君の気が済んだら早く帰っておいで、それから、ありがとうね」

おばあちゃんが去ったあと、ジッと右手の腕輪と指輪を見つめていました。すると、生暖かいものが瞳にあふれ、腕輪と指輪がにじんで見えてきました、それでもじっと見つめていると、腕輪と指輪は溶けるように体の中に消えていきました。

『鏡の色は未来の色、未来の色は夢の色。弱気になるな、青空のように澄んだ心を持つ少年よ、ラスボスに勝ったじゃないか、未来は変えられる、それがお前の信念なんだろう、今からがお前の、本当の戦いだ』

光の精の声が聞こえたような気がしました。そして手の平に陽だまりの暖かさだけが残りました。

おしまい

メルヘンストリート

序章

人は人生という道の中で一度だけ寄り道をすることが出来るのだそうです。でもその道がどこにあるのか、何時その道を通れるのか、そしてその道を行くと何処へ行けるのか、多くの人は知りません。何故かと言うとその道を通った後、たぶんその事自体を忘れてしまうからです、そう考えるよりほかに説明がつかないのです。ただそれも自信を持ってそうなのですとは断言出来ずにいました。

私がこの仮説に至ったのは、はからずもそのような体験をおぼろげながら覚えている人たちがいて、そしてその話を聞く機会に恵まれ、また一見関係のなさそうな不思議な体験談を耳にするに及び、その関連性を考えた時、何時の頃からかその存在をうっすらと感じていたからです。

大勢の人々の中でほんの一握りの人たちは、その道の事をわずかに覚えている事が出来たのだと思います。

その道へのアプローチは人によって様々です。時にまだ幼い子供の頃であったり、または人生における大きな分岐点とも言えるような瞬間に、そこへの扉は開かれるようです。その道を通る事で何かを得る事もあれば、ただただ不思議な体験で終わる事もあり、場合によってはその道を行ったきり、二度と戻ってこられない事もあるのです。

そして今では、その道の存在は、私の中では確信に変わりました。長い人生という道を行く中で、誰でも一度だけ必ずその道を通るのです。

その道の事を私はメルヘンストリートと呼ぶことにしました。牧歌的なおとぎ話のイメージのメルヘンでは無いのです。本来の意味である、信じがたい事、現実世界に起こる不思議、という意味を込めての呼称です。

1・モンシロチョウ（やさしさ）

三月、房総半島にある海の見える丘の上、そこに広がる菜の花畑の上をフワリ、フワリとモンシロチョウが浮かんでいました。風が吹くたびに上へ下へと揺れています。陽射しがポカポカとしていてなんだかあたり一面、薄いもも色の霧につつまれたようでした。もしかするとこれが春の霞なのかも知れません。その時、何かが『ヒュー』と風を切って動きました。そのとたん、モンシロチョウの姿が見えなくなり子供の声が聞こえてきました。

「とったぞ、とったぞ」

それはケンジ君の声でした。ケンジ君は菜の花畑で待ち伏せしてモンシロチョウを捕まえたのです。そしてモンシロチョウの羽を指でつまみ、目と鼻の先まで持ってくると、大きな瞳でまじまじと観察を始めました。小学生のケンジ君は図鑑で見たことを思い出しました。

「あれ、本当だ、チョウの口はくるくる丸まってるんだ」

そう言ってケンジ君はその渦巻きのような口を引っ張ったのです。

『ヤメテ、ヤメテ、ワタシノカラダハヤワラカイノ、イマチョウニナッタバカリナノヨ』

ケンジ君の耳には何も聞こえません。いろいろいじくっているうちにとうとうチョウの口を千切ってしまいました。羽も破れてしまいました。

「これはもういいや、次を探そう」

チョウを放してやり、指先にまとわりついた鱗粉（りんぷん：蝶の羽に付いている粉）をズボンでこすって拭き取りました。でも、地面に落ちたチョウはパタパタと羽を動かすだけでさっきのようにフワフワと浮くことが出来ません。そのときケンジ君は何を思ったのか、地面でパタパタともがいているチョウをズックで踏みつけたのです。

「えいっ！」

そのまま虫取り網を肩に乗せ駆けていってしまいました。菜の花畑の端っこまで来た時、今度はアゲハチョウを見つけました。ケンジ君は狙いを定めて虫取り網を構えます。そして、走ってきた勢いのまま思いっきり網を振りました。しかし、何かにつまずいたケンジ君は目の前の菜の花畑に頭から倒れこみました。とっさに虫取り網を投げ出し、両手を前に出し顔を庇いましたが、ヘッドスライディングのように勢いよく転んでいました。

『服が汚れちゃったかな？　ママに怒られるな……』

なんて考えながら起き上がったケンジ君の視線の先に何かが見えました。

「あんなものさっきはなかったのに、へんだなー」

いつの間にか菜の花畑の真ん中に道が出来ていて、その両側にたくさんのお店が並んでいるようです。入り口には虹を模した大きなアーチが架かっていました。

『駅のそばで見かける商店街の入り口みたいだ』

そう思ったケンジ君はそろりそろりとアーチの下まで行って、そこから通りの中を見回しました。通りの奥のほうはぼんやり霞んでしまっていてどこまで続いているのかわかりません。誰もいない通りはシーンと静まり返っていましたが、お店はみんな何かを売っているようで店先に品物が並んでいるように見えます。

「ふうーん」

大きくうなずいてからケンジ君は通りへ踏み込みそのまま通りの奥へと歩いて行きました。野菜を売っている店があります。書店もありました。おもちゃショップらしき店や、ファンシー雑貨を扱っている店、カフェのような店もあります。ただ、やっぱり人影は見えません。でも不思議と怖くはありませんでした。しばらくそうして店並みを観察しながら進むと、なんとなく気になる店があり歩みを止めました。店の前に立って上に掲げられている看板を見上げると、そこには、『とってもおいしい飲み物屋』って書いてありました。入り口のようなものは無く、開かれた間口からのぞくと店の中は黄色い霧に包まれていて、奥からはなんだかとっても良い香りがただよってきています。そういえばちょうどのどが渇いていました。

「ジュース屋さんなのかな？」

ケンジ君はそんなことをつぶやきながらその香りに誘われて店の中へ踏み入れました。

「いらっしゃいませ」

店の奥には紺色の暖簾が掛かっていて、その暖簾をくぐって女の人が出てきました。波のように揺らめく白くゆったりとした服をまとい、腰にはまばゆい金色の帯を締めていました。体の動きに合わせて揺れる服は、やせてほっそりとした体にまとわりつき、光の加減で、まるで音楽室のピアノのカバーの生地（ベルベット）のように白からグレーへと見え方が変わるのです。その時、似たような質感を最近どこかで見たようだと感じていました。

『ママよりずっと若い、お姉さんだな』

ケンジ君は思いました。でもおかしな事に、口にマスクのような大きなバンソウコウを貼っていたのです。そのため口元は見えませんでしたが、黒目の大きなすてきな瞳はキラキラと光って、微笑んでいることが感じられました。

「あのー、ジュース」

ケンジ君はお金を持っていないことを思い出し、もじもじしながらそう言いました。

「ええ、ありますよ。菜の花の蜜で作った春味のジュース、とっても美味しいのよ」

そう言われ、思わずのどがゴクリと鳴りました。でもお金の持ち合わせがないのですから、ジュースをくださいとは言えませんでした。

　ケンジ君がうつむいてもじもじしているとそれを察したお姉さんが言いました。

「お金なんかいらないわよ、あなたにはどうしても飲んでもらいたいの、今持ってきてあげるわね」

　お姉さんはそう言うと、クルッと後ろを向きました。その時、ケンジ君はお姉さんの白い服の背中が泥で汚れているのに気づきました。きれいな白い服が似合っているのに、背中の汚れに気づいてないのかな。そう思い声を掛けようとしたときには、お姉さんはもう、店の奥へ続く暖簾をくぐっていたのです。そしてすぐに戻ってきました。手には透明なグラスになみなみと注がれたジュースを持っていました。すぐにケンジ君の目はジュースに釘付けになりました。のどが渇いていた上に、黄色く透き通ったジュースの入ったグラスには細かな水滴がびっしりとついていて見るからに冷たそうだったからです。

「はい、これが菜の花ジュースよ」

　ケンジ君は差し出されたコップを受け取って香りを嗅いでみました。それはお店に漂っていたのと同じ香りでした。春の草原の若草の香りに菜の花の日差しのような匂いを加え、そこに甘いシロップを混ぜたような、ママの胸に抱かれていた頃の記憶をくすぐるどこか懐かしい香り。その香りに刺激されたのか頭の中に、菜の花が次から次へと開いていく光景が広がりました。そして体が黄色い花びらに包まれて、うずもれていくような感覚に捉われていました。それと同時に、そんな自分を遠くの出来事のように眺めているもう一人の自分がいるのも感じていたのです。コップを持った自分がそこにいて、そしてそれを見つめるお姉さんがいて、白い服は揺らめいていました。

『そうだ、お姉さんの服のピアノのカバーのようなあの質感、あれはチョウの羽に似ていたんだ』

ジュースの香りにうっとりとしていたケンジ君がそう気づいた時、横から眺めていた自分とジュースを持った自分が重なり、フッと我に返りました。お姉さんはじっとケンジ君の目を見つめてつぶやきました。

「これを飲んだらね……飲んだ人はね……春の霞のようにやわらかで、やさしい心の人になれるのよ」

ケンジ君がうなずきながらそのジュースを飲み始めた時、お姉さんの声が今度は頭の中に直接聞こえてきました。

『あなたはチョウチョに興味があるの、チョウチョの命はね、十日くらいしかないのよ、卵の期間を含めてもその一生は二か月くらいなの、あなたの長い人生からすればほんの一瞬のことね』

摑んだコップを見つめジュースを飲むケンジ君の視線の隅に、焦点の合わないお姉さんの姿がぼんやりと映っていました。

『でもね、その一瞬の命が消えようとした時に、あなたに足りないものが見えたの、だから私は、その足りないものを埋めるピースになることになった。私が望んだのでも、あなたが選んだのでもない。でもそうなることになったの』

コップの中身はもう少ししか残っていませんでした。ケンジ君は飲み干すために両手で掴んだコップの底をぐっと押し上げました。

『私は、あなたの心の中で生きる命に変わるの、次に目覚めた時、あなたは何も覚えていないでしょう、でも心の中では何かが変わっているわ、さよなら、さよなら、さ・よ・な・ら』

ジュースを飲み干しコップを下げたケンジ君の目にお姉さんの姿が、だんだんかすんでいきました。

「ああーあ」

ケンジ君は目を覚ましました。いつの間にか菜の花畑の畔に寝転んで眠ってしまったようです。

「いつ寝ちゃったのかな、もう夕方だ」

シャツについた土を払いながら立ち上がると辺りを見回しました。斜めの日差しを受けケンジ君の影が菜の花畑に長く伸びていました。

「だけどボク、今日何しにここへ来たんだっけ」

少し寝ぼけていましたが、手に持っていた虫取り網を見て思い出しました。

「そうだ、チョウチョを採りに来たんだ」

その時、二匹のモンシロチョウがクルクル回りながら近づいてきました。ケンジ君はとっさに虫取り網を構えました。でもその時こう思ったのです。

『あのチョウ、姉妹かなあ、あんなに楽しそうに回ってる、捕まえちゃかわいそうだな』

虫取り網を引っ込めて、家に向かって歩き始めたケンジ君がふっと後ろを振り向いた時、夕焼けに染まった菜の花畑に、同じく夕日を受けて金色に染まったチョウが、漂っているのが見えました。あれっ、と思い瞬きをした後にはその姿はもうありませんでした。

その時、口のなかでかすかに甘い香りが広がったように感じたのでした。

2・落ち葉（乙女ごころ）

待ちに待った夏休みが来ました。洋子ちゃんの家でもパパがお休みを取って家族旅行へ行く事になりました。パパとママと中学生になったばかりの洋子ちゃん、それとペットの犬のクンクンは車に乗り込んで朝のハイウェイを飛ばしていきます。やがて標識が見えてきました。
右折：秋風高原、星空山、霧きり湖
左折：ブルービーチ、月待岬
洋子ちゃんたちを乗せた車は右へ曲がりました。
「パパ、秋風高原にはフィールドアスレチックがあるのよね、霧きり湖にはボートだってあるでしょ」

洋子ちゃんは大はしゃぎです。

「そうだよ、星空山のふもとには遊園地だってあるんだよ」

パパもご機嫌でハンドルを握っています。

「それから温泉もね、高原は涼しいでしょうねー」

ママもうれしそうに膝の上のクンクンを撫でました。

山の中へと続く道を走り続け、峠を越えた時に急に視界が開けました。一面に広がる秋風高原とその真ん中の霧きり湖が目に飛び込んでくるのと、頬を流れる風を感じたのは同時でした。パパが手元で操作したパワーウィンドウがするすると開き、そこから高原の涼しい風が車内に流れ込んできたのです。

「さあ着いたぞ」

パパの声が終わるか終わらないかのうちに、洋子ちゃんは車の外へ飛び出していました。涼しい風が洋子ちゃんの髪を梳かしていきます。霧きり湖には白いボートが浮かび、星空山につづく遠くの丘にはニッコウキスゲの黄色い花が絨毯のように広がっていました。遠く観覧車の雄姿も森の上に突き出すように見えています。

「最初にアスレチックへ行こうかなあ、それともボート遊びにしようかしら」

洋子ちゃんは逸る気持ちを抑えていましたが、遊びたくて遊びたくて、遊び心はうずうずしていました。その時です、クンクンが車から飛び出すとワンワンとほえて湖のほとりの白樺林のほうへ突然走り出し、

「こらー、待ってよ、クンクン」

　洋子ちゃんも、クンクンの後を追って白樺林へ駆けこんでいきました。すると奥のほうに何かが見えたのです。

「あら、あんなところにお店があるわ」

洋子ちゃんはそちらの方へ、ゆっくりと歩いていきました。近くへ行ってみると、それはアーチのかかった商店街の入り口だったのです。通りの両側にお店が並び、そのずっと先のほうは霞んでいて見えません。そこから見渡せる範囲でも、喫茶店やら、赤いイチゴのような形の家や時代がかった映画のセットのような土産店、おしゃれなカフェなどが続いていました。ただ人通りが全くありません。クンクンはというとさっさと通りの中へ入り込んでいました。

「さすが高原リゾートね、こんな所に手の込んだ作りのお土産屋さんがあったのね、でもまだ午前中だからかしら、誰も歩いていないわ」

洋子ちゃんもそうつぶやくと通りへ入っていきました、そしてクンクンが扉のにおいを嗅いでいた小さなお店の前で立ち止まりました。店の前には街灯が立っていて、そこに看板が掛けられていました。街灯は点灯していてどうやら看板を照らすように作られているようです。街灯のオレンジ色のライトに浮かぶ文字は、こう書かれていました。

『落ち葉売ります』

「落ち葉？　落ち葉って秋になるとお家の庭や校庭にいっぱい落ちてるゴミなのに、そんな物をお土産に買う人がいるのかしら」

洋子ちゃんは首をかしげてお店を見つめました。ログキャビンのようなかわいらしい作りで、大きな格子の出窓がありそこにはカフェカーテンが掛けられています。中の様子はよく見えませんでしたが、キャンドルランタンが一つ置かれていて炎が揺れていました。

「見るだけなら怒られないわよね、ちょっとだけ見てみよっと」

洋子ちゃんはそう言うと格子窓のついた木製の扉を押して店の中へ入っていきました。

「あら、かわいい女の子ね、いらっしゃい。あなたにはどんな落ち葉が似合うかしらね」

そう言ったのは、緑色のふわりとした服に茶色いエプロンをつけた小さなお婆さんでした。

「あ、あのー」

ひやかしで入っただけの洋子ちゃんは、お店の人に声を掛けられびっくりしてとっさには言葉が出てきません。

「ワンちゃんはこっちでおとなしくしていてね、お嬢ちゃんをちゃんと案内してきてくれたお利口さんには、おやつをあげるからね」

お婆さんはニコニコしながら、柔らかそうなクッションの上にビスケットを置いて手招きし、目は洋子ちゃんに注がれていました。クンクンはおとなしく言われた通り、クッションの上で寝そべりました。

「そうねえ、あなたにはあれがいいかしらね、ちょっとそこのベッドに寝てちょうだい」

お婆さんはそう言うと、壁一面に作られた引き出しの一つからいくつかの箱を取り出し、中を覗き込みました。次にまた洋子ちゃんを頭のてっぺんからつま先までつくづくながめて、そうして何度かうなづきながら、カゴを用意するとそれぞれの箱から取り出した落ち葉をそこに入れました。別の引き出しからも箱を取り出し、そこからも落ち葉を出してカゴに入れました。

「ブンチャカ、おちば、ブンチャカ、おちば」

そうして変な呪文をつぶやきながら、落ち葉を混ぜています。

洋子ちゃんはなんだか少し怖くなってしまい、言われた通りベッドへ上り仰向けに寝ました。お婆さんはカゴの中から一掴みの落ち葉を出すと、それを洋子ちゃんの胸の上に広げました。

「これなあに、お婆ちゃん」

「大丈夫、いたくもかゆくもありゃしないよ、あたしはもうずーっと前からこれを売ってるんだからね」

「だって私、お金持ってないのよ」

「いいのさ、お金で売るもんじゃないからね、その代わり、元気な子供がいっぱい持ってる遊び心を少しもらうよ、それであたしも元気になれるのさ」

お婆さんはそう言って洋子ちゃんの胸に、フーッと息をかけました。すると胸の上にあった落ち葉がすうーっと胸の中へ溶け込んでいったのです。

「ワンワン、ワン」

　足元で洋子ちゃんを見上げ、吠えているクンクンの声に我に返りました。湖畔にある白樺林の中ほどにぼんやりと立ちすくんでいる自分が不思議でした。

「あれ、私なんでこんなところに来たんだろう」

「おーい、ボート乗り場はこっちだぞ」

　白樺林の入り口で手を振っているパパとママの姿がありました。洋子ちゃんとクンクンは木漏れ日の中の小道を駆け戻って行きました。

　それから少したってからです、洋子ちゃんが時々へんな夢を見るようになったのは。それはこんな夢でした。オレンジ色の霧に包まれたような所で落ち葉がずーっと降り続けているのです、いつまでもいつまでも……その夢を見ると、不思議に落ち着くのでした。夏が終わり秋が始まる頃、洋子ちゃん自身は意識していないかも知れませんが、ママは少しだけ気づいていたようです。洋子ちゃんの顔が少しだけ大人びてきた事を。

　やがて本格的な秋はやって来ました。洋子ちゃんの家の庭にも風が吹くたびに落ち葉が降りました。そんなある日、洋子ちゃんは自分の部屋の窓に両肘をついて、ヒラヒラと落ちてくる落ち葉をながめていました。そして、

「ふー」

　と大きなため息をついたのです。台所で食事の支度をしていたママにもそのため息は聞こえました。その時ママは、

「クスッ」

と微笑みました。

季節の移り変わりと共に、洋子ちゃんの心の中でも何かが変わったようでした。

3・一番大切な物（心の約束）

私がメルヘンストリートと呼んでいるのは誰もが一度だけ通る事ができる不思議な商店街の事です。そこへのアプローチは人によって様々なようです。何時通る事が出来るのか、どうすればそこへ行けるのか、その点は実は私もはっきりとはわからないのです。ただそのような体験をおぼろげながら覚えている何人かの人たちから聞いた話や、一見、関係なさそうな不思議な体験談を耳にするに及び、何時の頃からかその存在をうっすらと感じていました。

多くはまだ幼い子供時代に、または人生における大きな変化点にそこへの扉は開かれるようです。そしてその入り口も、聞く人によって様々でした。野の花の咲く広い野原であったり、時にはにぎやかな港町であったり、または都会の中に突然現れた見知らぬ通りであったり。そしてその存在をはっきり意識したのは、私自身の不思議な体験だったのです。

それは秋風が立ち始めた頃の休日の昼下がり、近くの海浜公園の砂浜でうたた寝を楽しんでいた時の事です。今思えばどこまでがうたた寝の中の夢だったのか、それとも現実だったのかはっきりしないところもあるのですが……。

　にぎやかだった夏の余韻の残る砂浜、私の他には人影はありませんでした。大きな弧を描く砂浜の向こうには港があってその日は白い大きな客船が停泊していました。何処から来て何処へ行くのか、見知らぬ旅人たちへ思いを馳せながらまどろんでいた時でした。ふと目の前の砂浜に目を戻すと、今まで誰もいなかったその場所に一人の少年が立っていて、しきりに目をこすっていました。しばらくキョロキョロと辺りを見回していましたがやがて歩きだしました。少年が進んでいく方を見ると小さく家並みが見えています。私も何やら予感のようなものを感じ、同時に眠気は消え去っていました、起き上がると少し距離を置いて少年に続きました。いつの間にか港は消えていて何処までも砂浜が続いていました。そしてその反対側は地平線まで見渡す限りの野原でした。私はさっきまで砂浜にいたはずです。この時、今までに聞き込んだ不思議な体験談が走馬灯のように頭の中を駆けめぐりました。そして、心臓が大きく脈打つのを他人事のように感じていたのです。何かが起ころうとしている、それは私の心の中ではよくある夢として、冷静に見ている部分もあり、

『面倒な事に巻き込まれるのはごめんだ、このまま目を閉じれば、またうたた寝の夢に戻れる』

　と囁いていました。一方では、

『偶然現れた少年に近づいたおかげで、少年の迷い込んだ世界に一緒に付いてきたのかも知れない、お前の思ってる仮説にある何とかストリートとか言う場所じゃないのか、確かめるチャンスだ』

と問う声がありました。短い時間の心の迷いがあり、後者の心の声がわずかに上回りました。

『そうなのかもしれない、たぶん、でもそれは確かめなければ推測のままだ』

そう思いました。

『だったらどうする……当然、後を追う』

そうだよな、うなづいている自分がいたのです。

少年が向かう先には商店街の入り口が見えていました。

『やっぱりあれがメルヘンストリートだ、少年は今、その道を通ろうとしている』

私はその瞬間にその事を確信したのでした。通りの入り口には大きなアーチが架けられていてその向こうは小さな点になって見えなくなるまで店並みが続いています。少年は一度立ち止まって商店街を眺めていましたが、やがてそこへ踏み込み振り返る事も無く真っ直ぐ進んでいきました。私も後を追います。商店街にはいろいろな店がありました、いいえあったように思います、それと言うのも後から考えて見て、何を売っていた店なのか、看板になんと書かれていたのか、どうしても思い出せないのです。ただはっきり覚えているのは、少年が立ち止まったのは『一番大切な物』という名の喫茶店の前でした。丸太で組まれたログハウスで、入り口の木の扉は赤一色にペンキが塗られていました。その上にやはり木製の大きな看板が掲げられ、そこに店名が書かれていました。

　少年は少しの間、店の前にたたずんでいましたがやがて意を決したように扉のノブに手をかけました。少年が店の中に消えた後、私は通りに面した窓から中の様子をのぞいてみました。少年はテーブルに着いて、店員とおぼしき若い娘と話していました。そしてこんな声が聞こえてきました。
・・・
「ボクね、自分の一番大切な物を探してたんだけど、それがなんだかわからないんだ、そしたらね、このお店の看板に『一番大切な物』って書かれてたんで」

「看板に書かれているのは、このお店の名前なのよ」

「どうしてそんな名前なの、このお店」

「それはね、自分にとって一番大切な物は何かって事を知る事はとっても大事な事だと思うのよ、だからそれをゆっくり考える為の素敵な時間を提供したい、そんな喫茶店になれないかなって思いを込めて私がつけた名前なの」

　少年は何度もうなずいていました。

「ここで考えたらボクにもわかるかなあ」

「わかるわよ、きっと、飲み物を用意してあげるから、ゆっくり考えなさい」

　店の中の少年たちはそんな話をしていました。私の記憶にあるのはそこまでです。気づくと私は砂浜に寝転んでいました。その時は、また奇妙な夢を見たというくらいにしか思ってはいませんでした。

その少年がその後どうしたのか、それを知ったのはそれから数日後のやっぱり午後のうたた寝の夢の中でウミネコに教えてもらったのです。実は、それが動物保護にとって良い事かと言えば、あまり大きな声では言えませんが、私にはいつもエサをあげる仲のいいウミネコ夫婦がいたのです。何時だったか何の気なしに、ランチのパンの残りを空を舞っていたウミネコに投げた時、ウミネコは上手にそれをキャッチしました。

「へーぇー、うまいものだな」

そう思った私は、時々食べ残し、と自分に言い聞かせつつ持ってきたパンを投げるようになったのです。そうした餌付けを始めてしばらくしてからでした。浜辺でうたた寝をしていると夢の中にウミネコが現れて色々な話を聞かせてくれるようになったのです。それは鳥たちの噂話から浜辺で起きた出来事まで、聞いていて飽きないたわいもない鳥たちの会話でしたが、その時聞いた話はこうでした。確かにあの日、白い大型客船が港に停泊していました。

・・・

港の上の青い空にその二羽のウミネコは浮かんでいました。

「ねえ見て見て、あの白い大きな客船、素敵ねえ」

「そうだね、きっと遠くから来たんだよ」

「大西洋？　それともインド洋かしら、遠くの海の香りがするわ」

「ハハハ、ほんとかい」

九月の海のさわやかな風に乗って、ウミネコたちは話していました。そんなのどかな日に、朝から港の桟橋に立って小石を投げている少年がいました。力いっぱい腕を振る少年のおでこには大粒の汗が光っていました。

「あら、あの子どこかで見たことがあるわ」

「ボクもそう思ってたんだけど、やっと思い出したよ、ほら……」

ウミネコたちがサーッと風を切って少年のそばへやって来た時、遠くの波間で小石の立てた白いしぶきがキラキラと光りました。

「わかったわ、今年の春、灯台の下の岩穴で卵を抱いていた時ね」

「そうそう、いたずらっ子たちに見つかりそうになった時あの子が庇ってくれたんだ。ボクらがいるのを知っていたのに、この穴には何もいないよ、他を探そうってね」

「そうだったわ、あの日のあの子はやさしい目をしていたけれど、今日のあの子は悲しそうな目をしているのね」

「気になるね、あの子の心の中をのぞいてみるよ」

一羽のウミネコはそう言うとしばらく少年の上をクルクル回っていました。その日のように青く澄んだ海には心の中が映るのかも知れません。

「ねえ、どうだった」

「あの子の仲良しの女の子がね、今日の夕方、あの白い大きな客船に乗って遠い国へ行ってしまうんだって」

「まあ、じゃあもう二度と会えないかもしれないのね」

「うん、でもね、見送りの紙テープが切れた時、自分の一番大切な物を投げてそれが船の上の人に届いたなら、また会う事が出来るって、誰かに聞いたらしいよ」

「それで朝から練習しているのね、あの子」

「一番大切な物ってなんだろうね」

少年はいつまでもいつまでも小石を投げ続けていました。

空があかね色に染まるころ、港の桟橋には見送りの人がたくさん集まってきました。その中にあの少年の姿もありました。そして二羽のウミネコは空からが少年を見つめていました。

少年が手に持っていたのは青いゴムボールでした。少年にとって一番大切な物は、一緒に遊んだ思い出のつまった青いゴムボールだったのでしょうか。そしてもう一方の手にはしっかりと紙テープが握られています。その紙テープをたどっていくと、船の上のかわいらしい女の子の姿がありました。大きな瞳に涙をいっぱいためていました。

「ゴムボールなら、もし届かなくてもボクが途中でくわえて船まで届けてあげられるよ、いつももらってる、パンのダイビングキャッチで慣れてるからね」

「そうね、でも、パンより大きいんだから、うんと大きな口を開けなさいよ」

ウミネコたちはそんな事を話していたそうです。

ボー、汽笛が鳴り船がゆっくりと動き出しました。少年の手から紙テープがシュルシュルと伸びていきます。他にも大勢の人たちが色とりどりの紙テープを握っていました。見送りの人と船の上の人をつなぐ紙テープは次第に長くなり、大きな虹が架かったように見えていました。

「サヨナラ、元気でねー」

船の上では女の子が小さな手を振り続けています。やがて紙テープがいっぱいに伸びて、そして切れた時、船はずいぶん離れていました。とても少年の力では届きそうもありません。でも少年は力いっぱい投げたのです。

「また会おうねえ～」

夕焼け空をゴムボールは真っすぐ船に向かいました。でもやっぱり届きそうもありません。その時、一羽のウミネコはサーッと舞い降りていきました。そしてボールをうまく咥えました。ウミネコは、

『やったっ、どんなもんだい』

そう思い、ひと声、クワッ、と鳴いたその瞬間、ゴムボールはウミネコのくちばしからツルリと滑りとうとう海に落ちてしまったそうです。ウミネコは悲しそうに鳴いて空へ昇っていきました。

「失敗しちゃったよ、もうあの少年の思いは届かないんだね……」

もう一羽のウミネコがゆっくりと首を横に振りました。

「届いたのよ、一番大切な物、ほらあの女の子もう泣いてないわ」

「ほんとだ、微笑んでるよ、よくわからないけど届いたんだね、一番大切な物、きっと」

「そうよ、でも一番大切な物って何だったのかしら」

うす暗くなった桟橋で船を見送る少年は、やさしそうな瞳に戻っていたそうです。ウミネコの話はそこまででした。

・・・

この事件について、一つ一つの体験には何処までが夢で何処までが現実だったのか、その辺を問われると確かな自信は無いのですが……。やっぱりすべてが妄想ではないのだと知ったのは、ずっと後になって町であの少年を見かけた時でした。背丈は少し伸びていましたが、その顔をはっきり覚えていたのです。あの少年が同じ町の住人だった、少し驚きました。でもそれが同じ時間を共有出来た理由だったのかも知れない、そんな気もしていました。その時、その少年に話しかけはしませんでした。実在していた少年を目にした時、私が見ていた事も含めて、あの記憶には触れてはいけない、そう思えたからです。誰かに話すと、傍観者であった私の記憶は消え去る、なんとなくそう感じたのです。メルヘンストリートに関わる記憶は、私の知る限り誰の胸の中にもほとんど残されていないのです。だから、覚えているうちにこのメモを残すことにしたのです。未来の自分に伝えるために。

4・5時60分の国（見えなくなった物）

夕暮れ時には不思議な事が起こると、誰かから聞いた事があります。ボクが初めてあの女の子に会ったのはクリスマスイヴの日の夕暮れの事でした。雪が舞っているのに西の空だけ雲が切れて夕焼け空がのぞいている、そんなへんてこな天気だったのです。しばらくぶりにやって来た街は何といってもクリスマスです、にぎやかできれいに飾られていました。

「ママたちちょっと買い物があるの、ここで待っててね、すぐ戻るから」

デパートの前でした。しばらくおとなしくしていましたが、すぐに好奇心が頭をもたげてきました、辺りを見回すと近くに見慣れない商店街の入り口がありました。

『あれっ、前に来たときは無かったよな、こんな通り』

近づくとその辺りだけ人影がありませんでした。新しい商店街の入り口には虹のアーチが架かり、きれいなネオンや看板で飾られたお店が、ずっと遠くまで続いていました。興味本位で足を踏み入れてみると、街の喧騒がスーッと引いていき、ふと気づいた時にはボクは一軒のおもちゃ屋さんの前に立ち、飾り窓を見ていたのでした。飾り窓の中は雪の野原、小さな丸太の家はサンタクロースの家でしょうか……そこに今にも出発しようとしているサンタが立っていました。その時、あの子もボクの隣に立ってその飾り窓を眺めていたのです。

「寒くない？」

「えっ、うん」

それが、あの子と初めて交わした言葉でした。

「ねえ、サンタさんに会いに行きましょうか？」

あの子の瞳は斜めに差し込む夕日の最後の光を受けて、まるで燃えているみたいでした。その目を見ていると、今、無性にサンタさんに会いたいと思っていた自分の想いに気がつきました。

「……行きたいな」

ボクがそうつぶやくと、あの子は足元の雪を一つかみ取ってフーッと息を吹きかけたのです。舞いあがった粉雪に包まれた時、二人は星空の下の広い雪の野原に立っていました。すぐそばに丸太の大きな家があって、窓から明かりがもれています。

「サンタさんの家だね」

「そうよ、中をのぞいてみましょう」

暖炉で火の粉がはじけています。その前では太ったおじいさんがニコニコしながらリボンのついたプレゼントを白い袋に詰めていました。壁には赤いサンタの服も掛かっていました。

「サンタさんだ、いいなあー、やっぱりいたんだな」

「あなたにもサンタさんが見えてよかったわ、またいつか会いましょうね」

シャリリリリーン、コーン、カーン、コーン

トナカイの鈴の音が聞こえてきて、それがいつの間にか6時を告げる街の時計台の鐘の音に変わった時、ボクは待っているように言われたデパートの前に立っていました。

『サンタさんはボクに何をくれるのかな』

そんな事を考えていた時、大きな荷物を抱えたママたちがデパートから出てくるのが見えました。雪はやんで空には星が瞬き始めていました。

二度目にあの子に会ったのはそれから一年以上過ぎた春の夕暮れのことでした。家の前の菜の花畑が夕日を受けて金色に輝いている中、あの子はそこにうずもれるようにして膝を抱えて座っていたのです。肩まで伸びた髪も金色に染まっていました。

「また会ったね」

「覚えててくれたの？」

『やっぱり夢じゃなかったんだ、サンタさんの家を見に行ったこと』

ボクはそう思いながら、あの子の横に同じように座りました。

「……だってボク……」

いろいろ聞きたい事があったボクの言葉を遮って、あの子はこう言いました。初めて会った時と同じように、ボクがその時、想っていた事を。

「ねえ、あの夕焼け雲の上を飛んでみない」

「いいねえ」

西の空にはいくつかの雲が浮かんでいました。夕日を下から受けて輝いていました。あの子の横顔をそっとのぞくと、真っすぐ夕焼けを見つめていて、目が真っ赤になってい て、中に夕焼けが映っていました。あの子はすくっと立ち上がり、ボクの方へ手を差し伸べました。ボクがその手をつかんだ時、突然風が巻き起こり、あっと思った時にはもう、二人は手をつないで風の中を飛んでいたのです。すぐ下に夕焼け雲、そのまたずっと下の山あいの村には明かりが灯り始めていました。あの子はいつの間にか手に小さくてキラキラ光る物を持っていました。

「これ、あげる」

「なにそれ、熱くないの」

「平気よ、これはね、今日の一番星、持ってるとね、お願い事が叶うの」

ゴーン、ゴーン、ゴーン

6時を告げるお寺の鐘がなった時、ボクは菜の花畑の前に立っていました。手の中にはもらったばかりの一番星、それをポケットにしまいながら、夕焼けの最後の残光に浮かぶ黒い山影を見上げていました。

『大きくなったら宇宙飛行士になって、もっと高いところから地球を眺めてみたいなあ』

ボクはその時、そんな夢をぼんやりと考えていました。

三度目にあの子に会ったのはまた一年以上過ぎたころ、旅行先の夕焼けのきれいな夏の浜辺でした。家族や親せきと滞在している温泉旅館ではもうすぐ夕食の準備が整う頃です、でもどうしても夕暮れの浜辺を見たいと思い、一人そこにたたずんでいた時でした。白い砂浜がオレンジ色に溶けていて、海の中につきだしている岬の灯台が光の帯をクルクルと回していました。それまで夢中で遊んでいたせいで背中の日焼けが少しヒリヒリしましたが素肌に夕風が気持ちよくて、しばらく夕焼けに見とれていたのでした。

「クスクス、クッ、クッ」

押し殺した笑い声に振り向くと、すぐ後ろの砂の上にあの子はしゃがんでいました。

「何だ、君か」

「何を想ってたの、そんな深刻な顔して」

「君こそ何だよ、突然に」

ボクは照れ臭くなってプイッと横を向きました。

「何を想っていたか、私、知ってるのよ」

あの子がそう言ったので、ボクはドキリとしてあの子の方へおそるおそる顔を向けました。この前の時と同じように瞳が真っ赤に燃えています。そして夕日に輝いた髪がかすかに揺れていました。

「ヨットに乗って、南の島に行ってみたい、そう想ってたんでしょう」

その通りでした。その時、まだ見た事の無い南の国のきれいな島の事を考えていました。

「行ってみる、これから」

「うん、つれて行ってくれるなら」

あの子は立ち上がるとクルクル回りました。髪の毛がふわっと膨らんで、キラキラ光って、光の洪水のようにあたり一面に広がって。

サラサラササ、ササザザザボーン

小さな真っ白な船体が波を受けて大きく揺れました、しぶきの中に虹が浮かんでいます。

「よーし、風を捕まえた、スピードが出るよ、しっかりつかまって」

ボクは初めてヨットの舵を握っていました。そしてあの子は帆を操るボクの隣でロープにしがみついていました。濡れたまつげに日差しが躍り、白い歯を見せて笑っています。

ググーン、ザザーン

「迫力満点ね」

ヨットの上にカモメが飛んでいます。すぐそばにサンゴ礁の白い島、そして青い空。

「ねえ、君はどこから来たのー」

叫ぶように聞きました、そうしないと風の音に消されてしまうからです。でも聞こえないのかあの子は遠くを見つめているままでした。

「君は誰ーっ」

ボクはもう一度叫びました。するとあの子は真っすぐボクの目を見つめて、

『こ・ん・ど・ね・』

もも色の唇が確かにそう動いたのです。

ウ〜〜、ウ〜〜

6時を告げるサイレンが聞こえた時、ボクは夕暮れの浜辺に立っていました。

『大きな客船の船長になって、世界中の港をめぐるのもいいかなあ』

ボクはその時、そんな事を考えていました。

最後にあの子に会ったのは秋風の吹く原っぱでした。友達がみんな帰ってしまった後、あの子の事を思い出して一人で夕焼けを見ていた時でした。初めて会った時から何年かが過ぎていました。もうあれは夢だったのかと思い始めていた頃だったのです。夕日を受けたススキの穂が金色に光って、波打つように揺れていました。その時、ボクはススキの茂みの中にあの子がいるような思いに駆られて、迷わず茂みの中へ入っていきました。ススキをかき分け、真っすぐに進んでいきました。どこまで行ってもススキの茂みは続いています。そしてボクの背よりも高い所で柔らかな金の穂が揺れていました。

『この原っぱはこんなに大きかったっけ』

そう思った時、急に茂みから抜け出し、ちょっとした広場に出たのです。広場の真ん中に背の高いもみの木が一本真っすぐに立っていて、その影が長く伸びていました。もみの木の周りには石が並べられています。それを最初に見た時これは日時計だなと気付きました。そしてあの子はもみの木の下に立っていたのです。あの子はボクに訊ねました。

「何してるの？」

「何だと思う」

「私の事、探してたんでしょ」

「知ってるんじゃないか」

二人は声をそろえて笑いました。口を押さえてクスクス笑っているあの子を見ていた時、夕日を受けて金色に光っている髪の毛の中から何かがピョコンと顔を出したのです。

『まさか……』

ボクは思わず目をこすりました。

「あら、ついてきちゃったのね、この小人は私の友達なの、私の住んでる国にはたくさんいるのよ」

あの子はそう言うとまたクスクスと笑いました。

「そっ、そうだ、今度あった時、君がどこから来たのか教えてくれるって言ってたよね」

「そうね、約束だものね、テストに合格すれば私と一緒に行く事もできるわ」

いつものようにあの子の瞳は真っ赤に燃えていました。

「うん、行ってみたい、君の住んでいる国」

「あのね、私の住んでる国はね……5時60分の国なの」

「…………」

ボクが黙っていると、あの子は少し寂しそうに笑いました。

「今のがテスト……、残念だけど不合格」

「…………」

あの子はジッとボクの目を見つめてこう言いました。

「今、5時60分なんて聞いた事ないぞ、変だぞって思ったでしょ、そう思うようになったらその国を見る事は出来ないの、行く事もね」

「5時60分の国？」

もみの木の影が一回り大きな石のすぐそばまで迫っていました。

「5時60分の国はね、小川みたいに澄んだ目をした子供の心の中にあるのよ、もう時間だわ、帰らなくちゃ」

「待って、今度はいつ会える」

あの子は小さく首を振るともみの木の影をポーンと飛び越えました。木の影はちょうど大きな石に重なるところだったのです。あの子の姿が見えなくなり、

『サヨナラ』

声だけが風に運ばれてきました。

ゴーン、ゴーン

6時を告げるお寺の鐘が聞こえています。そしてボクは西の空がわずかに赤いだけの原っぱに立っていたのでした。いつの間にか手の中に、いつかあの子にもらった願いが叶うという一番星が握られていました。

『まだ持ってたんだ』

そっと手を開き、その光を見ていると、ボクの手の平にスーッと溶けるように消えていきました。

『あの子にはきっともう会えない、でもいっぱい夢をもらったんだな』

何故か悲しくて、思わず目頭が熱くなるのを感じながら、ボクはそんなふうに思っていました。

初めてあの子に会った時から少しだけ背が伸びていました。その分、少しだけ遠くが見えるようになったけど、その代わり、少しだけ何かが見えなくなってしまったのかも知れません。

5・海石（宝物）

最近思い出した事があるのです。それはまだ少年だった頃の遠い昔の記憶です。私が住んでいたのは、夏になっても岩に雪のはり付いている山があるような所でした。街からその山まで行こうと思ったら深い谷をさかのぼり、いくつもの峠を越えないとたどり着けません。その山の麓の村が私の故郷です。もの心がついたころにテレビという物が家にやって来て初めて海なるものを映像として見たのです。もちろん白黒の世界ではありました。しかし、それこそ川や池とはスケールの違う大きな波、圧倒的な広さ、空と接する水平線に対しては神秘的な想いを抱いていた事を今でも覚えています。ただいくら憧れても、色々な意味でそう簡単に見に行く事が出来るような状況にはありませんでした。でも海に対する知識は次第に増えていきました。氷の海から、南国の海まで様々な表情がある事、川とは違い塩辛い事、色の付いた珍しい魚が住んでいる事、とてつもなく大きな生き物がいる事、そして目の前の山の高さよりも深いという事。特に畏怖とでもいうような感覚を持ったのはその深さでした。広さは空を見れば想像は出来たのですが、山よりも深いと言われると当時の私が知る川や池の深さからは感覚的に思い描く事が出来なかったのです。その思いの行き着く先は自分の知りうるものの中で一番深い、白銀滝の滝つぼへの挑戦でした。そこは村の子供たちの夏場の遊び場の一つでもありました。滝つぼの底にはたくさんの青い石が沈んでいてそれを取るのは子供たち仲間の目標でもありましたが、滝つぼは結構深く、まだ誰もその青い石を手にした仲間はいなかったのです。

ある夏の日の事です。その日の白銀滝には誰もいませんでした。セミの声と山の葉摺れの音だけに包まれ静かに時間が流れていました。そして私は深い滝つぼへ一人挑んだのです、何年来、何度目の挑戦だったのかはわかりませんが、その日は特別な日になったのです。滝つぼの底には水面からわずかに届く光の波紋が揺らめき、その光の屈折に妖しくたたずむ青い石が見えていました。

その日私は青い石を手にいれました。青い曇りガラスのような感触のうっすらと透き通った丸味を帯びた石で、その石には中に小さな三つの気泡がありました。それが同じものは二つと無い石の特徴になっていました。ただ滝つぼの底へ手がとどいた記憶は無いのでどうやって手に入れたのかはずっと思い出せなかったのです。

その夜から、私は青い石を枕元に置いて寝ました。すると素敵な夢を見たのです。夢の中で目を覚ました私は、サラサラとしたやわらかい砂の上に立っていました。耳を澄ますと、ザザー、ザザザーという音が聞こえてきます。空には星がキラキラと輝き、そして今まで嗅いだ事のない匂いがあたりに漂っていました。

『これが海なんだな、この匂いがきっと潮のかおりだ』

私は直感的にその事を感じ取っていました。

次の日の夢は朝の海でした。ヤシの木の葉が風に揺れていました。そのまた次の日は昼間の海、太陽の日差しに焼かれて素足には熱い砂浜、人がいっぱいいて、浜辺にはビーチパラソルがぎっしり並んでいました。そしてまた次の日は夕暮れの海でした。涼しい風が体を包み、白い砂浜は真っ赤な夕日に染まっていました。それからというもの、海が見たいときはいつもあの石を枕元に置いて寝ました、それは私の宝物になりました。

そのうち私も成長し、あの不思議な石のことはいつの間にかすっかり忘れていました。

やがて仕事で都会に移り住み、所帯を持ち、父親になりました。そしてある日、息子が青い小さな石を持っているのを見かけたのです。その石を見た時、懐かしい気持ちとともに、遠い記憶の欠片が胸の中で、コトリと音を立てたような気がしたのです。そして、今までどうしても思い出せなかったあの日の記憶がゆっくりと、ごく自然に、映画でも見ているかのように蘇ってきたのでした。

・・・

『青い石に……もう少しで底に届くのに……苦しいもうだめだ、戻ろう』

　そう思ってくるっと横へ目を向けた時でした。摑んでいる岩壁の隙間から光が漏れていました。あれっと思った時には、私はその隙間に吸い込まれてしまったのです。そこはなんだかもやもやしたとした薄い青色の霧につつまれた場所で、水の中ではありませんでした。目をこすりながらしばらく様子をうかがっていると、霧が晴れてきて一面の草原が姿を現しました。そして少し離れた場所に建物が立っているのが見えました。近づいて見ると虹のアーチが架かった商店街の入り口でした。看板が並んだ一本の商店街がずーっと遠くまで続いています。私はものめずらしさでその通りに入っていき、すこし奥へ進んだところで気になるお店を見つけました。

　その店にたどり着くまでには色々な形の店があったように思うのですが、何の店だったのかまでは思い出せませんでした。レンガ作りの店や、丸太小屋のような店など個性的な建物が並んでいたことは覚えています。私が足を止めた店の看板には『海屋』と書いてありました。今では観光地でよく見かける時代村の中にありそうな、江戸時代の商家のような佇まいです。土壁と板塀で出来ていて店の入り口にはすだれ暖簾が掛かっていました。通りの向かい側には同じような作りの『山屋』という店がありました。私はその名前に誘われて海屋のすだれ暖簾をくぐりました。

「いらっしゃいませ、何をお求めですか」

着流しに昆布の前掛けをつけた若い男の店員が出てきました。

「三十円しかもってないけど、何か買えますか」

名前に誘われて入ってみたのはいいのですが、きちんと店員に迎えられ少し動揺していました。思わずポケットを探った後に発した言葉がそれでした。

「ありますとも、海石なら一個三十円ですよ」

「海石って何？」

「おもしろい物ですよ、南の海石、北の海石、嵐の海石、いろいろありますけどどれにしましょう、それぞれ夢の世界ですてきな海へ連れて行ってくれますよ」

私が南の海石と言った時、突然店の奥から大きな波が押し寄せてきて、あっと言うまに波に飲み込まれていました。それからどれくらいの時間がたってからでしょうか、白銀滝の滝つぼ近くの川原で私は友達に揺り起こされました。その手には青い丸い石をしっかりと握り締めていたのです。

「あれっ、青い石取ったんだ、すごいね」

友達にそう言われれば悪い気はしませんでしたが、『あの時、青い石に手は届かなかった、その代わり店で買ったものだ』とは言いませんでした。
・・・
そうだ、私はあの宝物の石をどうしてしまったのか、それも気になりましたがいきさつを思い出した私は思わず息子に尋ねました。

「その石どうしたんだい」

「このあいだの神社の縁日で売ってたんだよ、南の海石っていってね、魔法の石なんだって」

縁日なんて都会のこの辺りでは聞いたことがありません。お盆に帰省した時に鎮守の森の縁日に何度か連れて行った事はありましたが、もしかして、あの不思議な商店街のことを言っているのではないか、私はその時そう考えていました。息子から手渡されたその石に日の光を当ててよく見ると、青い曇りガラスのような石の中に小さな三つの気泡が見えました。

『偶然なのか、私の持っていた南の海石に似ている、……いや、同じものだ、同じ石がいくつもあるのか……そんなはずはない』

私は思いました、それならば、たぶん私の宝物だった海石が回りまわって、今は息子の手にある、そう思えました。

『あの日の私にとっては確かに宝物だったかも知れない、でも今にして思えば何の役にも立たなかったな、いや、待てよ、こうも考えられないだろうか、この石は引き継がれ何時の日にか本当の意味の宝物になる日が来る、ただ私の役回りでは無かっただけだと』

そう考えながらもう一度石を太陽に透かして見た時、石が震えたように感じたのです。

『石がうなずいた』そんな気がしました。

「きれいな石だね、大事にするといいよ」

私はそっと息子に返しました。

6・花壇（いのち）

ユキコちゃんはお花が大好きです。だからユキコちゃんのお家の庭には大きな花壇があって、毎日お水をあげたり、肥料をあげたり、雑草を抜いてあげたりしていました。そのおかげで春から秋の終わりまでユキコちゃんのうちの花壇はお花が絶える事がありませんでした。

その花壇でまず一番に花を咲かせるのはスミレです。このスミレたちがユキコちゃんに春が来た事を教えてくれるのです。それとほとんど同時にハルリンドウの花も開きます。少し遅れて咲き出すのがワスレナグサやキンセンカ。それらの花が終わる頃、今度はスイートピーやヒナゲシ、アヤメなんかの花が咲き誇ります。この頃の花壇はユキコちゃんのお気に入りでした。

学校が夏休みになる頃、花壇はアサガオの花盛りです。ヒマワリだってユキコちゃんの背丈の三倍くらいの所で顔よりも大きな花を咲かせます。マツバボタンやダリアたちも『見て見てユキコちゃん、今がわたしたちの盛りよ』といわんばかりに咲き乱れていました。

そろそろ涼しい風が吹き始めて、ユキコちゃんのお家の花壇では秋が始まっていました。そんな日曜日の事です。朝、目を覚ましたユキコちゃんはいつものように花壇にお水をあげようと庭に出るとコスモスやナデシコが風に静かに揺れていました。その時ユキコちゃんはキキョウのつぼみを見つけました。パンパンに膨らんでいて、指でつついたらポンッて音を立てて開きそうです。もしかしたら本当に咲くとき音がするのかもしれません。とにかくユキコちゃんは、この風船みたいなつぼみのキキョウが秋の花では一番好きでした。だからその時もそのつぼみに見とれていたのです。するとどうでしょう、つぼみが少しずつ開き始めたのです。

「ああ、そうなんだ、パンって一気に開くわけじゃないのね」

ユキコちゃんは感激して中はどうなってるんでしょうと思って、つぼみの隙間に目をくっつけて中を覗いてみました。

「あれっ、何かあるわ……何かしら」

ユキコちゃんが目をこすってもう一度のぞいた時です。見る見る花が大きくなってあっという間にユキコちゃんはつぼみの中へ落っこちてしまいました。柔らかな花びらのじゅうたんの上でユキコちゃんは思いました。

『どうしちゃったのかな……お花がおおきくなっちゃった、それとも私が虫くらいにちいさくなっちゃったのかな』

そこはキキョウのつぼみの中だけあってあたりはみんな薄紫色の光に包まれていました。きょとんとしたユキコちゃんが周りをよくよく見渡すとつぼみの真ん中に何か見えました。ユキコちゃんはそちらの方へ歩いて行きました。キキョウの花には五本のおしべがあって、その真ん中に綿毛のようなめしべが立っているのです。ユキコちゃんはそのめしべの根本辺りに見える物影に向かって進んでいました。

「花びらの上ってフワフワしていい気持ち、それになんて素敵な香りなんでしょう」

さっきユキコちゃんが見つけたものは、近くで見ると、何という事でしょう、商店街でした。入り口には虹のようなアーチが架けられていて、その先にお店が何軒も並んだ通りがずーっと奥の方まで続いていました。ユキコちゃんは眉根を寄せてそれをながめていました。

『あら、さすがにつぼみの中にこんな街並みはおかしいわ、私、夢を見てるのね』

そんな事を考えながらその商店街へ入って行きました。色々なお店をながめて歩いているうちに気になるお店の前で立ち止まりました。一見何のお店なのかはわかりません、店先には商品棚も無いし何も置かれていません。その代わり白いペンキで塗られた、ガレージの扉のような大きな両開きの扉がありました。

『お店じゃなくて、自動車をしまっておく車庫かしら』

でも両開きの白い扉の上には大きな看板が掲げられていて、そこには、『誰にも見えないお花屋さん』と書かれていました。

その変わった名前に誘われてユキコちゃんは足を止めたのです。お店の前に立って看板を見上げていると、『ギギギー』と軋む音を立てて扉が内側へ開いていきました。中からは光がこぼれ出て、見えてきたのはどこまでも広がる草原でした、店の中にそれより遥かに広い草原の海が広がっていたのでした。つぼみの中の商店街、お店の中の草原はユキコちゃんの想像を超えていました、でも、扉から広がる広い世界を見渡しながら、

「誰にも見えないお花屋さんってどういう事かしら、お花屋さんの建物は見えたのに、その中には何もないってことなのかな、意味がわかんない」

半分夢だと割り切っていたユキコちゃんがそうつぶやいたのは、見えないお花屋さんへの好奇心を裏切られてがっかりする気持ちを隠し切れなかったからなのでしょう。それでも気を取り直すと、前髪を揺らす草原の風に誘われるように開かれた扉をくぐりました。すると、薄紫の服を着て五枚のヒラヒラのあるスカートをはいた女の人がそこに待っていたのです。

「おねえさん、誰にも見えないお花屋さんって書いてあるけど私には見えたわよ」

ユキコちゃんがさっそく思いをぶつけると、女の人はクスクスッと笑って答えました。

「あれはね、そういう意味では無いのよ、このお店が見えないいんじゃなくて、普段は見えない本当のお花の姿の事を言ってるの、ここに広がっている世界が、ほんとうの私たちの世界なのよ、でも、ユキコちゃんにはここに何があるのか、まだ見えてないのよ」

ユキコちゃんはキョトンとして薄紫の服を着た女の人を見上げていましたが、その目は期待を込めた輝きを取り戻しつつありました。

「そのお花、いいえ私たちの本当の世界を見るために必要な目薬を売ってるのよ」

おねえさんを見つめたまま、ユキコちゃんは首をかしげました。

「それってどんなお花」

「あなたユキコちゃんでしょう、いつも私たちがお世話になっているからそのお礼に特別に見せてあげるわ、目で見える事が世界の全部じゃないし、見えた事が本当の事とも限らないの、大事なのは、見えても見えなくても、お花も、ユキコちゃんも、生きているんだって事よ」

女の人はそう言うとポケットから薄紫の目薬を取り出しました。

「おねえさんの着ている服や持ってるものはみんな薄紫色なのね」

「そうよ、だって私はキキョウの精だもの……、それも信じるかどうかはユキコちゃん次第なんだけどね」

そう言うとユキコちゃんの目に目薬をさしてくれました。

「今から見えてくる世界を受け入れるか、それとも受け入れないのか、それはユキコちゃんが決めればいいわ」

『あっ、しみる』

冷たさと涙を誘う感触に思わずキュッと目を閉じていました。おねえさんの言葉はまだ続いています。

「受け入れれば、新しい世界が開けるわ、もし受け入れる事が出来ない時は、今まで通り何も変わらない、どちらにしても形があるものは、いつかは消える、だからどんな時でも特別に悲しむ必要は無いの、今から何が見えてもユキコちゃんは気に病むことは無いのよ」

おねえさんの声が次第に小さくなっていきました。

目への刺激がやわらいできて、ゆっくり目を開けた時、ユキコちゃんはお家の花壇のキキョウの前に立っていました。そして花壇を見回した時、息を呑みました。花に顔があるのです。コスモスもナデシコもキキョウもみんな顔があってユキコちゃんを見て笑っていました。風に吹かれて揺れていると思った花は、本当は踊っているのでした。楽しそうに歌っている花もいました。

「わー素敵、知らなかったわ、お花が歌うなんて」

「ユキコちゃんも歌いましょう」

キキョウが言いました。

「そうだわ、私のお部屋へ来てよ、私がピアノを弾くからいっしょに歌いましょう」

そう言ってキキョウに手を伸ばした時です。

「いやよ、私を摘まないで」

キキョウはそう叫びましたが間に合わずにユキコちゃんがキキョウを摘み取った時、キキョウはとても苦しそうな顔になりその後、目を閉じてしまいました。

「どうして、どうして、こんなのいやよ、もう花を摘んでお部屋に飾ることも出来ないじゃない、イヤー！」

ユキコちゃんがそう叫んだ時、お母さんの声がしました。

「ユキコ、朝ごはんよ」

「ハーイ」

元気なユキコちゃんの声がつづきました。ユキコちゃんは叫んだ後、今起きた事を全部忘れていたのです。

ユキコちゃんがお家に戻った後、花壇の前に一輪のキキョウがしおれて落ちていました。

7・銀河姫（友情）

ミーンミーンジジジジジ
じっとしていても暑いのに、余計に暑さを呼ぶようなセミの声があちらからもこちらからも、昼下がりの公園を包み込んでいました。空色の絵の具で塗ったみたいな真っ青な空には真夏の太陽がギラギラと燃えています。

「ほら、タカちゃん、あそこに浮いている雲、冷たくておいしそうなのに何でこんなに暑いんだろう」

「そんなこと決まってるよ、夏なんだから」

首筋に汗を光らせたタカちゃんが眩しそうに太陽を見上げました。

「じゃあ誰が決めたの、夏が暑いって」

「夏が暑いんじゃなくて、暑いから夏なんじゃない。どうでもいいけど夏の王子さまにでも聞いて見ようかな」

「そうだね、それにしてもあの雲どう見てもお皿に盛られたかき氷だよね、真っ白だから掛かっているシロップは練乳だ、おいしそうだなあ」

ノリちゃんはそう言って恨めしそうに雲を見上げました。二人とも真っ黒に日焼けしていて、夏の王子さまがいるとすればきっとこんな感じに違いありません。タカちゃんとノリちゃんは腰に虫かごを提げて手には柄の長い虫取り網を持ち、つばの広い麦わら帽子をかぶっています。いつもは我が物顔で公園を駆けまわっているのに、今日は二人とも虫かごの中は空っぽでした。暑くて暑くてとてもそれどころではなかったからです。二人は噴水広場へ向かっていました。そこにはひょうたんを植えた棚が木陰を作っていていくつかの白いベンチが置かれているのです。でも今日のように特別暑い日にはもう空いているベンチは無いかもしれません、午後の昼寝を楽しむには最高の場所でしたから。ところがそこへ行ってみると誰もいません、ベンチはひっそりとしていて噴水の影だけが躍っていました。

「やったね、誰もいないや」

麦わら帽子を取ると髪の毛が汗でおでこにぴったりと張り付いています。二人は勢いよく、ひょうたん棚の作りだす木陰に駆けこみました。おでこに木陰のひんやりとした空気がとても気持ちよく感じるはず……だったのですが……、次の瞬間二人は野原の真ん中に立っていました。ポカンと口を開けた二人は辺りを見回しました。近くには、大きなアーチを持った商店街の入り口が見えていました。

「公園にこんなところ、あったかな」

「まあいいか、この暑さじゃ、幻覚だってあってもおかしくないよ、せっかく見えてるんだから、あのお店の方へ行ってみようよ、冷たい飲み物でも売ってないかな、自動販売機があればいいんだけど」

半分やけくそで、半分冗談ののりで、二人はそこへ踏み込みました。日本の昔話に出てきそうな、藁ぶき屋根の古風なお店やアメリカの西部劇に出てくるような両開きの扉を持ったバーらしきお店、高原リゾートにありそうなウッドデッキを持ったカフェ、そして大きな飾り窓のあるおもちゃ屋さんまで、色々な店が続いていました。

「あっ、あった」

タカちゃんが指さす店の看板には、『とってもおいしい飲み物屋』って書いてありました。その店には入り口のようなものは無く、開かれた間口のオープンスペースになっていますが、棚も無ければ商品らしきものも見当たりません。ただ店の奥には紺色の暖簾が掛かっていました。

「すみませーん」

喉の渇いたノリちゃんが暖簾の奥に声を掛けました。二人はそこから店の人が出てくるかとしばらく待っていましたが、ただただ時間が過ぎるばかりでした。

「やっぱり自動販売機を探そう、その方が冷たいジュースが買えるから」

「そうだね」

また辺りをながめながら自動販売機を探して進んでいるうち、小さな広場にでました。道の真ん中に大きな樹が植えられ、その下にレンガ作りの花壇と白いベンチが置かれている場所がありました。買い物途中のちょっとした休憩スペースといったところでしょうか。

「あれっ、何か置いてある」

白いベンチの上にあるものに気づき、ほとんど同時に二人が声をあげました。

「本だ」

「誰かが忘れていったんだよ」

拾い上げたタカちゃんが手に取りました。それを横からサッと横取りしたノリちゃん。

「なんだこれ、童話かな、銀河姫物語って書いてある」

「ずるいよノリちゃん、ボクが最初に見つけたんだぞ」

「違うよ、ボクの方が早かったもん」

二人は本の表表紙と裏表紙をつかんで引っ張り合いを始めました。そのうちに本はちょうど半分くらいの所でちぎれ、二人は勢い良くはじけました、その瞬間商店街がかき消されるように消えてしまい、二人はひょうたん棚の下で尻餅をついていたのです。それぞれちぎれた本を手にしたままケンカ別れになってしまい、タカちゃんは本の前半部分を持って家へ帰ったのです。二階の自分の机に本を置き、肩肘ついて窓の外をぼんやり眺めていました、西の空はいくらか赤みを帯びている時刻でした。

『何もケンカする事はなかったな、こんな本たいして欲しくなかったんだ、だって銀河姫なんて女の子の読む話みたいだし……あの時ノリちゃんが横取りしなければボクはいらないよって言ったのに』

そんな事を考えながら本の表紙に目を移しました。星空が描かれそこに天の川が流れています。その岸辺にたたずんでいるのは三月のひな祭りで見るお雛様が着るような重そうな青い着物を着た女の子です。長い銀色の髪、銀色の瞳、そして本の置かれた角度のせいでしょうか、少し悲しげなまなざしでタカちゃんを見つめています。タカちゃんはドキッとして目をそらし大きなため息を一つつきました。

『この子がきっと銀河姫なんだ……どんな話なんだろう、ちょっとだけ読んでみようかな』

銀河姫の絵を見ているうちにそんなふうに思い始めていました。

「どうせつまらない本に決まっているけどそれを確かめてやるんだ」

ブツブツ呟きながら本を開きました。そこには小さな挿絵と共に割と大きめの字が並んでいました。そしてこんな物語が書かれていたのです。それは銀河姫の口ずさむ歌で始まっていました。

・・・

星空にながれる川のほとりで、涼しげな瞳が光るなら
ミミズク親子が目をさます、遥かな夜空に舞うのは銀河姫
トゥインクルトゥインクル銀河姫

星空にキラメク川のほとりで、銀色の髪が揺れたなら
月見草の花開く、星を震わせ歌うのは銀河姫
トゥインクルトゥインクル銀河姫

星空に輝く川のほとりで、遠い昔を想うなら
こぼれる涙は流れ星、何を見つめ何を祈る銀河姫
トゥインクルトゥインクル銀河姫

・・・

天の川を見つめたまま小さな声で銀河姫は歌っていました。大きな瞳から流れる涙は頬を伝わる時、流れ星となって青く浮かぶ地球へ吸い込まれていきます。銀河姫は毎日毎日歌いながら泣いていました。今では遥かな昔の事です。地上人（ちじょうびと）がまだ馬に乗って野を駆け新しい大地を求めて帆船で海原を冒険していた頃、空人（そらびと）もまた平和に暮らしていました。地上人は空人をお祭りに呼んだり、祈りをささげて大切にし、空人もまた地上人を愛

することでそれに応えました。そんな空人の中に夜空にすむ銀河姫という美しい少女がいたのです。銀河姫は星に手が届くほど高い所にいていつも地上人の憧れでした。地上人がクリスマスに雪を降らせて欲しいと祈れば、ひしゃく星で天の川の水を汲み、雪に変えてまいてやり、悲しみに沈んでいる人がいれば一晩中歌を歌って慰めてくれたのです。

・・・

そこまで読んだタカちゃんはそっと目を閉じました。ほんとうに銀河姫がいたらどんなに素晴らしいだろうと思ったのです。窓の外に目を向けるとすっかり夜になっていました。タカちゃんはもしかしたら銀河姫が見えるかな、と思い夜空を見上げました。でも街のネオンやスモッグでぼんやりと明るい夜空には二つ三つの明るい星が見えているだけでした。

「あーあ、これじゃ銀河姫が見えるわけないか」

タカちゃんはそうつぶやいてまた物語を読み始めました。

・・・

銀河姫には夏の空に住む夏の王子という仲良しの少年がいました。夏の夜空で二人はいつも会う事が出来たのです。銀河姫が白鳥に乗り、夏の王子がペガサスにまたがって競争する様子は地上人を楽しませました。しかしそんな楽しい日々は長くは続きませんでした。いつの頃からか地上人は空人の事を忘れてしまい祈りをささげる事もしなくなってしまったのです。空人の住処である空を大きな音を立てて飛行機が飛びまわり、いつしか戦いを始めました。工場の高い煙突は黒い煙を吐きつづけ空を汚していきました。そのうえ町の明かりはどんどん広がり夜空の星を隠してしまったのです。夏の王子の住むあたりはすっかり汚れてしまい、王子の姿は見えなくなってしまいました。銀河姫の住むあたりにも近頃はロケットが飛んできます。夏の王子に会う事が出来なくなった銀河姫は天の川のほとりで毎日毎日泣いているのでした。

・・・

物語を要約するとそういう話で、タカちゃんは夢中でそこまで読んでしまいました。でも物語はそこで終わりではありません、しかしあと半分は千切れてしまってノリちゃんが持っているのです。この先、銀河姫はどうなってしまうのだろうと思うと気が気ではありません。タカちゃんは何とかして続きを読む方法は無いかと考えましたが、ケンカしたノリちゃんの所へ見せてくれと言いに行くのは悔しいのです。夕ご飯を食べている間も、テレビマンガを見ている間も、お風呂に浸かっている時さえも思い浮かぶのは銀河姫の事ばかり、頭の中で本の表紙に描かれていた悲しそうな銀河姫の顔がちらつきました。しかしどう考えてみてもノリちゃんの持っている半分を読まない限り結末はわからないのです。

「仕方ないや、明日ノリちゃんに見せてもらおう」

そう小さくつぶやいてベッドのスタンドを消し、薄手のタオルケットにくるまりました。夜になって吹き始めたいくらか涼しい風が南の窓の網戸をすり抜けてカーテンを揺らしています。じっとしているうちにうとうとし始めたタカちゃんはやがて小さな寝息をた

て、

「ムニョムニョ、銀河姫」

などと寝言を言いだしました。

どれほどの時間が経ってからでしょう、タカちゃんは自然に目を覚ましました。すると西の窓の外がぼんやりと明るく、そこからほのかな光が部屋のなかへ差し込んでいました。もう朝かと思ったタカちゃんが寝ぼけまなこをこすりながら起き上がると、どこから聞いた事のあるような優しい歌声が聞こえてきました。

『誰だろう』

ふらふらと窓際まで行きカーテンを引いた時、タカちゃんはその場に立ちすくんでしまいました。窓の外はまばゆいばかりの星空です。カーテンから差し込んでいたほのかな光は星明かりだったのです。二階の窓だというのに下を見ても星の海が広がっていました。

『どうなってんだろう』

タカちゃんは思いました。何故か西の窓の引き戸は開かれていました。鍵が掛かっていたはずなのに。そこからは少し離れた所に星の川が流れ、そのほとりに青い着物を着た銀色の髪の少女が背を向けて座っているのが見えます。歌っているのはその少女のようなのです。
・・・・・星空に輝く、川のほとりで
遠い昔を想うなら・・・・

「ぎっ、銀河姫だ」

タカちゃんが思わず身を乗り出したとき、体はフワリと窓の外へただよい出てしまいました。

「あわわわわ」

戻ろうとしてもがいても手足がバタバタ動くだけでどうにもなりません。どうにか首だけひねって後ろを見るとどうした事かもうタカちゃんの家も無いのです。あたりは上も下も右も左も星ばかり、遠くには青く地球まで浮かんでいるではありませんか……。それでも少しするとコツをつかんだタカちゃんは少し動く事ができるようになりました。プールに飛び込む時のように手足を伸ばして進みたい方へ顔を向けると飛ぶように動く事が出来ると気付いたのです。大きく手足を広げるとブレーキがかかりました。コツをつかんだタカちゃんはダブダブのパジャマの裾をはためかせながら、銀河姫の方へ向かって飛んで行きました。みるみる大きな星の川が近づいてきます。タカちゃんは銀河姫のすぐ後ろで、ゆっくりと手を広げてそっと止まりました。銀河姫はまだ気づいてないようです。タカちゃんは意を決して後ろから声をかけました。

「ねえ、君、銀河姫だろう」

銀河姫は突然の声にビクッと肩を震わせ振り向きました。二人の目が合ったとたん、銀河姫の悲しそうだったその瞳が輝きだし、笑顔に変わっていくのがわかりました。頬もバラ色に染まっていきました。

「やっぱり来てくれたのね、私……私ずーっと待ってたのよ、いつかきっと夏の王子が会いに来てくれるって」

「えーっ、違うよ、ぼぼぼくは……」

「フフフ、恥ずかしがり屋はまだ直ってないのね、でもちゃんとここに夏の王子の紋章がついてるもの」

　銀河姫はそう言って、タカちゃんの右肩を指さしました。その日焼けした真っ黒な肩には、それまで無かった日焼けよりも黒い星型のホクロがあったのです。

「あっ」

　タカちゃんはそう言ったきり次の言葉がでてきませんでした。確かに星型のホクロがありました。そしてさっきまでパジャマ姿だったのに、いつの間にか肩のない白い短い服に赤いベルトを締め、腰には緑色の短剣を下げているのです。頭には金色の冠までかぶっていました。タカちゃんはまだ半分寝ぼけているのか、こうなると自分は本当は夏の王子なのかも知れないという気がしてきたのですから単純な男の子なのかも知れません。

「私が、どれほど待ち続けたか知ってる、いつもいつも南十字星に祈っていたのよ」

「知っていたさ」

　タカちゃんは銀河姫の大きな瞳を見つめてうなずき返しました。でも、

『さっき本で読んだからね』

　その言葉だけは、ぐっとこらえました。

「あのね、私いい事を思いついたの」

「いい事って……」

「それはね、昔のような美しい空を取り戻す方法よ」

その時タカちゃんは、銀河姫といっしょに夏の夜空を飛びまわる自分を想像してうっとりしていたのです。

「どうすればいいの」

「それはね、ほらあそこに見えているほうき星の尾につかまって太陽に近づくの、そしてこの黒穴（ブラックホール）の矢を太陽に向かって射るのよ」

「そうするとどうなるの」

「この矢はね、空人の宝物の一つの魔法の矢で、この矢で射られたものを何でも消し去ってしまう事が出来るの、でもね、本当はね、これは禁断の矢、決して使ってはいけないと考えていたの昨日までは、でもね、太陽が消えてしまえば地上人はいなくなってしまうわ、そうなれば空を汚す者は誰もいなくなる、空人だけの平和な世界になると思うの」

タカちゃんはうれしそうに話す銀河姫に見とれていました、そして言われるままに渡された黒い弓矢を背負いました。

「ボクに出来るかなあ」

まだ決心が出来ないでいるタカちゃんの耳元で、銀河姫がやさしく囁きます。

「大丈夫、夏の王子に出来ない事はないもの」

遠くに浮かぶ青い地球や数え切れない星々を眺めてタカちゃんはそれでも迷っていたのです。

「ボクがこの黒穴の矢を太陽に向かって放てば、また二人で夏の夜空を飛べるようになるんだね」

タカちゃんは真っすぐに銀河姫の瞳を見つめました。

「そう、昔のようにね、さあ早くしないとほうき星はまたどこか遠くへ行ってしまうわ」

銀河姫の銀色の瞳がキラリと冷たく光りました。

「よしわかった、ボクやるよ」

タカちゃんは太陽に向かって飛び続けるほうき星の尾を目指して飛び立ったのです。

「頑張ってね、夏の王子」

「すぐ戻るから待っててね、銀河姫」

タカちゃん、いいえ夏の王子の願いはただ一つ、空人たちの安心して住める空を取り戻す事でした。そうすれば銀河姫との楽しい暮らしが待っているのです。そのためなら太陽一つくらい消してしまってもしかたがないように思えてきました。だんだん小さくなっていく夏の王子の後ろ姿に手を振り続けながら、銀河姫がつぶやきました。

「ゴメンネ、私だって黒穴の矢だけは使いたくなかった、でもこうなってしまってはこうする以外に大勢の空人の平和を守る方法が無いの……サヨナラ夏の王子、あなたの事いつまでも忘れないわ」

銀河姫の涙がまた流れ星になって流れていきました。

しばらくたって、やっとほうき星に追いついた夏の王子は両手でその尾をつかみました。太陽は前方にギラギラと燃え、ほうき星はグングンとスピードを上げて太陽へ近づいていきました。

「もう少しだ」

歯を食いしばった夏の王子はほうき星の尾にまたがり闇を切り裂いていきます。

「今だな」

もうこれ以上を暑さとまぶしさを我慢できないというところまで来た夏の王子は背中の弓と矢を取りました。ギリギリギリと思いっきり矢をふり絞ったその時です。

「まってくれタカちゃん」

後ろで誰かが叫びました。

「ノリちゃんどうしたの、こんな所に……」

そこにはミサイルにまたがったノリちゃんがいたのです。

「間に合ってよかった、ボクは銀河姫物語の終わりを読んだんだよ」

「それで」

「これは大変だと思って、自分で挿絵の中に夏の王子を狙ってミサイルを書き込んだんだ、打ち落とす為にね、そうしたら夢の中でいつの間にかミサイルにまたがっていて、気づいたらタカちゃんの背中が見えてたんだよ。だって夏の王子が太陽を消してしまうと地球には春も夏も秋も冬も、昼も夜も無くなってしまうんだ。夏が無くなるから夏の王子も住処を失い消えてしまう、そして地上人も動物たちも、何もかもが凍りついてしまうんだよ」

ノリちゃんはよほど急いでここまで来たのか、背中で息をしながらそう話してくれました。

「何だって、……でもどうしよう」

その時、二人はもう逃げる事ができないほど太陽に近づき過ぎていたのでした。強烈な光に目がくらみ、ほうき星から振り落とされ、二人抱き合うように太陽に吸い込まれていきました。

・・・

ミーンミーンジジジ

タカちゃんはセミの声で目を覚ましました。のんきに大きなあくびをしています。

「あーあ、変な夢を見たな……昨日読んだ銀河姫の夢だった」

そう言いながら机の上を見ると、昨日は確かにあった銀河姫物語の本が消えていました。

「おかしいな、あれも夢だったのかな……」

その日の昼下がり、仲直りしたタカちゃんとノリちゃんは公園のベンチでソフトクリームを食べていました。話を聞いてみると二人はゆうべ同じ夢を見ていたのでした。

「ノリちゃんもあの本なくしちゃったのか」

「うん、昨日の夜は確かにあったんだけどね、そうだ、あの本、何処で拾ったんだっけ……」

「そうなんだよ、ボクもそれが思い出せないんだ」

二人は太陽を見上げました。

「それにしても今年の太陽はいつもと違うみたいだね」

「そうだね、見ていると吸い込まれてしまいそう」

「あれ、このホクロどうしたの、こんなところにホクロあったっけ」

ノリちゃんがノースリーブシャツのタカちゃんの肩を指さしました。日焼けした肩に黒い星型のホクロが浮き出ていました。

「あれっ、夏の王子の紋章だ……もしもだけど、夢の中にノリちゃんが来てくれなかったらどうなってたんだろう」

「本当に……夢だったのかな、銀河姫」

夏の夜の夢、それは幼馴染の二人にとって、どんなことがあっても生涯切れる事の無い、友情の絆を約束する体験になったのかも知れません。それが銀河姫の本当の願いだと、思いたいところです。

二人はもう一度、そっと太陽を見上げたのでした。

8・タンポポの布団（夢）

翼くんのお父さんには、もう二十年もの間集め続けている物がありました。それはタンポポの種についている綿帽子でした。集めてどうするかというとそれで布団を作るのです。それは翼くんのお父さんが初めてタンポポの綿帽子を見た子供の時からの夢だったのです。そして一組の布団が今年の春にやっと完成したのでした。

その日の夜のことです。お父さんの書斎のドアの隙間から中を覗いてみると、ソファーに腰をおろし、タンポポの布団をながめながらお酒の入ったグラスを傾けているお父さんとお母さんがこんな話をしていました。

「二十年分の思いを詰めた布団だぞ、この布団で眠れば夢多き青年時代まで時をさかのぼる事ができそうだ」

お父さんは愛おしそうに布団を見つめていました。

「難しい言い方ね、時をさかのぼるとどうなるの」

「ハハハハ、難しい事を聞かれたな、そうだね、この布団を作ろうと思いたった、二十年前の気持ちが蘇るって事さ、若返るんだよ」

「それならたまには私にも貸してくださいね、あなたばかり若くなっちゃずるいわよ」

「そうだね、タンポポの綿帽子集めを手伝ってもらったものね」

この会話を聞いて、翼くんは思いました。

『きっとすごい宝物なんだ、ボクもタンポポ布団で寝てみたいな』

次の日の事です。お父さんが会社へ出かけた後、お母さんがタンポポ布団をベランダで日干ししていました。それを翼くんがそばで見ているとお母さんが言いました。

「母さんちょっとお買い物に行ってくるから、布団が風に飛ばされないように見ててちょうだい、この布団はとっても軽いから」

翼くんは内心喜びました、チャンス到来です。

「うんゆっくり行ってきていいよ、ボクがちゃんと見てるから」

「まあ、この子ったら」

お母さんはそう言って翼くんのおでこをつつきました。やがて一人になった翼くんはタンポポ布団の上にゴロンと仰向けにころがりました。真上の青空には規則正しく並んでいるイワシ雲が浮かんでいました。

「ふかふかで気持ちいいや」

布団の上で日差しを浴びながらイワシ雲を見ていると、それは少しずつ動いていました。ゆっくりと流れる雲を眺めているうち、うとうとしてきていつの間にか眠り込んでしまいました。

夢のなかで目を覚ました翼くんは、柔らかい草の上に寝転んでいました。首を横に向けると黄色い花が視界いっぱいに広がりましたが、近すぎてピントが合いません。片肘ついて上半身を起こすと、そこはタンポポが一面に咲き誇る野原でした。見回すと遠くに何か見えました。虹のようなアーチ型の建物のように見えます。更に目を凝らすとそちらから走ってくる人影が見えました。

『なんだ、あれ』

ぼんやりそう思いました。タンポポの草原に横たえた体の半身を起こし、起き抜けの状態で目をこすっていたら、その人はあっという間に目の前に立っていました。

「ピーッ、ピーッ」

その人は首から提げていたホイッスルを吹きました。運動会で先生が吹くような白いやつです。頭にはジェット型の赤いヘルメット、丸みを帯びた三角形のゴーグルをかけ、全身は体にフィットした銀色のタイツに包まれ青い太めのベルトを締め、そして同じく青いブーツを履いていました。

「ダメじゃな、予約を入れておきながらこんなところで昼寝してるなんて」

「はあー」

翼くんはとぼけた声をあげました。その人は怒っているらしいのですがちっとも迫力が無かったのです。何故かというと、身長が翼くんと同じくらいでずんぐり太っていて、しかも頭が大きいのです。ゴーグルの薄い黄色いレンズの奥には大きなドングリまなこがあって微笑んでいます。鼻の下にはちょび髭があって、翼くんが大好きなゲームに登場する有名なおじさんによく似ていたからです。

「出発時間は迫ってる、行くのじゃ」

おじさんは白いグローブをはめた短い手で翼くんの手を取ると有無を言わさず走り始めました。驚いたことにおじさんと手をつないだ瞬間からすごいスピードで走っていたのです。アーチ型の建物はあっと言う間に眼前に迫り一瞬でくぐり抜けました。その先は商店街になっていて様々な店並みがビュンビュン過ぎ去っていきました。

「ピーッ」

またホイッスルが吹かれました。

「乗り場はここじゃ、どうやら間に合った。速かったじゃろ、わしはアンクルフォッグと呼ばれている。そしてこの店の店長でもあるんじゃ」

二人の目の前には車庫のようなスペースを持った小さな事務所があって、ガラスの扉の上には『青空旅行代理店』という看板が掲げられていました。ガラス扉の中側の事務所には机とテーブルが置かれているようですが人影はありませんでした。

「店長……、何でそんなへんなカッコなの」

まだ半分夢見心地でフラフラしていた翼くんは、車庫スペースにある白い布団のようなものとおじさんをぼんやり見比べながらいいました。

「変なカッコ、余計なお世話じゃ、ワシの姿はおまえさんの気持ちしだいでどうにでもなるんじゃ、そうさな、今日のフォルムはさしずめ地球防衛軍てところじゃな、最近そんなたぐいの漫画でも見なかったか、宇宙戦闘機の夢を見たとかな」

おじさんは丸いお腹からずり落ちたベルトを引き上げて、得意そうにお腹をポンと叩きました。

「見てないと思う、それよりここはどこ、おじさんは誰？」

「さっきも言ったじゃろ、ここの店長のアンクルフォッグじゃよ、クルージングの予約が入ると客を案内して雲に乗せる、それが仕事じゃ。と言っても滅多に仕事は入らないのが本音じゃがな」

それまで勢いの良かったおじさんの声のトーンが少し落ちたような気がして、翼くんはおじさんをちらっと見ました。

「そうそう、要望があれは運転手を務めて操縦もするんじゃがな」

おじさんは空を見上げてそう小声で言いました。

『そう言われて見れば、宇宙戦隊バロンの制服に似ているのかな、でも、今の話だと何だか久しぶりの仕事で張り切ってるって感じだな』

そんな気もしました。

『それにしても予約って何の事だ』

翼くんには素朴な疑問が浮かびました。

「予約って何のこと？」

翼くんが首をかしげていると
「さあもうすぐ出発だ、乗った乗った」

おじさんにお尻を押されて真っ白な布団のような物の上に乗せられた時、おじさんは翼くんの目をしっかりと見つめて言いました。

「今日はわしは行かんぞ、オートパイロットにセット完了、ボウヤ、大事な旅になる、無事を祈っとるぞ。出発ー」

ひときわ大きなホイッスルの音が響き渡ると、白い布団のような物はフワリと浮かび上がって見る見る空へ昇っていきました。下を見てみるとおじさんが小さく見えて手を振っていました。そのうちに見慣れた景色が目に飛び込んできました。

「あれ、あれはぼくんちだ」

自分の家を空から眺めてびっくりした翼くんがあらためてまわりを見回すと、同じような白いものが前後ろに規則正しく並んでいました。

『ここは雲の上なんだ、そうだ、さっきボクがベランダのタンポポ布団に寝転んで見ていた、きれいに並んだ雲の上なんだな』

翼くんがそう思った時、翼くんが乗っている雲がしゃべりました。

「やあ、翼くん、ボクを呼んでくれてありがとう」

「よ、呼んでなんかないよ」

「そんな事ないさ、ボクらの弟のタンポポの綿帽子に乗ってただろう、タンポポの綿帽子はみんなボクらの弟さ、タンポポの綿帽子の上に乗ると予約を入れた事になって雲を呼ぶ事ができるんだよ」

「タンポポの綿帽子に乗ってたんじゃないよ、あれは布団なんだよ」

「そこがすごいところだよ、普通に考えたら人はタンポポの綿帽子には乗れないよね、でも集めて布団にしたところが味噌なんだろうね、それともう一つ、予約を入れただけじゃダメなんだよ、『青空旅行代理店』まで来られるって事も大事な条件なんだけどね」

「ふーん、そうなんだ」

「ボクはサザナミ雲のポン、よろしくね」

「私はヒツジ雲のパン」

「ボクはウロコ雲のプンさ」

周りの雲がみんな自己紹介をしてくれました。

「さあこれから世界一周旅行だぞ、翼くん仲良く行こうね、ボクはイワシ雲のプクさ」

最後に翼くんの乗った雲がそう言いました。いつの間にか雲は海の上に出ていました。白いヨットが走っています。すぐ下をカモメが飛んでいます。そんなふうにしながら何日過ぎたでしょうか、エジプトのピラミッドも、アマゾンのジャングルも、アメリカの自由の女神も見ました、ドイツのお城も、フランスの川も、スイスのアルプスでは頂上の雪を食べてみました。雷雲にイジワルされた事もありました、でも楽しく世界を眺めているうちに家が恋しくなってきたのです。

「プク、ボクそろそろ帰りたいな」

「そうかい、寂しいけどしょうがないね」

プクがそう言ったとき、翼くんはベランダのタンポポ布団の上で目を覚ましました。その時、真上に浮かんでいるイワシ雲の列が乱れて並びが変わりました。短い間でしたがこんなふうに読めました。『サヨナラ　ワスレナイデネ』でも、目覚めとともに雲の旅のことをすっかり忘れてしまった翼くんはその雲文字には気づきませんでした。翼くんがタンポポ布団の上で大きな伸びをしていると、ちょうどお母さんが買い物から帰ってきました。

「あらあら、布団の上に乗ってたの、もうだめよ、そんな事しちゃ、お父さんが大切にしてるんだから」

それからしばらくして、翼くんは幼稚園でこんな絵を描きました。それは青空のなかにぷかぷかと白い雲が浮かんでいて、その間を飛行機が飛んでいました。その絵の横にメッセージも書いてありました。

『ボクは大きくなったら飛行機のパイロットになって世界中の空を飛びたいです』

絵を描きながら熱心に語った翼くんの言葉を、先生が書き添えてくれたのです。

9・かくれ里（神隠し）

都会には大きな大きな団地が立っています。それがいくつもいくつも立っているのだから、いったい何人の人が住んでいるのでしょう。正くんの家もその団地の三階でした。パパもママも働いていて、学校から帰ってきても誰も出迎えてはくれないのでした。

「つまんないなー」

いつもの口癖でついそんな言葉がついて出ました。テレビを見て、マンガを読んでママの帰りを待つのが正くんの日課でした。

『どこか遠いところへ行ってみたいなー、学校もなくて、勉強もしなくて良くて、たくさんの友達がいるとこないかなー』

そんな事を考える日もありました。そんなある日の事です。いつも部屋に閉じこもっていても面白い事なんて何にも無いと思い、少しこの広い団地を探検しようと思いついたのです。さっそく家に鍵を掛け、その鍵をブラブラさせながら外に出ました。屋上へ出てみたり、エレベーターで遊んだり、他の棟に遠征したり、そんな事をしているうちにおかしな事に気づきました。団地というのは何処の階も同じ作りになっています。階ごとに12部屋並んでいるのですが、その棟の4階には13号室があったのです。

『あれっ、この棟の4階には13号室があるんだ、なんか変だな』

と思いドアノブを回すと鍵は掛けられていなかったのです。好奇心でそっと開いてみると、そこから見た限り間取りは正くんの住む部屋と同じようです。ただ部屋の中に家具が全く見えません。扉を閉めてあらためて表札を見ると『神隠』と表示されています。

「何て読むんだろう、しんいん？　かみかくしかな。変わった苗字だけど、どちらにしても、家具が無いって事は、引っ越したばかりの空き部屋かな」

正君はそうつぶやきました。そのときたまたまトイレに行きたくなったので、かまわずその部屋に入るとトイレへ向かいました。トイレの扉をそっと開いた時でした。目の前に広い野原が広がっていたのです。野原の奥の方に何か見えました。目を凝らすとアーチ形の入り口のように見え、その更に奥には色鮮やかな看板の並んだ商店街が続いているようです。

正くんはびっくりしましたが、それ以上に好奇心が膨らんでいました。こんな所にこんな場所があるなんて、正くんは商店街の入り口に駆け寄りました。見た目にはきれいな商店街の入り口でそこからのぞく限りは色々なお店が並んでいましたが、そこでもう一度辺りに目を配りました。何かが変です、そう買い物客の姿が見当たりませんでした。不審に思い後ろを振り返りました。そこにはトイレのドアはもう無かったのです。地平線まで一面の草原が広がり、陽光が降り注いでいるばかりでした。視線を戻すと商店街の入り口はまだありました。

『夢かな、それならそのうち覚める、でもこの商店街は気になる』

そう思いました。おかしいとは思いつつ、それでも好奇心にかられて通りに踏み込むと、周りを物色しながら奥へ奥へと進みました。ジュース屋、落ち葉屋、海屋、山屋、メガネ屋、映画館もありました。花屋も、書店も、何でも揃う商店街です。建物自体が果物のイチゴの形をしたヘンテコなものもありました。そんな店先をのぞいているうちバス停があるのに気づきました。そこにはこう書いてありました。

『特急バス《　直行　》かくれ里行き』

正くんがぼんやりそれをながめていたその時、何処からか湧いて出るように、おばあさんが現れたのです。

「坊や、バスに乗るのかい」

不意に現れたおばあさんは、どうやらバスの乗車券を売る人のようです。黒い大きな革製のカバンを首から提げていました。

「うっ、うん、このバスはいくらなの、何処まで行くの」

その時、近くのお店の店員とおぼしき女の人が走り出てきました。

「ねえボク、君にはそこにあるバス停が見えているのね、でもそのバスに乗っちゃだめよ、そのバスはね、この商店街を通り越してずーっと遠くまで行くのよ、そこには何があるのか誰も知らないんだから」

女の人はそう言うと、商店街のずっと奥を指差しました。通りの奥は霧で霞んでしまっていて、何処まで続いているのかわかりませんでした。

「ちょっと、あたしの商売の邪魔はしないでおくれ、この子は自分の意思でここへ来たんだから。いいかい坊や、今日は特別にただで乗せてあげるよ、このバスはね、この通りのずっと向こうへ向かってね、きれいな海辺を走っていくんだよ」

「海辺の先には何があるの?」

「終点、かくれ里さ、秘密の隠れ家みたいなもんだよ」

「へーえ、そこは面白いところなの」

「そうともさ、みんなそこへ行った人は喜んでるよ、坊やも行くかい」

正くんは首を傾げて考え込みました、ママが心配しないかなと思ったのです。

「それからね、そこにはいろいろなめずらしい動物もいるよ、お菓子だって食べほうだいだよ」

おばあさんはやさしい声でささやき続けます。

「いいなあー、でもさ、今から出かけて夕ご飯までに帰ってこられるかな」

正くんがチラッと腕時計に目を落とすのを見たおばあさんは慌てて付け加えました。

「あっ、そうそう一つ言い忘れていたよ、そこには学校もなければ、勉強もしなくていいんだよ、お試しで行ってみるのも悪くないと思うがね」

そう言うとお婆さんは、額の汗をぬぐいました。でもその一言は、正くんの背中を押したのです。

「それじゃ試しに行ってみるよ、次のバスは何時来るの」

「そうかい、それじゃ切符をあげるよ、バスは……ああ来た来た、あのバスだよ」

なんだかぼろぼろのバスが走ってきました。バスが止まり、自動ドアがパタンと開いた時、正くんは走り込みました。その瞬間、ドアが閉まり、バスは誰も知らないという通りの彼方に向かって走り去って行きました。お婆さんはバスを見送ると大きなため息を一つついてこうつぶやきました。

「13号室の扉からここへ来た子にだけは、このバス停が見えるからね、そういう子は誘えばだいたいはバスに乗ってくれるんじゃ。でも、また悲しむ人が出るんじゃろうがな……、しかし悲しみの心を求めるやからもいるからあたしの商売も成り立つわけで、でも、……最後は自分で決めて出かけたんだから、この後の事はあたしのせいじゃないよ、っと思う事にしないとやってられないやね。後味の悪さは毎度の事だけど」

そしてどこへともなく帰って行きました。

一人残されたのは、正くんを引き留めようとした店員とおぼしき女の人でした。

「認めたくないけど、この商店街にもダークサイドはあるのよね、そしてあのお婆さんからはそんな匂いがするわ、でもまた引き止められなかった、お婆さんも言ってたけど最後は自分で決める事だから……バスの向かう先に何があるのか、私たちは知らないし、知らない事は教えてあげられないもの」

おばあさんが立ち去ったあと、バス停のところに一枚の切符が落ちていました。きっとおばあさんが持っていた切符をうっかり一枚落としてしまったのでしょう。女の人が拾い上げるとその切符にはこう書いてありました。

『かくれ里行き（子供用）、片道1回限り有効』

それを見た女の人はつぶやきました。

「そう言えば、帰ってきた人を見かけたことは無いわね。もしまたバス停に立っている子を見かけたら今度こそ教えてあげるわ、そのチケットは片道切符だって」

10・白いライオン（目覚め）

遠くに青く山並みが連なり眼下に小さな町が見渡せる丘の上の公園で、毎日小さなライオンのぬいぐるみを売っている女の人がいました。土産売り仲間からはライオンママと呼ばれていましたが、その人が昔どんな事をしてきたのか知っている人は誰もいませんでした。毎日、こげ茶色のワンピースを着て、深緑のエプロンを掛け、広い丸いつばを持った黒いとんがり帽子を深くかぶっていて顔をあまり人に見せません。ライオンのぬいぐるみは手の平に乗るぐらいの小さなものです。それは小さい頃に誕生祝いに両親から贈られ、お気に入りだったものをまねたもので、ライオンママが毎晩作っているのです。ブラウンの毛並みのライオンの中に一匹だけ白いライオンが置かれています。それはライオンママが気まぐれで作っている色違いのぬいぐるみでした。並べられたライオンのなかで白いライオンは目だっていました。お客さんはその白いライオンを買っていきます。一つ売れるとそこにまた白いライオンを置くのです。毎日毎日、白いライオンの方が売れていきます。

谷間の町はまだ日が沈み切らないうちから早くも暗くなるのです。夕風がススキの穂を静かに揺らし始めた頃、一つ二つと灯り始めた町の明かりを見下ろしながら膝を抱えて座っているライオンママの姿がありました。もうこの時間になると公園に人の影はまばらです。その日はライオンママの他には誰も残っていないようでした。ライオンママの瞳が金色に光っています。夕日を映した涙なのかも知れません。そっとまぶたを閉じて膝の上に頬杖をつきました。その時、ライオンママの心は遠い記憶の中をさまよっていたのです。耳を澄ませばそんな彼女の心のつぶやきが聞こえてきます。

・・・

私はいつまでこんな仕事を続けていくつもりなんでしょう、なにも好き好んでこんなカッコをしてるんじゃないわ、私だって……もう何年前の事になるのかしら、あの頃の私はごく普通のおしゃれな娘だった。流行の化粧品を買い、きれいな服を身にまとって町を歩いていたわ、すれ違う男の人はみんな振り返ってくれた、私はそれで満足だった。家は割と裕福だったからそれは当たり前の日々だった。裁縫は好きでアクセサリーは自分でも作った。いつも目立っている事が素敵な事に感じられたから、でも……あの時以来そんな努力はやめたんだわ、そう……春になって初めてヒナゲシの花を見た日の事だった。その日声をかけてきた男の子に恋をした、きれいな瞳をしたやさしい人だった。でも長続きしなかった……何故……あの人は別れ際に言っていた、きれいな服で身を飾る事はできても心の中はそうはいかないねって……、何故そんな事を言われたのか、その時はわからなかった。ただ、あの一言は私の胸に刺さった。

私の家は街中でも老舗のレストランだった。家族経営のこぢんまりした店だけど、お得意さんが多くて繁盛していた。そんな店の娘だったからそれが得意でもあったし、その自慢の店にみすぼらしい身なりをした人が、時たまやって来るのを快く思ってはいなかった。これは後から叔父に聞いてわかった事だけど、父も母も幼いころ貧しかったという事もあって、食べ物に困り途方に暮れた人がいれば食事に招待していたらしい。私はそんなことも知らずに自由を謳歌していた。でも不幸は突然にやって来た。流行り病で父が逝き、『ごめんね、料理を十分に教えてやれなかった、この店を切り盛りするのはむずかしいかな、それと、本当に大事な事は伝えられなかったかしらね。でもお前は好きで裁縫をよくしたから、その腕を磨きなさい。この家は残るし、住むには困らない、食べていけるわよ、頑張って。ほんとにごめんね』そう言い残して、母も後を追ってしまった。失ってから失ったものの大きさに気づき、私はそれまで当たり前だと思っていた事が、本当は恵まれた人生だったのだとあらためて思ったわ、そして世間知らずでなんて自分勝手な娘だったのだろうと。優しかった父と母は、何故こんな形で最期を迎えなければならなかったのか。世の中は何て理不尽なのでしょう、運命を呪い私は一人残された。それまで私を守ってきてくれた両親を突然失い、そんな最悪の時期に私の恋も終わった。心に刺さったあの言葉と共に、そして私は心を閉ざした。自分に自信が無くなって、人に見られていると思う事が怖くなってしまったから……もう過ぎてしまった事だもの、それをただ受け入れて、あきらめて、それで仕方がないと思っていた。でも、私のライオンは優しい言葉をかけてくれた。……あれは一週間ほど前のこと、その日も今日のように公園には人っ子一人いない夕暮れだった。もう帰ろうと思ってライオンのぬいぐるみを箱に仕舞っていた時、公園の奥の方の街灯もない辺りがほんのりと明るいのに気づいた、よく見ると赤や黄色のネオンが見える、寂しさで凍えそうになっていた私にはとても暖かいもののように思えて、気づいたらすぐそばまで歩いていた……そこは商店街だった。入り口には大きな虹のようなアーチの門柱が立っていた。……なんでかしら、昨日まではなかったのに、不思議に思いながらも私は歩き続けていた。両脇にはびっしりとお店が並んでいて色とりどりの看板が遙か遠くまで続いていた。どこまで続いているのかしら……少し不安が心をよぎった時、私は赤い格子窓のある店の前に立っていた。緑に塗られた扉の上に突き出している鋳物の看板掛けには木製の板が掛けられ、『雑貨　ライオン』と書かれていた。赤い格子窓は出窓になっていて、中にはいくつかのかわいらしいぬいぐるみが並べられていたわ。顔を窓に押し付けるようにしてガラス越しにお店の中をのぞいてみると部屋の隅の棚にライオンのぬいぐるみが置かれているのが見えた。そのブラウンの毛並みのライオンたちは私が作ったライオンたちだった……何故かしら……こんな所で誰がこれを売っているのかしら……そう思った私はしばらく待っていたけれどお店の人は出てこなかった。思い切って扉を開き店の中に入ってみた。そしてライオンのぬいぐるみが置かれている棚の前に立ち、しばらくそれを見ていた。『この縫い目、やっぱり私が作ったものだわ』そう思いながら眺めていると、そのうちおかしくなってクスクス笑いだしてしまった……だってそのお店でも並んでいるのはブラウンのライオンばかり、白いライオンは置かれていない、私が作ったライオンなら白いのもあったはず、きっと白いライオンは品切れなのね、どこで売られても売れ残るのは決まっているのね、私のお店だけじゃないのね、そう思ったらなんとなくおかしくなってしまったから……私はおもわずライオンに話しかけてみた。

「お前たちはちっとも売れないのね」

次の瞬間、一匹のライオンの目がキラリと光って、大きなあくびをするとこう言ったわ。

「売れなくて当たり前さ、ボクたちブラウンのライオンは引き立て役だもの、ママと同じさ」

その時私は、冷たい水を浴びせられたようにしばらくは言葉も無いまま立ち尽くしてしまった。『引き立て役』今まで考えもしなかった言葉、いったいそれはどういう意味を持っているの……私の心のなかで、その一言がなんどもなんどもこだましたわ、私は体中の力が抜けその場にうずくまってしまった。

「どうしたの、何をそんなに驚いているの……ボクはそんなつもりで言ったんじゃないのに」

ライオンがまた話しかけてきた。

「だって」

私は言葉に詰まった。

「引き立て役がイヤなの、昔は気取りやだったのかもしれないけど、何時からだったかママが自分で選んだ生き方なのに、そんな中でママは変わったよね……それに」

ライオンの声は優しい響きを伴っていたわ、私の態度に戸惑っているふうでもあった。

「それに引き立て役っていうのもそんなに悪いもんでもないさ、長い事この役をやってきて思うんだけど、星が美しく輝いて見えるのは暗い夜空があるから、深い山のなかで聞く野鳥の声が澄んでいるのは静けさが辺りを満たしているからなんだよ。ほんとうに大事なのは、暗い夜空や凛とした静けさの方なんだろうね。だから、ボクらは引き立て役だけどその役割が実は気に入ってるんだ、それってそうなろうと思ってなれるもんじゃないでしょ。相手の事を思いやる気持ちとか、ほんとの自分を理解する素直さとか、悲しみを乗り越えた人じゃないと務まらないんだよ、きっと。自分で言うと照れるけどね」

私は目を閉じてしゃがみ込んでいた。

「ママはその日の夕食代に困るような日でも、欲しがっているのに買えない子供たちからはお金を取らないでしょう……、いつの頃からか、ママは本当に変わったと思うよ、ボクはそんなママが大好きだし」

「だけど、引き立て役を演じてきたっていうわけね、私は」

思わずライオンの言葉を遮ってしまった。

「そうだね……でもその間に、両親の背中を思い出しながら、自分を見つめ直していたんだと思う。だから今のママがいるんだろうねきっと、心のずっと深い所では、今はいない両親から大事なことを学んでたんだよ。昔はそれが何なのかわからなかった。でもママは自分でも知らないうちに心のずっと深い所の何かが変わった、今では素敵なやさしい女性になったって、天国の両親も誇りに思っているよ」

『そう、確かにいつも両親を思い出していた。そうか、思い出に変わってからも、何かを教えてくれていたのかしら、でも、今の私ではその思いに応えることは出来ていない、きっと』

　ライオンの黒いビーズの目は真っすぐに私の瞳を見ていた。でも私はその思いに応えられず、思わず目をそらしていた。

「いつも寂しそうで前から気になってたんだけど、今日は伝えたい事を話せて良かった。元気を出して、さあお帰り、ママを待ってる人がきっといるから……サヨナラ」

『待って、まだ』

　そう思った私は、ライオンの声が消えるか消えないかという時に顔をあげたけれどそこにはもう、商店街も、ライオンの姿も無かった、私は真っ暗な公園の自分の店の前にぼんやりと立っていた。
・・・
　ライオンママが、膝の上に頬杖をついたままの姿勢で閉じていた目をゆっくりと開きました。西の空を染めていた夕焼けも消えかけています。公園の街灯にも明かりが灯り、空には一番星がまたたいていました。そうして寒そうに手をこすりながらつぶやきました。

『ライオンはあんなふうに言ってくれたけど、やっぱり私は……昔はこの公園もにぎやかだった、たくさんのお店があって、たくさんの売り子の娘がそこで働いていたのに、一人、二人と去っていったわ、『お嫁にいくのよ』幸せそうにそんな言葉を残して、気づけば私だけがまだこの仕事を続けている、やっぱり私は引き立て役……知らず知らずのうちに、そう、心を閉ざしてしまったあの日から、引き立て役を演じ続けていたのね……いつまで？』

「この先ずっと」

思わず、声に出したのは心のつぶやきでした。何しろおしゃれする事もなく、お店にやってくるお客たちに愛想を振りまく事もなく、毎日同じ服を着て帽子で顔を隠しているのですから、まわりのお店で明るい笑顔で接客する娘たちを知らず知らずに引き立てていたのかも知れません。

「引き立て役の私だってもういちど恋がしたかったのに……」

そうもう一度つぶやいた時、涙がこぼれました。その時でした、ライオンママが肩に温かいものを感じたのは。

「君は引き立て役なんかじゃないよ」

男の人の声がしました。振り向くとそこには一人の青年が立っていて肩にそっと手をかけていたのです。

「待ってたんだよ、君が心を開いてくれる日を……昨日までの君にはボクの声は届かなかった、だっていくらボクが声をかけても知らん顔だったもの」

それは少し離れたところで風車を売っている芸術家の卵の青年でした。

「君は前から光っていたよ、ずっと前からボクは君を見つめていたんだよ」

ライオンママは涙をぬぐうと顔を隠していた帽子を取りました。クリーム色の髪は美しく風にそよぎ、大きな瞳は夕焼けの最後の光を受けて光っていました。そうです、誰が見たって美しい娘だったのです。

もう薄暗くなってよく見えない店のなかで一匹のライオンがあくびをしました。うるんだ瞳のせいでそんなふうに見えたのでしょうか、でもライオンママの目にはそう見えたのです。

『ライオンさん……ありがとう』

心の中でつぶやいたとき、青年が娘を抱き寄せました。

11・青い小さな人（見えないゴミ）

メルヘンストリートと誰かが名づけた、そう、不思議な商店街の中には樹が植えられ、その下にレンガ作りの花壇と白いベンチが置かれているちょっとした休憩場所がありました。その樹をよく見ると鳥の巣箱と間違えそうな青い小さな家が掛けられていました。屋根も、壁も、扉も、窓枠もみんな青色です。バタンッ、その時勢いよく扉が開かれて青い小さな人が走り出てきました。この商店街にはこんな人も住んでいるようです。

「やあ、大変大変すっかり寝坊しちゃったな、梅雨入り五日前にセットしといた目覚まし時計が壊れていたなんてね、あーあナデシコも咲いちゃった」

水色ボタンの青い服に青いズボン、青い長靴に青いとんがり帽子をかぶったその青い小さな人は、木の下の花壇をチラッと眺めそんな事をつぶやきながらスーッと姿を消しました。

次に青い小さな人の姿は雲の上にありました、白い雲の上を飛ぶように駆けています。

「急がなくちゃ、カタツムリのでん太も目玉を長くして待っているだろうし、それになんて言ったってアジサイの花の色はボクが行かなきゃ変わらないもんな」

青い小さな家を出発してからだいぶたった時です、小さな人は急に立ち止まりました。

「あっ、しまった。あんまり急いだんで大切な傘を忘れてきちゃった。あれが無くっちゃ仕事にならないし、帰ってくる事も出来ないや」

小さな人はもと来た方へ、大急ぎで戻っていきました。

毬（まり）のような大きな花をつけたアジサイの茂みの中で、カタツムリのでん太が目玉をにゅっと伸ばして空を仰いでいました。

「今年の梅雨入りは遅いなあ」

「心配するな、必ず来るから、それより今日はもう少し早く進めるように練習するんだぞ、パパと競争だ」

「ちぇっ、負けるもんか」

その頃、青い小さな人は雲の上でやっと仕事に取りかかろうとしていました。

「すっかり遅れてしまったぞ、頑張らなくっちゃ、それー、やーっ」

青い小さな人はそんな掛け声をかけながら持ってきた青い傘を広げて振りました。少し走ってまた一振り、もう少し行ってまた一振り、その度に雲の下から小さな雨粒が地上へ向けて落ち始めるのです。

「寝坊の……、じゃなかった長くよく寝たせいで調子がいいや、もうひと頑張りだ、えいっ、やーっ、それっ」

青い小さな人は楽しそうに跳ねまわって青い傘を振り続けました。

・・・

「雨だ、雨だよ、パパ」

でん太が真っ先に声をあげました。

「おや、ほんとうだ、やっと梅雨が来たのかな」

パパもうれしそうに自慢の長いツノをクルクル回しています。

「ねえ、早くアジサイの葉っぱの上まで登ろうよ、あの人が来るのが見えるよ」

「よし、じゃあまた競争だぞ」

でん太もパパも、雨降りの日にアジサイの葉の上に乗るのが大好きでした。空からは止めどなく、絹糸のような細い雨が落ちてきていました。

・・・

「雲の上はこれで良し」

青い小さな人はおでこの汗を拭きながら一休みしていました。見渡す限りの雲の上にはもう夏の太陽が照りつけています。青い小さな人の青い瞳は日の光を受けてキラキラと輝いていました。

「太陽さん、もうちょっと待っててね、ボクの仕事が全部終わったらこの雲をどかすから、そうしたら地上いっぱいに日の光を投げかけておくれ」

まぶしそうに太陽を見上げてそうつぶやきました。

「さて、地上へ行かなくちゃ」

青い小さな人はそう言うと雲の中へ潜っていきました。

その頃、でん太とパパはアジサイの葉の上で空を見上げていました。

「来たよ、来たよ、小さな青い人が見えたよ」

でん太のツノが指す方向を見上げると、青い傘につかまって降りてくる青い小さな人が手を振っていました。

「おお、つめたい」

空を見上げていたパパの目玉に雨粒が当たったのです、パパは片目をシュルシュルと引っ込めました。

「アハハハ、元気そうだね」

青い小さな人は笑いながらそう言いました。

「今年はずいぶん遅かったじゃないか、どうしたの」

でん太がすかさず聞きます。

「ごめん、ごめん、寝坊したり忘れ物をしたりしちゃってさ」

「へえー青い小さな人も寝坊するんだね」

「そりゃそうさ、たまにはね」

「そんなの、威張れないよ」

「ハハハ、それもそうだね、待たせてごめんよ」

三つの大きな笑い声にアジサイの花びらが揺れています。

「ねえ、早くあれを見せてよ」

「よーしっ、それっ」

青い小さな人がアジサイの花に向かって傘を一振りすると、アジサイの花は見る間に青から紫へと色を変えました。でん太は目玉をニューと伸ばして眺めています。

「やっぱりすごいや、ねえパパ」

「うん、そうだねえ」

「じゃあボクは行くよ、寝坊した分忙しくてさ」

青い小さな人はそう言うと、また傘につかまり風に乗って飛んでいきました。

「ねえパパ、青い小さな人はアジサイの花の色を変えるのが仕事なの？」

「いいや、違うよ、本当の仕事はほらっ、この雨を降らす事なんだよ」

「ふ～ん、雨を降らせてどうするの」

「それはね、大地の大掃除なんだよ、新しい夏を迎える前にね」

「そうか、この辺にもジュースの缶やお菓子の袋がいっぱい落ちてるもんね、でもこんな弱い雨で流れるかなあ」

「いいや、そうじゃないんだよ、この大地には目に見えないものがたくさん溜まってるんだ」

「目に見えないもの……」

でん太はきょとんとした顔でパパを見つめています。

「去年ママがマイマイカブリ（カタツムリを食べる虫）につかまってしまった時、でん太は涙をながしたろう、悲しみとか、憎しみとか、失った愛とかね、一年間大地に沁み込んだ『辛い思い』を全部きれいに洗い流して、新しい夏の出会いの準備をするんだよ、だから大地の大掃除さ。青い小さな人がこの時期降らせる雨にはね、そういう力が宿ってるんだよ」

そう言うパパは少し寂しそうな顔をしていました。でも梅雨空を見上げてこう続けました。

「ハハハ、でん太にもそのうちわかるさ」

ある日の事、何日もたちこめていた雲に切れ目が見え、そこから強い日光がサッと差し込みました。青い小さな人が仕事を終えて雲をどけたのでしょう。

「ボクの仕事もやっと終わった、これで梅雨明けだ、七夕に間に合ってよかったなあ。次の風にのって樹の上の青い家に帰ろう、そうだ、樹の下の白いベンチに誰かが休んでてくれてるといいんだけどな、大地に沁み込んでいるのは『辛い思い』だけじゃないから、今年もちょっとだけだけど『幸せの欠片(かけら)』を見つけた、これをその人の心のポケットにそっと入れてあげるんだけどな、ボクが磨いたベンチに座ってくれたお礼にね」

青い小さな人が見上げる空の雲の切れ間はどんどん広がっていきました。

町の大通りでは美しい七夕飾りが吹き始めた乾いた風に揺れています。久しぶりの青空、きらめく太陽の光、公園は人々の笑い声であふれていました。

「パパ、ほら、青い小さな人が青い傘につかまって飛んでいくよ」

「どれどれ本当かい、ああ、タンポポの種だよ、梅雨が終わったんだねえ」

子供が何かを目で追っていますが、お父さんには見えないようです。

「違うよ、タンポポの種じゃないよ、本当だってば、青い小さな人が手を振ってるよ、ママは見えるよね」

「ええ、本当ですよ、しっかり見ておきなさい、もう少し背が伸びたら見えなくなっちゃうから」

あたりはもう、すっかり夏です。

12・霧の中で（迷い道）

お母さんがアイロンがけに使っているのを見て以来、今日子ちゃんは霧吹きが大好きでした。夏の暑い日に霧吹きを顔に向けて吹きかけると冷たくて気持ちいいし、日の光のなかで使うと小さな虹を作る事も出来たからです。

今日子ちゃんの家の屋根の軒下にあるくもの巣が、ピカピカ光っているときは決まって今日子ちゃんのいたずらです。今日子ちゃんがくもの巣に霧を吹きかけたので、くもの糸に霧が付いてピカピカ光って見えているのでした。もしそのきれいなくもの巣に見とれて立ち止まっている人がいたなら、その人はその後にすぐにこんな声が聞けるはずです。

「今日子ー、今日子ーだめよ、また勝手に霧吹き持ち出して、返してちょうだい、お母さん使うんだから」

「はーい」

ある夏の朝のことでした。小学生の今日子ちゃんは夏休み中は毎朝ラジオ体操をする為に、広場まで行かなくてはなりませんでした。その日もいつものように6時に家を出ました。するとあたりは真っ白です、そう朝霧がかかっていたのです。

「わーい霧だわ、何もかも真っ白」

今日子ちゃんははしゃいだ気持ちになっていました、なぜかと言えば、町全体が大好きな霧に包まれ、この霧が晴れるまでは町中が今日子ちゃんの遊び場になったように思えたからです。

　でもその霧は心持ちいつもの霧より濃いようでした。数メートル先はもうぜんぜん見えません。今日子ちゃんは霧の中を歩いているうち、ラジオ体操なんてどうでも良いように思えてきました。それよりこの深い霧の中を歩いている方がよっぽど面白い事に思えたのです。でもおかしな事に何処まで歩いても何もありません。物音も霧に吸い込まれてしまうのか何も聞こえません。真っ白なシーンとした世界を今日子ちゃんは歩き続けているのでした。

「これくらい歩けば川があるはずなのにおかしいわねえ、道路のガードレールも無いし、ブロック塀にも、川にも突き当たらないなんて」

　いくらなんでも不安になってきた頃、霧の向こうに明かりが見えました。今日子ちゃんは引き寄せられるようにその明かりの方へ歩いて行きました。近づいて見るとそれは商店街の明かりでした。

「あら、あたし町まで来ちゃったのかしら」

　今日子ちゃんの家は町から離れた郊外の田園地帯にありましたから、霧の中、ずいぶん歩いて町まで来たのかと思ったのです。

「でも変ね、あたしの町の商店街じゃないわ、だって商店街の入り口にこんな虹のような門柱は立っていないもの、それじゃずいぶん歩いたので隣町まで来たのかな」

　今日子ちゃんはそんなことを考えながらその通りに入っていきました。なんだか変わったお店ばかり並んでいます。その中で今日子ちゃんの目を引いたのは、『虹と虹を作る機械売ります』と書かれた看板でした。その看板を見たとき、『霧吹きの事だわ』っと直ぐに思いついたからです。看板の下のお店はというと、ガラスの障子の扉を持った古風な店でした。障子は閉じられ、中から白熱灯のあたたかな光がもれていました。そこには職人さんでしょうか、丸い木の椅子に腰かけた男の人の背中が見えていました。今日子ちゃんが無意識にガラスの障子を開くと、ガラガラと想像以上に大きな音がして、今日子ちゃんは、はっ、として我に返りました。いきなり扉に手をかけたのは『虹と虹を作る機械売ります』その看板が今日子ちゃんの心をギュッと摑んだからかも知れません。

「いらっしゃい、お嬢さん」

そう言って迎えてくれたのは、めがねを掛けてあごひげをはやした若い男の人でした。その人は霧吹きで作った霧にライトを当てて虹を作っていました。

「やっぱり霧吹きだわ」

「そうかい、見抜いたのはさすがだね、でもこの虹は霧が消えても消えないよ、ほらね」

男の人は今出来たばかりの虹を今日子ちゃんに見せてくれました。その虹は手の平に乗るくらいの大きさで、綺麗な虹のアーチを描きやわらかなほのかな光を放っていました。

「すっごーい、いいなあ、でも高いんでしょう」

「うんまあね、でも……ほんとはね、こんなもん何の役にもたちはしないさ、ただの飾りにしかならないからね」

男の人はそう言いながら店の棚に目を向けました。そこには様々なサンプルの虹が飾られていました。テーブル程の大きなものから、ブローチやイヤリングにちょうどいいサイズまで、今日子ちゃんのような女の子が欲しがりそうな小物も揃っていました。

「それでもその機械は欲しいけど、でも今日はいいわ、またにする、お金も持ってないし、それより、ねえお兄さん、みどり町にはどう行ったらいいかしら」

「君、霧に迷ってここへ来たんだね、そういう子はきっとまた同じように、霧に迷うことがあるぞ、そうだ君にいい物をあげよう、ほらこれさ」

男の人は傍らの袋の中から、白い小さな玉を取り出し今日子ちゃんの手の平に乗せてくれました。

「なあにこれ」

「霧消し虫の卵さ、霧をエサにして育つ変わった虫だよ。生まれて初めて見る動くものをご主人様と認識して、どこに行くにもついてくる。ペットにしたら可愛いよ、でも、意外にナイーブで人見知りするんだ。ボクみたいに霧を商売にしている者には害虫だけどね、君には役立つかもしれないよ、もし霧に包まれて困るような事があったら、呼びかけてみるといいよ、君の助けになるかも知れない」

今日子ちゃんは、『こんな物よりあの虹を作る機械の方が、やっぱりほしいけどなあ、どうせならそっちをくれればいいのに』、そんなことを思いました。そのとたん、店の中に霧が湧き出して、次に霧が晴れたとき、今日子ちゃんは家の前に立っていました。不思議な経験をして以来、虫の卵は大切にお守袋に入れておきましたが、その事も今日子ちゃんが大人になる頃には、ほとんど忘れかけていました。

二十歳になった今日子さんはハイキングが趣味になって、学校の休みの日には一人で山へ出かけて気に入った場所で絵を描いたりしていました。その日も画材をリュックに入れて一人で山へ出かけました。もう秋も終わりの頃で今日は晩秋の景色を描きに来たのでした。ところがつい構図を探しているうちにかなり山奥まで来てしまって、やっと一枚の絵を描き終えた頃には日が暮れかけていました。

「いけない、急がなきゃ、こんなところで夜になったら凍えてしまうわ」

今日子さんは道を急ぎましたがあたりに霧が出始めていました。霧はどんどん濃くなっていき、わずかな時間で少し先も見えない程になっていました。濃い霧のせいもあり、あたりもだいぶ暗くなってきましたし、道がわかりづらく進む方向に自信がなくなってきた今日子さんは、途方にくれてその場に座り込んでしまいました。霧を運んできた冷たい空気が辺りを満たしていました。膝を抱えて体を小さくまるめ、体の熱が奪われないようにして目をつぶりました。そうしていても寒さをしのぐことができず、頭はしだいに冴えてきました。前にも霧に迷った事があった、それはぼんやりした微かな記憶でした、まだ小さかった頃、似たような事があった。

『そうだわ、霧、……霧消し虫の卵……』

そう思い出してお守り袋の中を探ってみるとありました、確かに小さな丸いものが入っていたのです。その卵を握り締めると微かな記憶を頼りに、一心に呼びかけてみました。

『霧消し虫さん、どうか出てきてください、この深い霧を消してください』

何度も何度もお願いしてもうあきらめかけていた頃でした。卵が少し動いたように思いよく見るとヒビが入っていました。そのヒビが少しずつ開き始め、中からツルツルの白い肌をした丸い体に6本の足を生やした虫のような生き物が出てきました。他には口があるだけで羽も目もありません。その虫が体を膨らませて、漫画のタコのような口から霧を吸い込み始めたのです。霧を吸うたびにその虫は少しずつ大きくなっていきます。枕ほどの大きさになった時、口の上に二つのくぼみのような穴が出来てきました。目を凝らして見つめていると穴の中から白い丸いものがせり出してきて、中心から徐々に開いていき大きな目玉になったのです。

『白いダルマさんにタコの口をつけて、それに虫の足が生えたみたい』

今日子さんが自分の立場も忘れて霧消し虫の姿にしばらく見入っていましたが、霧消し虫はその間も霧を吸い込みつづけ、みるみる今日子さんの体を上回る大きさになりました。大きくなる度に吸い込む霧も増えていき、更に霧を吸いこみながらそばに生えている木よりも大きくなった時でした。霧消し虫が一旦霧の吸い込みを止め、大きな丸い目玉がクルッと動いて今日子さんと目が合いました。その後、霧消し虫の目玉が違う場所を指しました。同じ動きを何度か繰り返したので、今日子さんは『そちらを見ろ』と言われているのだと気づきました。

言われた方に目を向けると薄れてきた霧の向こうに、山の麓の渋沢温泉の明かりがチラッと見えたのです。霧消し虫はまた霧を吸い込み始めました。辺りの木の高さを超えた霧消し虫は場所が狭くなった為か、後ろ足２本で立ち上がりそれでもまだ霧を吸い込み続けています。今日子さんは霧消し虫にお礼を言うとその明かりの方へ下っていきました。山を下りながら、ずーっと昔の幼い頃に霧に迷った経験があったことをぼんやり考えていました。やがて今日子さんが渋沢温泉に着いた頃、山の方で『パーン』という大きな破裂音が響いて、そのすぐ後にまた山全体が深い霧に包まれてしまいました。

「霧が晴れている間にここまで来れて良かった」

その日は無理をせず、渋沢温泉に宿を取った今日子さんは、露天風呂につかりながらさっきまで道に迷っていた尾根の方を見上げていました。すると、いつの間にか昔の記憶をすっかり取り戻していたのです、あの霧の中の出来事を。

「お店のあの人は私が欲しがっていても役に立たない『虹を作る機械』より、私にとって必要な物をくれたのね、そうよ、タダでいただいたんだわ、なんて商売っけの無い人だったんでしょう、あの髭の男の人は……」

その時、空から声が聞こえてきました。

「そうでもないさ、代金は後払いさ、君の幸運を少し分けてもらったよ、これでお互い様さ」

今日子さんは空に向かって気になっていた事を尋ねてみました。

「あのー、霧消し虫さんはあの後どうなったのかしら、何かが破裂するような音が聞こえたけど、もしかして」

「君が想像する通りだと思うな、でも霧消し虫は普通はそこまでは霧は吸わないよ。たぶん君のことがよっぽど気に入ったんで、どうしても助けたかったんじゃないのかな。それも君の幸運のなせる業だね、それとね、ついでに教えてあげるけど君が幸運の持ち主なのは、心が虹を生み出しているからだよ。最初に会った時、ボクには直ぐにわかったよ」

「それって、虹を作る機械みたいなもの？」

「ボクが売っている機械とはちょっと違うかな、でも誰でも出来る事じゃないから、その心は大事にするんだね、これからも色々と迷う事はあるかも知れないけど、君なら上手に切り抜けていけるよ。それじゃさよなら」

　髭の男の人の声はそれっきり聞こえてきませんでした。湯船につかったままの今日子さんは、また山の尾根の方を眺めてそっとつぶやきました。

「幸運の持ち主なんて、お愛想でも言われるとうれしいものね、でも、虹を作る機械も、やっぱり欲しかったな」

13・瞳の中のカモメ（あこがれ）

南十字星に、ほのかに照らされた洋上を一隻の大きな貨物船が走っていました。船窓から明かりが漏れています。窓の中の部屋で、琥珀色のお酒が入ったグラスが、コトリッ、とテーブルに置かれました。

『ボォーーーー、ボォーーーー』

汽笛の音が夜の海を渡っていきました。

「船長、本船は、に・さん・まる・まる（二三：〇〇）予定通り赤道を通過いたしました。気象情報によりますと、海上は多少うねりが出てくるとの事です」

船長室のスピーカーがそう告げました。

「うむ」

お酒を飲んでいたのは船長さんだったのです。どこの港で買ったものか、高級なブランデーのようです。船長さんはブランデーグラスを手に取ると中のお酒の揺れるのをじっと見つめていました。船の揺れはだんだんと大きくなっていき、グラスの中のブランデーも次第に大きく揺れだしました。その時船長さんは昔の事を思い出していたのです。じっと見つめているうちに、ブランデーの揺れはやがて大海原の波のうねりに変わりました。

「ああ、あれはあの日の海の色だ、瞳の中の海だったかな……」

船長さんの記憶はだんだんと昔に遡っていきます。

・・・

白い砂浜には大きな麦わら帽子をかぶった少年が一人立っていました。白いTシャツに赤い短パン、ビーチサンダルを履いていました。六月の海はまだ冷たく人影もありません。少年は砂浜に一筋の足跡を残しながら波打ち際まで来ました。その時、半分砂に埋もれながら寄せては返す波に洗われている大きな紫色の巻貝の貝殻を見つけたのです。少年はその貝殻を採ると海水で洗って耳に近づけました。大きな貝を耳に当てると波の音が聞こえると誰かから聞いた事があったからでした。すると、

『のぞいてごらん………のぞいてごらん……』

というかすかな声が聞こえてきたのです。少年は声の言うとおり貝の中をのぞいてみました。するとどうしたことか、竜巻にでも飲み込まれるようにその巻貝の中へ吸い込まれてしまったのです。

どれくらいの時間が過ぎてからでしょうか、少年が気づいた時にはにぎやかな人ごみの中に立っていました。どこかの港町でしょうか、バーやレストラン、カフェが並んでいます。人通りの激しい中をフラフラと歩きながらふっと横を見ると、入り口に虹のようなアーチの架かった、レンガが敷き詰められた古風な商店街の入り口が見えました。何故か気になってそちらの方へ歩いていきました。するとさっきまでの港町の喧騒がすーっと引いていき、気づいたときには誰もいない商店街を一人歩いていたのです。その時、突然後ろから声を掛けられました。

「私、あなたを見つけたの、だから、あなたを呼んだのは私よ」

少年が振り向くと同じくらいの背丈の袖の無い白いワンピースを着た女の子が、カモメの図柄の看板が出ている店のドアの前に立っていました。いままで誰も居なかったので

す、きっとその店から出てきたのだと思いました。『なんの店だろう』そう思いましたが、カモメの看板だけではそこが何のお店なのかはわかりませんでした。すると女の子は背を向けてタッタッタと駆け去りました。少年は思わず後を追って走りました。静かな商店街の入り口にあった虹のアーチを抜けると、港町の喧騒が戻ってきました。女の子はその人ごみのなかへ駆け込んでいきました。

「待ってよ、ねえ、ちょっと待ってよ」

ビーチサンダルをパタパタと鳴らせて少年も後を追い続けます。

女の子を追いかけて走っているうちに港町を抜け海に出ていました。そのまま二人は防波堤の上に座り込みました。

「ボクを呼んだんでしょう、巻貝の中から、のぞいてごらんって」

「そうよ」

うつむいている少女の瞳は大きく、長いまつげの向こうに海が光っていました。

「さっき君が出てきたお店は何のお店」

「カモメの港っていう名前の店」

「それって、何のお店」

「あのね、夢見る少年の頃にだけ見つけることのできる大きな紫色の貝殻の中にはね、カモメの住む港があるの、そこから大勢の少年たちが船出していくの」

問いかけに対する答えにはなっていませんでした、でも、そのちぐはぐな答えもさして気にする様子もなく、少年はぼーっと海を見つめている女の子に見惚れていたのでした。その子が振り向くときに髪が揺れて、そこから潮の香りが広がりました。少年はじっと女の子の目を見つめていました。目が離せませんでした。まぶしいくらいに鮮やかな白い服、よく日焼けした小麦色の肌、そして黒く大きな目。

『さっきの通りで初めて見た時から、気になって仕方がない』

　そう心が騒いでいました。

「君の瞳の中に海があるよ」

「そう見える？　でも、ほらあの海が瞳に映っているだけよ。でもあなたの瞳の中には本物の海が見えるわ、わたし、そんな海に住んでみたいなあ」

「……」

　少年は見つめ返すだけで言葉を返せませんでした。胸が詰まるというのはこういう事かなと思ったのです。

　呼吸を整えて、思い切って言葉にしました。

「ボクを呼んだ、君は誰」

　女の子も、少年の瞳を真っすぐに見ていました。

「私は瞳の中に住むカモメ、それでね、私の住む場所を、今日、やっと見つけたの。……ねえ知ってる、瞳の中にカモメが住んでいる人は船乗りになれるんですって」
・・・

ずーっと長いこと忘れていた事を、船長さんは思い出したのです。

「あの頃からだなあ、わしが船乗りにあこがれだしたのは」

そうつぶやきながらなでる船長さんのあごひげはもうすっかり真っ白でした。

「しかし、この話は誰にも話した覚えが無い、まあ話したところで信じてはもらえんだろうがな」

その時、船長さんはながめていたブランデークラスに映った自分の瞳の中に一羽のカモメが飛んでいるのを見つけました。

「ああ、お前はあの時の少女か、そして……そうか、あの店は、船乗りが、いや瞳の中に住むカモメが集う店だったんだな……、ありがとう、思いを叶えてくれて、でも期待に沿える海の男だったのかな、私は」

そうつぶやきながら残っていたブランデーを一気に飲み干しました。

船長さんはこの航海を最後に、船を降りる（引退）ことになっているのです。

14・うす紫のテーブルクロス（魔法）

七月の高原、汗でぬれたTシャツを乾いた風がサッとなでていきました。その度に熱が奪われ、ひんやりとしたシャツから涼しさが体中に沁み込んでいくようです。北八ヶ岳の横岳ロープウェイ、その山頂駅前の広場には下界のうだるような暑さの中から逃れてきた家族づれや若者たちであふれていました。ジュンイチ君、ケンゾウ君たちもいとこのミヤちゃん一家と一緒にここへ来ていました。夕べは蓼科温泉のペンションに泊まり、今日はロープウェイに乗ってここまで来たのです。

「ああ良い気持ち、ほんとにいい風ね」

「ええ、とっても冷たくて空気もおいしいわ」

大人たちの会話を聞いたケンゾウ君とミヤちゃんは二人して何やら口をモグモグし始めました。それを見た一番年長のジュンイチ君が小さな声で聞きました。

「あれ、ケンゾウとミヤちゃん何してんの」

二人は顔を見合わせて答えます。

「だって空気おいしいものね、ケンちゃん」

「うん、いくらでも食べられるもん」

ミヤちゃんの白い夏帽子についている緑色のリボンが風に揺れています。ジュンイチ君は大人びた顔でクスッと笑いました。みんなで食事をする事になって、ロープウェイの山頂レストハウスに入りましたが、三人は注文したスパゲッティとコーラをさっさとたいらげてしまい近くを探検する事になりました。大人たちは久しぶりに会った親戚同士、話がはずんでなかなか動きそうもありません。

「あんまり遠くへ行っちゃだめよ、それからジュンちゃん一番大きいんだから二人の事お願いね」

遊びたくてうずうずしていた三人は生返事で外へ飛び出していきました。

駅前の広場は人でいっぱい、三人は人のいない方へ、いない方へと歩いていきました。人のたくさんいるところでは探検の気分がでません。高山植物の咲き誇る坪庭溶岩台地を越え、急な斜面を登って尾根へ出ました。背伸びをすると木々の間から山頂駅が見えています。

「ジュンちゃん、こんなに遠くまで来て平気？」

ミヤちゃんはすこし不安そうな顔でジュンイチ君を見ました。

「平気さ、駅が見えてるもの」

駅が見えている事で安心した三人はさらに奥へと進んでいきます。枯れかけた木に登って偵察していたケンゾウ君が突然大声で言いました。

「お兄ちゃん、あそこに池がたくさん見える、すっごくきれい」

「どれどれ、ほんとだ、行ってみようか」

ジュンイチ君が眺めてみると、そこからそう遠くない森の中に小さな池がいくつか散らばっているのが見えました。池の周りは狭いけれども草原のようになっていて、その若草色と池の藍色は森の中でもそこだけスポットライトを当てたようにキラキラと輝いて見えていました。好奇心旺盛な三人がどうしてもそこへ行ってみたいと思うのは自然な流れだったのかもしれません。でもそっちの方に向かっていく道は見当たりません。しかたなくそんなに遠くないのだからと言って道のない森の中へ踏み込みました。いよいよ探検らしくなってきました。ジュンイチ君は帰り道がわかるようにと時々枝を折ったり、柔らかい苔の上に靴跡をつけたり目印を残しながら進みました。十分くらい進んだ時でしょうか、三人は森を抜け出したのです。視界がサッと開けて目が眩むくらいの日差しが降りそそぐ草原、そのなかに小さな池がいくつかたたずんでいました。ミヤちゃんが真っ先に走って行きます、続いてケンゾウ君も。

「つめたーい」

ジュンイチ君はそんな二人を眩しそうに眺めたあと、草の上に仰向けに寝転ぶと腕をまくらにして空を見上げました。

「空ってこんなに青かったんだ、小学校の屋上で見る空の三倍くらい青いかなあ」

そっとつぶやきました。白い雲が生まれては消え、また生まれてを繰り返し、見ている間にどんどん形を変えていきます。そよ風がお腹の上を通っていきその度に、耳元の草が揺れて少しくすぐったいと思いました。首を曲げて見てみるとそこにうす紫の小さな花が咲いていました。ちょうどジュンイチ君の肘がのっかってしまっていてつぶれかけていました。

「ああ、ごめんよ」

そう声をかけその花を眺めているうちにいつの間にかうとうととしてしまい、目を覚ました時には緑の山影が黒いシルエットとなり、空はバラ色に、雲はあかね色に染まっていました。あわててそばで同じように眠っていた弟とミヤちゃんをゆすり起こしました。

「もう夕方だね」

ケンゾウ君はまだ寝ぼけまなこでそう言いましたが、女の子のミヤちゃんはさすがに心配になったようです。

「早く帰らなきゃ、ママに怒られちゃう」

ジュンイチ君は夕日に顔を赤く染め、小さな頭を少し傾けて考え込んでいます。

「今日はここを動かないほうがいい」

しばらくしてそう言いました。

「どうして、ボクたちここに泊まるの」

「えー、あたし怖いわ」

「いいかい、今から歩きだしても直に真っ暗になってしまうよ、森の中にある目印も見えない、本当の迷子になっちゃう、それより明日の朝明るくなってから帰ろう、それに星が出ているもの、きっと雨も降らないよ」

ケンゾウくんとミヤちゃんは黙っていました。二人にはジュンイチ君がとても頼もしく思えた事でしょう。三人一緒なら夜も怖くない、そんな気がしてきました。

「さあ眠ってしまおう、今度目を覚ましたらきっと朝だよ、小鳥たちが起こしてくれるよ」

三人はまた草の上に並んで寝ころび早く眠ってしまおうとしましたが、さすがに二千メートルを超える高原、夏とはいっても日が沈んでしまえば風は冷たくなりました。頭は冴える一方です。体を寄せ合い温め合いました。遠くでフクロウが鳴いています。

「お兄ちゃん、おなか減った」

ケンゾウ君がそう言ってモグモグと何かを食べる仕草を始めました。ミヤちゃんもそれを真似しています。『また空気を食べてるんだな』ジュンイチ君はそう思いましたがどうしてあげる事もできません。二人の頭を抱き寄せて撫でているうちにお腹がグーと大きな音をたてました。その時です、ため息をついて視線を池の方へ移した時、体を寄せ合った三人の影がくっきりと池の方へ伸びている事に気がつきました。

『月が昇ったのかな』

一瞬そんな事を思いながら後ろを見ると、そこに明るいネオンやきれいな看板が色とりどりの明かりのなかで輝いていました。それは街でよく見かける商店街の入り口だったのです。入り口のアーチが虹のようにきらめいていました。その先には何軒もの店並みがずーっと向こうの森の彼方まで続いていました。

「あれー」

三人は一度に声をあげました。

「狐のいたずらかな」

ケンゾウ君がそう言って自分のほっぺをつねりました。

「夢じゃないみたいだよ」

三人は立ち上がるとおそるおそるその商店街の方へ歩みを進めました。そこまでの距離はわずか数十メートルに思えましたが、その商店街の入り口に立った時には明るい日差しに包まれていたのです。三人が見回すといつの間にかそこは広い草原でした。さっきまでの夜の高原の面影は少しもありませんでした。その匂いに誘われるように通りの中に踏み込んでいましそうな匂いが漂ってきていました。そして草原の中にある商店の奥からはおいしそうな匂いが漂ってきていました。両脇には様々な店があるのですが、三人の他誰もいない商店街はひっそりとしていました。でもおいしそうな匂いは更に奥から漂ってきていました。しばらく進み、三人が足を止めたのは一軒のレストランの前でした。看板には『レストラン・はくさんふうろ』と書かれていました。蔦（ツタ）のからまるレンガの壁につけられた白い縁取りの窓の中をのぞくと、そこには丸いテーブルがいくつか置かれ、それぞれのテーブルの上に下げられたランプの明かりに浮かびあがっていました。

「ジュンちゃんお金あるの」

ミヤちゃんがジュンイチ君の袖を引きましたが、ジュンイチ君は小さく首を横に振っただけでなんのためらいも見せずに、何かに導かれるように若草色の扉を押しました。

「いらっしゃいませ」

待ち構えていたような若い女の人の声です。目の前にはうす紫のエプロンを掛けたきれいなおねえさんがこぼれるような笑顔を三人に向けてきました。テーブルに案内されてからジュンイチ君はハッと我に返ったようにまばたきを二、三度繰り返したあとケンゾウ君とミヤちゃんの手を取って扉の方へ戻ろうとしました。

「お待ちなさい、お腹が減ってるんでしょう」

言葉は強くても優しい口調でした。その声にジュンイチ君はうつむいたままでしたが、ケンゾウ君とミヤちゃんはコックリとうなずきました。

「ここへお掛けなさい、私がごちそうしてあげる、だってね……」

おねえさんはうす紫のエプロンの裾をつまんだまま胸の前で手を合わせ、うっとりと虚空を見つめています。

「だって今日うれしい事があったの、素直なかわいらしい男の子にね、ゴメンネって声をかけてもらったんだもん」

そう言い終わると三人のほうへ向きなおり、

「ご注文は？」

そう言って三人をぐるりと見まわしました。

「……」

三人は黙ったままです、こんな事ってあるんだろうか、それぞれそんな事を考えていたのです。

「なんでもいいのよ、食べたい物を言ってごらんなさい」

「ほんとに何だっていいの」

ケンゾウ君が小声でそう言っておねえさんを見上げました。

「嘘は言わないわ、さあどうぞ」

「それじゃ、ボク、ハンバーグカレーとグラタン」

「えーとあたしは、ミックスピザとクリームシチュー」

最後にもぞもぞとジュンイチ君が、

「ボクには大盛りオムライスとポテトサラダをください」

「はいわかりました」

おねえさんはそう言ってエプロンのポケットからやっぱりうす紫のテーブルクロスを取り出し、丸テーブルの上にサッと広げました。テーブルクロスの真ん中には小さなうす紫の花の刺繍がありました。

『あれっ、あの花どこかで見たような……そうだ、さっきの草原で眠ってしまう前に、見かけた小さな花だ』

ジュンイチ君はそんな事を思い出していました。

「オルーフンアスカハ、ハンバーグカレーとグラタン、ミックスピザにクリームシチュー、それと大盛りオムライスとポテトサラダを出してくださーい」

おねえさんが呪文を唱えると、テーブルクロスが水の中の物をのぞくようにユラリと揺れてモクモクと霧が湧きだしました。そして深呼吸一つするくらいの間をおいて霧が消えるとそこには言った通りのごちそうが湯気を立てて並んでいました。

「スッゴーイ」

三人が一斉に声をあげました。

「このテーブルクロスはね、魔法のテーブルクロスなの」

おねえさんの姿はいつの間にかうす紫の光を放っていました。やっぱり普通じゃない、三人はそう思いましたが、でも、怖くはありませんでした、むしろ安ど感に包まれていたのです。

「あなたたちにそれぞれあげるわ」

「……こんなすごいの、何でくれるの」

「あなたたちに私が見えて、私にあなたたちが見えるからよ、最後に大切なことを一つ、よく聞いてね。このテーブルクロスの魔法はね、ほんとうにあなたたちがお腹をすかせて困っている時にしか使ってはいけませんよ。この魔法はね、他人の幸せをほんの少し分けてもらうだけなの、何もない所から食べ物を生み出すって事じゃないのよ。これだけは守ってちょうだい、お願いね」

三人はうなづきながら夢中でスプーンとフォークを動かしていました。おねえさんは優し気なまなざしでそれを眺めていましたが、一番食べるのが遅かったミヤちゃんがピザの最後の一切れを口に頬張ったのを見届けてこう言いました。

「……あら時の進むのは早いもの、もうそろそろあなたたちの時間では朝よ、気をつけて帰るのよ、サヨウナラ」

「おねえさんは誰、名前は何ていうの？」

「私は妖精、名前は……アデュウって言うのよ」

そう言うとおねえさんの姿が景色に溶けるように薄くなっていき、最後に声が消えてしまった後からは小鳥のさえずりが聞こえてきました。三人がおねえさんの姿を探してあたりを見回すと、そこは朝の高原だったのです。顔を出したばかりの太陽が小さな池に映ってキラキラと輝き、朝露を含んだ草の上にはうす紫のテーブルクロス。そして、その横にはテーブルクロスの刺繍と同じうす紫の小さな花が、少し冷たい朝風に揺れていました。

ママたちには心配をかけ、そしてすっごく怒られましたが、最後は泣きながら抱きしめてくれました。過ぎてしまえば楽しかった事、怖かった事、いくつかの想い出と共に夏が過ぎていきました。町の夕焼け空に赤トンボの姿が似合うようになると、秋の遠足シーズンがやってきました。

十月、赤や黄色に染まった渓谷を吹き抜ける乾いた風。見上げれば高く青い空にいわし雲が並んでいました。水しぶきの中に小さな虹を作っている滝壺から渓流に沿って細長く河原が続き、そこではたくさんの子供たちが広げたシートの上に座りお弁当のふたを開こうとしていました。

「ジュンちゃん、お弁当忘れたの、ボクの少し分けてあげようか？」

仲良しのタツヤ君がそう言ってくれましたが、ジュンイチ君は首を横に振りました。

「お弁当なんて重たいものはわざわざ持ってこなくてもいいんだ、ボクね、魔法が使えるんだぜ」

そう言ってリュックの中からうす紫のテーブルクロスを取り出し、サッと広げました。

「さてと、何を食べようかな」

ジュンイチ君はあたりをキョロキョロ見回しているうちに、隣でお弁当を食べている女の子のグループの中に、おいしそうな海苔巻のお弁当があるのが見えました。

「よし、海苔巻に決めた」

何人かの子がテーブルクロスの周りに集まって成り行きを見守っています。

「オルーフンアスカハ、海苔巻よ出てこーい」

テーブルクロスがユラリと揺れて、湧きだした霧が消えた後にはツヤツヤした海苔巻が置かれていました。みんなが声もなく目を丸くして立っているなかで、ジュンイチ君が海苔巻に手を伸ばしかけたその時です、隣のグループから悲鳴があがりました。

「ヤダー、私の海苔巻が消えちゃったわ、どうして」

タツヤ君が海苔巻きを見下ろし、それから悲鳴をあげた子の方に顔を向けて言いました。

「ジュンちゃん、手品としてはすごいね、でもだめだよこれは、あの子にごめんねって言った方がいいよ」

テーブルクロスの真ん中にあった小さな花の刺繍は跡かたもなく消えていました。

15・野菜の大芝居（好き嫌い）

「由美ちゃん、だめじゃないの、また残して」

「だって……」

由美ちゃんのお皿の上にはおいしそうなハンバーグが手もつけずに載っています。

「由美はこの頃、肉ばかり残してるんだね、どうしてなんだい」

由美ちゃんのお父さんが優しく聞きました。

「これ、豚さんや牛さんのお肉でしょう、生き物を食べちゃうなんてかわいそうよ」

そう言って、ほっぺをプーと膨らませました。

「何だそんな事か、いいかい由美、生き物は生き物を食べる、そうやって世界はつながってるんだ。食物連鎖って言ってね、悪いことじゃないんだよ、由美にはまだむずかしいかな」

「あたし見たもん、牛の赤ちゃんかわいいんだから、ちゃんと生きてるのよ、それを食べちゃうなんて」

お父さんは弱ったなーという顔をして腕を組みました。

「いいかい、それなら野菜だってみんな生きてるんだぞ、今だって由美はジャガイモ食べただろ」

それを聞いたお母さんは、あわててお父さんの口を手でふさぎました。

「えーーー、お野菜も生きてるの、いいわ、あたし野菜もたーべない」

その日から、由美ちゃんは料理されても野菜の形をしているものは食べなくなりました。おまけに肉まで食べないのですから由美ちゃんの食べるものといったら、うどん、そば、パン、牛乳、焼きそば、そういったものばかり、お母さんはすっかり困ってしまいました。

そんな毎日が一週間も続いたある日の事です。由美ちゃんは一人で近くの公園の砂場で遊んでいました。

「お腹へったなー」

そんな独り言を口にした時です、誰かが由美ちゃんを呼びました。

『ユ、ミ、ちゃん』

「えっ、誰か私のこと呼んだ！」

由美ちゃんが振り向いた時、周りの様子が一変していました。そばにあったブランコも滑り台も見当たりません。広い野原の中に、砂場だけがポツンと取り残されていました。遠くの方には建物のような物が見えますが、全体に白いもやもやが立ち込めていてよくわかりませんでした。

「ユミちゃん、ユミちゃん……」

声は建物の方からかすかに聞こえてきます。由美ちゃんはシャベルを放り出すと、声のするほうへ向かいました。近くまで来てみるとどうやら商店街のようです。虹のようなアーチの入り口からのぞいてみても、何処までつづいているのかわからないくらい遠くまで店並みが続いていました。声はそのずっと奥の方から聞こえてきます。由美ちゃんは通りへ踏み込みました。洋風のカフェ、本屋さん、映画館まで、様々な店並みがどこまでも続いていました。どれくらい歩いたでしょうか、声が段々近づいてきました。

「ユミちゃん、ここよ」

その声で立ち止まった由美ちゃんは、八百屋さんの前に立っていました。

「誰、あたしを呼んだのは」

由美ちゃんは店の奥の様子をうかがいました、店先には色とりどりの野菜が所せましと並んでいるのですが、人の気配はありませんでした。

「わたしよ、ユミちゃん、ここよ、ここ、ここ」

由美ちゃんを呼んだのは店に並べられていた玉ねぎでした。

「なーんだ、玉ねぎさんか」

「ねえユミちゃん、この頃お野菜食べないんだってね」

「そうよ、食べちゃかわいそうだもん」

玉ねぎは小さな腕を組んで、目をぱちくりさせました。そして、ピーマンの方を向いてウインクしたのです。

「ユミちゃん、ちょっとこっちへおいでよ」

そう言ったのは、玉ねぎからサインを受け取ったピーマンです。

「ぼくの体の中に入ってごらん」

ピーマンはそう言うと口を大きく開けました。すると由美ちゃんの体は見る見る小さくなって、ピーマンの中へ吸い込まれていきました。おそるおそる目を開いてみると、中はがらんどうでした。そしてピーマンの声が聞こえてきました。

「ユミちゃん、今から面白いものを見せてあげるね」

ピーマンが口を閉じたとき、映画が始まったのです。がらんどうのピーマンの中は三百六十度の円周スクリーンになっていました。由美ちゃんはその真ん中に膝を抱えて座って頭をキョロキョロさせています。

「いいかいユミちゃん、農家のおじさんが種を蒔いてるだろう、ボクら野菜はね、農家のおじさんたちのおかげで育つんだよ、虫を取ってもらったり、草を取ってもらったりね。だからおいしく育つんだ、ほんとうはボクらは育ててくれた人たちにお礼がしたいんだよ、だからおいしいうちにボクらを食べてもらいたいのさ、食べてもらうと今度はユミちゃんの体を作る養分になるんだよ、ユミちゃんの体の一部になって、ずーっと一緒なんだ、それがうれしいんだから」

スクリーンには前も後ろも見渡す限りのひろーい畑が映っています。

「ほんとに、ほんとに食べられちゃってもうれしいの？」

「そうさ、今度はくだものだ、ほら見てごらんくだものの中には種が入っているだろう、人間が食べて種をどこか遠くへ運んでくれたらまたそこから芽を出すことができるだろう、だから種を運んでくれるお礼に甘くておいしい実を、種の周りにつけておくんだよ」

今度はスクリーンいっぱいに赤い実をつけたグミが映っています。そこへピッピッと鳴きながら小鳥が飛んできて小枝にとまりました。

「見てごらん、小鳥がグミの実を食べてるだろう、小鳥によって遠くへ運ばれてフンと一緒に何処かに落とされる。そうするとそこから芽を出してまた大きな木に成長するんだ、種は自分では動けないからね、小鳥に運んでもらうんだよ、小鳥の体を通った種は芽を出しやすくなるんだ、ねえ、わかったろう、ユミちゃんはもう野菜もくだものも食べられるね」

「うんわかったわ、でもお肉は食べないわよ、かわいそうだもの」

それを聞いたピーマンは、慌てて口を開きました。ユミちゃんはそこから転げるように外へ出ました。

その時『ンモォーーーー』という鳴き声が聞こえてきました。

八百屋さんの店先に大きな牛が現れました。

「ユミちゃん、ユミちゃん、ボクたちだって人間に食べてもらいたいんだよー」

「うそよ、死んじゃうのよ」

「ンモー、ほんとだよ、食べてもらうとユミちゃんの体と一緒になれるんだよ、ずーっと一緒って事さ、ユミちゃんは動物が嫌いなのかい、ぼくらはユミちゃんと仲良くなりたいよ、仲良くなりたいって事は、ユミちゃんが成長して大きくなるお手伝いをしたいって事なんだ、ンモー」

　牛は冷や汗をかいていました。

「そうだよユミちゃん、野菜も、牛も豚も鶏も、食べてもらえればうれしいんだよ……」

　言葉をつまらせながらそう言ったのはキャベツでした。

「わかったらもう行きなさい、さっき来た道を戻れば砂場まで帰れるよ」

「……うん」

　ユミちゃんはしばらく首をかしげて牛を見ていましたが、しぶしぶ帰っていきました。

　ユミちゃんの姿が見えなくなった時、牛の体がポロポロと崩れました。後にはたくさんの野菜たちが転がって汗を拭いていました。そうです、白菜が体に、ニンジンが角に、ナスが耳にみんなそれぞれ化けていたのでした。

「あぶなかったね、ちょっとむりやりだったもん」

　白菜がゴシゴシと体の冷汗を拭いていました。

「うん、きれいな瞳でジーッと見られた時は、ばれちゃったかと思ったわ」

　ニンジンは胸を押さえて深呼吸しています。

「でももう大丈夫、ユミちゃんは好き嫌いしない子になったよね、きっと」

　そう言うナスは、緊張で疲れ果てたのか店の前にゴロンと転がっていました。そして大役を果たした映画館役のピーマンがぼそっとつぶやきました。

「時々いるんだよね、ああいう子」

野菜たちはうなずきながら、もとの店先へ戻って行きました。

16・スノードロップの想い出（嫉妬）

クリスマスイヴの日の朝の事です。ヒロ君は目が覚めた時、いつもより少し寒いなと思いました。いつもと違うのはそれだけじゃありません、外はシーンと静まり返っています。ヒロ君はまだ眠い目をこすりながらカーテンを勢いよく引きました。窓枠の下の方から白いものがガラス窓を縁取っています、それは雪でした。ヒロ君の吐く息でたちまち白く曇ってしまったガラス窓を手でこすって、そこにおでこをくっつけるようにして外を見るとあたりは真っ白。空からはやわらかそうな雪が次から次へとまだ落ちてきています。夜のうちに降りだした雪はもうだいぶ積もっているようです。ママが作ってくれたサンドイッチとホットミルクの朝食をとっている間も落ち着きません、テーブルについたまま床に届かない足をブラブラさせて窓の外ばかり眺めています。

「ヒロ君、ちゃんと前を見て食べなさい。ほらミルクこぼしちゃうわよ」

ママのそんな言葉も上の空で今日は何をして遊ぼうかなあと考えていました。雪合戦も良いし、雪の家を作ってその家の門番に雪だるまを作るのも良いし、ヒロ君はセーターの上から厚手のジャンパーを着込むと青い毛糸の手袋を掴んで外へ飛び出しました。近くの公園まで行ってみると早くも近所の子供たちが何人か集まって雪玉のぶつけっこをしていました。ヒロ君は公園の入り口には行かず周りを囲んでいる植え込みの中へもぐりこみ、足元の雪を一摑み取ると固く固めたのです。何も知らずに駆けてきたなかよしのタクちゃんがヒロ君の隠れている茂みの前を通った時です。雪玉が勢いよく飛び出して、後ろからタクちゃんの首筋に命中しました。

「つめたーい」

タクちゃんが大声をあげました。後ろでは植え込みから飛び出してきたヒロ君がお腹を抱えて笑っています。

「こいつー」

二人は駆けだしました。

「タクちゃん、かまくら作ろうよ」

「うん作ろう、みんなが入れるおっきいのだよ」

二人が雪を集めて固めているとユミちゃんやマコちゃん、そしてヨシオ君たちもやってきました。寒さなんか忘れて夢中になっていると体がポッポッと火照ってきてみんな赤い顔をしています。五人で力を合わせたおかげでたちまち背丈くらいの雪山ができ、今度はその真ん中を掘り始めました。しばらくして、子供二人がやっと入れるくらいのかまくらが出来たのです。

「よーし、今度は雪だるまだ」

仲間の中では体の一回り大きい少し肉付きのいいタクちゃんは、これだけ運動してもまだ体力を持て余しているようです。そう言って早くも雪玉を転がし始めています。

でも、作り始めたのはタクちゃんとヒロ君の二人だけ、ヨシオ君たちは疲れてしまって二人の応援にまわったのです。

「ヒロ君、競争だよ、どっちが大きいかさ」

タクちゃんはそう言いながら上手に雪玉を転がしていきます。ヒロ君も負けずに雪玉を転がしていきますが、体力自慢のタクちゃんの方に軍配があがり少し大きな雪玉になったようです。最後には二人とも力尽きてかまくらから少し離れたところで雪玉が動かなくなってしまいました。その上に少し小さめの雪玉を載せて二つの雪だるまは完成しました。ヒロ君のほうが少し小さいけれども木の枝に挿した青い毛糸の手袋が目立っていました。でもユミちゃんやマコちゃんはタクちゃんの雪だるまの方が大きくて強そうだと言ってほめたのでした。

「エッヘン、どうだい」

タクちゃんは得意顔でそう言いました。でも後から思えば、その時、ヒロ君の中で何かのスイッチが切り替わったのかも知れません。

『タクちゃんはいいやつだ、でも、いつでも勝った負けたを決めたがる、そんなのはどうでもいい事、でも、いつだってそれを言い出す。それで他の子たちは、大抵タクちゃんの方が良いって言うんだ、タクちゃんの機嫌を損ねると怖いから、だってあいつは力だけは強いから。だからボクはいつも負けた事にして済ませてる、だけど、雪だるまだって大きさだけで勝ち負けが決まるわけないんだ』

その日の夜の事です。ヨシオ君の家でクリスマスパーティーが開かれました。ヒロ君もタクちゃんもユミちゃんもマコちゃんも招待されてプレゼントの交換をしました。テーブルの上にはたくさんのごちそうが並びおいしそうなケーキが真ん中に置かれています。ゲームをしたり歌ったりしましたがヒロ君はなんとなくその楽しさの中に溶け込めないのです。そうです、昼間の雪だるまの事が心に残っていて忘れられないのです。みんながゲームに夢中になっている隙にヨシオ君の家を抜け出して公園へ向かいました。夜の公園はひっそりとしていて、街灯に照らされた雪明かりでボーっと浮かび上がっています。ヒロ君は広場まで来ました。昼間作ったかまくらのそばに二つの雪だるまがじっと立っていました。

「ハックション、寒いなあ」

ヒロ君はブルッと身震いするとタクちゃんの雪だるまめがけて走って行き、その勢いで思いっきり蹴飛ばしたのです。そのまま勢い余って尻もちをついてしまいました。コチコチに凍っている雪だるまはビクともしません。尻もちをついたまま雪だるまを見上げると、角度のせいか笑っているように見えました。

「ぼくの作った雪ダルマより、コイツの方が強いって、何でそんなことがわかるんだよ、コノヤロー」

近くに転がっていた太めの木の枝を拾って雪だるまの顔めがけて振り下ろしました。

何度も振り下ろし、顔が少し崩れた時です。

「えーい、えーい」

「誰だー」

公園中が震えあがる程の大きな太い声がしました。ヒロ君は驚いてまた尻もちをついていました。キョロキョロとあたりを見回すと、顔の崩れかけたタクちゃんの雪だるまがムックリと立ち上がるのが見えました。顔が崩れたためか目がよく見えないらしくあたりを見回しています。『雪だるまが動いた』、気が動転したヒロ君はどこかに隠れようと四ん這いでかまくらの方へ這っていきました。必死の思いでかまくらの中へころげ込んだ時、フワッと体が宙に浮き、その後まるでジェットコースターの落下のような感覚に包まれました。思わず目をつぶり時間にして二つか三つ数えるほどで柔らかな草の上に尻もちをつき、大の字に横たわっている事に気づきました。そこは明るい大きな野原が広がっていたのでした。

「あれっ、ここ何処だ……」

草の上に看板が刺さって立っていました、雪だるまの絵に、方向を示す矢印が書かれ、矢印は広い野原の向こう側に見える家並みを指しています。ドスンドスンという雪だるまの足音がだんだん大きくなって聞こえてきました。音の聞こえてくる空を見上げると、何かが落ちてきていました。『タクちゃんの雪だるまに追われている』、そう感じながら、矢印の示す家並みの方へ逃げました。近づいてみるとそこは商店街の入り口でした。虹のようなアーチが架かっていました。そこにも雪だるまの絵に矢印の書かれた立て看板があり、通りの奥を指しています。

「何処へ行ったー」

　声はまだ追いかけてきていました。

『何処かへ隠れなきゃ』恐怖心がヒロ君の背中を押しました。商店街を駆けていくとまた立て看板があり矢印は商店街の中の細い路地を指しています。商店街にあるお店の店員でしょうか、ヒロ君が細い路地に入ろうとするのを見ると、

「あっ、そっちへ行くと……、そっちは期間限定エリアだよ、行く事は簡単だけど帰りは……」

　店員は何かを伝えたかったようですが、追われているヒロ君には余裕も時間もありませんでした。ただただ看板の矢印に導かれるように、迷う事なくその路地へ駆け込みました。次の瞬間、落とし穴にでもはまったように、また体が、宙に投げ出されたのを感じました。遠くに聞こえていたドスンドスンという雪だるまの足音がだんだん小さくなっていくのを聞きながら、ヒロ君の体は真っ暗な中をどんどん落ちていきました。急にあたりが明るくなったと思ったら柔らかな雪の上に本日4回目の尻もちをついていたのでした。おそるおそる立ち上がってあたりを見回すと周りは広ーい大雪原、遠くの方は真っ白な山並み、そして氷の湖にその影を映した雪のお城がそびえていました。

「ここどこだろう」

ヒロ君がそうつぶやいた時、後ろでドスンと音がしました。ビックリして振り向くと雪だるまが転がっています。ヒロ君はタクちゃんの雪だるまが追いかけてきたと思い駆けだそうとしました。

「ヒロ君、ボクだよ、アオだよ」

そう言われてよく見るとそれはヒロ君が作った雪だるまでした。木の枝の小さな手には青い毛糸の手袋がはまっています。

「ボク、アオって言うんだ、ヒロ君を助けにきたんだよ」

ヒロ君は手を貸してころがったままのアオを起こしました。

「ここはね、雪だるまの国なんだよ。毎年クリスマスイヴの夜に、一つの町に一つずつこの国へ来る事が出来る入り口の扉が開くんだ、今年はヒロ君たちが作ったかまくらが入り口になっていたんだね。その入り口から妖精の住む不思議な商店街を通る事でここへ来られるんだよ。不思議な商店街はこちら側の世界の中心地だからね」

「不思議な商店街？　雪だるまの国？」

「さあここから離れよう、タクちゃんの雪だるまがヒロ君を探してたからきっとここへも来るよ」

アオとヒロ君は急ぎ足で歩き始めました。

「この国の出口の扉はね、それぞれの町に春が来た時、そう春になって初めてスノードロップの花が開くとき閉まってしまうんだ、それまでに出られなければまた来年のクリスマスが来るまで帰れないよ」

「えーっどうしよう、アオ助けてよ」

ヒロ君は今にも泣き出しそうな声をだしました。

「安心してよ、そのために追ってきたんだから。それともう一つ大事な事がある、三つの涙を集める事、これがないと雪だるまの国の出口の扉は通れない。一つはゴメンネの涙、二つ目はアリガトウの涙、最後の一つはボクが持ってる」

「じゃあ二つの涙を探せばいいんだね」

「そうだよ、出口に向かいながら探そう、急ぐよ」

二人が雪だるまの町を過ぎて町はずれまで来た時、道はいくつにも分かれていました。

ヒロ君はそこに座っていた赤い帽子をかぶった雪だるまに道を尋ねました。

「ねえ赤帽子君、雪だるまの国の出口はどっちへ行けばいいの」

「フン、タダじゃ教えてやらないよ」

「だってボクお金持ってないもの」

「じゃあそのジャンパーをくれたら教えてやるよ」

ヒロ君はしかたなくジャンパーを脱いで赤帽子に着せてやりました。

「寒くないかい、ヒロ君」

アオが心配そうにヒロ君を見ました。

「ちょっと寒いけど平気さ」

二人は教えられた道をどんどん歩いて行きました。トンネルをくぐり、橋を渡り進んで行くと町が見えてきました。どこかで見たような町だなあと思いながら通過して町はずれまで行くと、またさっきの赤帽子がジャンパーを着て座っていました。そうです、また同じところへ戻ってきてしまったのです。

「ハハハ、雪道の散歩はおもしろかったかい」

「コイツー嘘ついたな、ハックション」

ヒロ君は赤帽子に飛びかかろうとしましたが、アオがヒロ君のセーターを引っ張りました。

「怒っちゃだめだよヒロ君、もう一度道を聞いてみよう」

ヒロ君は我慢してまた道をたずねました。

「ねえ赤帽子君、頼むから本当の道を教えておくれよ」

なにしろ道は何十本にも分かれているのです、一つ一つ確かめて歩いていたのではスノードロップの花が咲くまでに間に合いそうもありません。

「じゃあ、その長靴と毛糸の靴下をくれたら教えてやるよ」

赤帽子がそっぽを向いてそう言いました。

「雪だるまのくせに長靴履くなんておかしいのに」

アオがそう言いましたが、赤帽子は一向に黙ったままです。ヒロ君はしかたなく長靴と毛糸の靴下を脱いで赤帽子に履かせました。赤帽子は満足そうに足踏みすると一本の道を指さしました。二人はまたとぼとぼと歩き始めました。峠を越え谷を渡り、またトンネルをくぐり道はだんだんと細く、雪深くなっていきます、また山の中へ入っていくようです。二人で交代で雪かきしながら進みました。

「ハックション、もう動けないよアオ」

ヒロ君が涙声でそう言いました。足は霜焼けで真っ赤になっています。雪の中を素足で歩いているのですから無理もありません。

「ヒロ君、ボクの背中を貸してあげるよ」

そう言ってアオはヒロ君を背負いました。山道を抜けると雪原の一本道です。そこをしばらく行くとまた見慣れた街並みが見えてきました。そうです、また同じところに戻ってきてしまったのです。二人がへとへとに疲れてフラフラしながら町はずれまで来てみると、赤帽子をかぶった雪だるまが倒れてグッタリしており、荒い息をしていました。その姿を見たヒロ君は赤帽子に文句を言う気が無くなってしまいました。

「赤帽子君どうしたのさ」

アオが尋ねました。

「ハーッハーッハーッ、暑くて暑くて苦しいんだ、体が溶けてしまいそうなんだ」

赤帽子はすっかり元気が無くなっていました。

「ジャンパーを着込んで、長靴なんか履いてるからだよ」

アオは呆れて答えました。それからヒロ君とアオは赤帽子を起こしてやり、ジャンパー

と長靴を脱がせると、溶けかけた体を雪で固めてやりました。赤帽子は何も言わずジッと
ヒロ君の霜焼けの足を見つめていましたがそのうちに大粒の涙をこぼし始めました。
「ごめんねヒロ君、ごめんねアオ、嘘の道ばかり教えて意地悪して、グスッ、グスッ」
「もういいよ、赤帽子君」
ヒロ君がそう言った時、赤帽子の目から青くて大きな氷の涙がこぼれました。
「ヒロ君、これだよ、これがゴメンネの涙だよ」
アオがうれしそうにそれを拾ってヒロ君に渡しました。ヒロ君はうなずくとそのゴメン
ネの涙を受け取り胸のポケットにしまいました。
「ヒロ君、霜焼けは痛くないかい、風邪はひいてないかい、ボクの家へおいでよ、ごちそ
うするから」
ヒロ君とアオは赤帽子の家へ招かれてごちそうになりました、ヒロ君は温かいスープも
飲みました。雪だるまは温かい物は飲みませんがヒロ君のために手を少し溶かしながらも
作ってくれたのです。テーブルでスープを飲んでいると『ドスン、ドスン』という足音が
してきて誰かが扉をたたきました。ヒロ君はあわててテーブルの下に隠れたのでした。扉
をたたいたのはやっぱりタクちゃんの雪だるまでした。煙突から煙がでていたので人間が
いるに違いないと思いやってきたのです。雪だるまだって火を使う事はあります。人間の
おしゃれな男の子がドライヤーで髪の毛を立たせるように、おしゃれなお姉さんがアイロ
ンで巻き毛を作るように、雪だるまの場合は、熱で溶かして冷やして固め、頭の形や、胴

のくびれを微妙に調整するのです、それがおしゃれというものです。でもそれはパーティーなどの特別な場合に限られ、雪だるまの国ではめったに火を使う事はありません、怪しまれても当然でしたが赤帽子がうまくごまかしてくれました。

次の日の朝、ヒロ君とアオは赤帽子にお礼を言って出発しました。教えられた道を長いこと進みました、いくつかの街を過ぎ、様々な雪だるまとの出会いや別れを繰り返し、時々道をふさぐ雪かきのアルバイトなんかもしてお駄賃をもらい宿代に充てたりもしました。ヒロ君の顔が雪焼けで真っ黒になった頃でした、歩いているとモクモクと立ち昇る煙が見えてきました。近くまで行ってみると、それは煙ではなく湯気でした。温泉が湧き出ていてあたり一面、湯気でもうもうとしていました。その湯気の中をよくよく見ると小さな女の子の雪だるまが座り込んで泣いているのが見えました。

「どうしたの」

アオが声をかけました。女の子は顔をあげると泣きながら話し始めました。

「あのね、シクシク、ママに頼まれてね、お使いに出たんだけどここで転んだ時、ポケットのコインが飛び出してあの泉の中に落ちちゃったの」

女の子が温泉の湧いている泉を指さしました。ヒロ君がそばまで行ってみると、その泉はゴポッゴポッとあぶくを吹き出し見るからに熱そうでしたが手を伸ばせば届きそうな所に大きな金色のコインが沈んでいるのが見えました。

「私たち雪だるまはこの泉の中へ手を入れるとたちまち溶けてしまうの。そばへ寄るだけでも少しずつ体が溶けだすもの」

そう言う女の子は泣き疲れてうるんだ赤い目でヒロ君をジッと見つめています。ヒロ君は考えました。

『腹這いになって手を伸ばせば取れるかも知れない……でも熱いだろなあ』

アオは黙ったままうつむいていました、やっぱりお湯が怖いようです。ヒロ君がもう一度女の子の方へ目を向けると、やっぱり目にいっぱい涙をためてヒロ君を見ています。ヒロ君はとうとう決心しました。

「よし、ボクがあのコインを取ってあげる」

そう言ってまず近くにある雪溜まりの中に右手を突っ込んで、冷たさに我慢できなくなるまで腕を冷やしました。次に泉の岸に寝そべって、大きな声で掛け声をかけると、

「いっち、にの、さん、えいっ」

勢いよく温泉の泉の中へ手を突っ込んだヒロ君は目をギュッとつぶり次の瞬間には水しぶきをあげて飛びのきました。熱かったのです、でもヒロ君の手の中にはしっかりと金色のコインが握られていました。

「これだろ、ハイ」

ヒロ君はそう言ってコインを女の子に渡しました。

「ありがとう、お兄ちゃん、どうもありがとう」

「良かったね」

アオも駆けよってきました。

「お兄ちゃん手が真っ赤よ、やけどしちゃったの、痛くない」

ヒロ君は右手をさすりながら確認しました、赤くはなっていましたがやけどはしていないようです、初めに腕をキンキンに冷やしたのが良かったのでしょう。それでも女の子の雪だるまは、自分の手でヒロ君の腕をさすって冷やしてくれました。

「これくらい平気だよ、それより今度は落とさないようにね」

「うん、本当にありがとう、勇気のあるおにいちゃん」

女の子の雪だるまはそう言ってポロリと涙をこぼしたのです。青い氷の涙がキラッと光ってころがりました。

「ヒロ君、これだよこれだよ、これがアリガトウの涙だよ」

アオが拾いあげました。

「これで三つの涙は全部そろったよ、さあ出口へ急ごう」

「待ってよアオ、もう一つの涙は?」

「大丈夫、ボクが持ってる。それより急ごう、ヒロ君の町ではもうすぐ春だよ、雪だるまの国の時間はとってもゆっくり進むんだもの」

その時です、ドスンドスンという足音が近づいてきました。

「こっちの方で声がしたぞ、ヒロ君の声だったぞ」

湯気の向こうにぼんやりとタクちゃんの雪だるまの姿が見えました。今までも追いつ追われつで、足音が迫ってくる事はありましたが、アオの機転やヒロ君の運の良さに救われてここまで逃れてきていました。でも今回はかなり近くから聞こえてきます。

「それにしても、タクちゃんの雪だるまの執念深さは作ったのがタクちゃんだけに卓越してるよな」

ヒロ君の笑えないだじゃれを聞いたアオが冷めた目でヒロ君を見ました。

「そんな事言ったって、こうなった原因はヒロ君だからね」

「そうだったよね、それはもう十分反省してるんだ、それよりアオ、どうしよう」

「どうしようじゃないよ、隠れるしかないもの」

二人は泉の後ろの岩陰にしゃがみ込んだのです。

「隠れたってだめだぞ、近くにいるのはわかってるんだ」

太くてカミナリみたいな声がすぐそばで聞こえた時、寒さと恐ろしさで震えたヒロ君の歯がガチガチと音を立ててしまったのです。

「見つけたぞー」

二人はとうとう見つかってしまいました。

「ヒロ君逃げるんだよ」

アオは青い毛糸の手袋と同じくらい青い顔になっています、もちろんヒロ君だって真っ青、二人は駆けだしました。でも、もつれる足で走っても大きくて重たいタクちゃんの雪だるまよりは速く走れます、なんとか急場は逃れました。ドスンドスンという足音がどんどん遠ざかっていきました。

「アオ、出口はどっち」

やがて遠くの地平線にオレンジ色の炎が見えてきました。

「ここまでくればボクにも道がわかったよ、もうすぐだ」

アオが少し寂しそうにつぶやきました。オレンジの炎は火の川だったのです。二人はそこまでも続いています。ゴウゴウと燃え盛る火の川は二人の前に横たわったままど
「ヒロ君、あそこが出口だよ、出口の扉はあの向こう側にあるんだ」

の川の前で立ち止まりました。そしてその炎の向こう側の雪原にぽつんと扉だけが立っていて、半分ほど開いているのが見えました。扉の向こう側からは暖かそうな光が差し込んでいます、春の日差しのようです。

「この火の川はね、雪だるまの国をぐるりと取り巻いているんだよ、雪だるまの国はここまでで終わりさ、その先はボクも知らない未来の国だからね」

心なしかアオの声に元気がありません。

「でもこの川には橋が架かってないよ、これじゃ渡れない」

ヒロ君は向こう側の扉を見つめたまましゃがみ込んでしまいました。

「大丈夫さ、集めた三つの涙を投げ込めばちょっとの間炎に切れ目が出来るから、その間に渡るんだよ、チャンスは一度きりだ、迷ってる時間は無いんだ。さよならは悲しいけど急がなくちゃ、扉は閉まりかけてるもの」

アオがそう言ったのでヒロ君はビックリしました。

「えっ、さよならって、アオは一緒に行かないの？」

「……ボクは一緒には行けないんだよ、ここから先はヒロ君一人で行くんだ、でもヒロ君に作ってもらってうれしかったよ」

アオはそう言うとヒロ君から受け取った、ゴメンネの涙とアリガトウの涙を川へ投げ込みました。涙の投げ込まれたところの炎がスーッと小さくなり炎の川幅は細くなりました、それでもまだ渡れそうにありません。

「どうして、ねえどうしてアオは一緒に行けないの」

ヒロ君がそう言うとアオが寂しそうな顔をして言いました。

「三つ目の涙はね、サヨナラの涙なんだ、その涙はボクの体の中にあるんだよ」

その時です、ドスンドスンという音が聞こえてきました。タクちゃんの雪だるまが追いついてきたのです。

「見つけたぞー、逃がさないぞー、まてー」

太い声が近づいてきます。それを見たアオは迷わず火の川へ飛び込みました。次の瞬間ジューとすさまじい音がして、もうもうと湯気が立ち込めました、湯気の中に一か所だけ炎の川に切れ目が出来ていました。

「ヒロ君、急いで、今のうちに渡って扉に向かって走るんだよ」

溶けかけたアオがかすれた声で言いました、ヒロ君は川を渡っていきます。

「サヨナラ、アオ」

「サヨナラ、ヒロ君、また来年雪が降ったら会おうね、それまでボクたちだけの秘密だよ、それから三つの涙の意味を忘れないでね、元気でね……」

　アオの真っ黒な目から涙がこぼれていました。

「うんうん、ボク必ず雪だるま作るよ、きっと作る」

　扉へ急ぐヒロ君が最後に振り向いた時、炎の切れ目は無くなり、火の川はまたゴウゴウと燃え盛っていました。ヒロ君が閉まりかけた扉をくぐった時、強い光に目がくらみ思わず目をつぶりました。そしておそるおそる目を開くとそこはいつもの公園でした。日差しは心なしか暖かく、春がそこまで来ているようです。ヒロ君の感覚では一週間ほど雪だるまの国で過ごしたと思えましたが、戻ってきた元の世界では何週間もたってしまったようです、雪はもうすっかり溶けていました。ヒロ君がアオの立っていたところに行ってみるとそこに青い毛糸の手袋が落ちていました。

「忘れやしないよ、アオ」

　ヒロ君は手袋をそっと拾いあげました。

『行方不明の少年、奇跡の生還、空白の二か月に何が起きたのか？』それが翌日のヒロ君の町の新聞のトップニュースでした。テレビの取材班まで来ました。特別番組なんかも組まれ、テレビ番組表のタイトルには『少年は真っ黒に日焼けしていた、宇宙人に連れ去られ、未知との遭遇で焼けたのか？』という文字が躍りました。でも、よくある話ですがタイトルにそぐわぬ中身の無い番組だった事でしょう、ヒロ君はその間何処で何をしていたのか、誰にも話しませんでしたし、何も覚えていないで切り抜けたからです。アオとの約束は、青い毛糸の手袋に詰めて封印し自分だけの宝物になったのです。

それから数日後の事です、その場所に白い小さな花が一輪ひっそりと咲いているのに気がつきました。スノードロップの花でした。

17・星への道（希望）

「もう泣くのはおよし」

お父さんがそっと肩に手を掛けました。白い壺に入ったお母さんは黒く四角い石の下に納められたばかりでした。まだ八歳の彩ちゃんにとってお母さんの死はあまりに大きな影を心の中に落としてしまったのです。それはちょうど桜の花が咲き始めた頃の事でした。

「ママ、いつ帰ってくるの」

「そうね、十日間だから桜の散るころには帰ってくるわ、お土産だっていっぱい買ってくるからね、彩ちゃんはパパと一緒にしっかりお留守番しててね」

そう言って彩ちゃんのお母さんは出かけました。十年ぶりの同窓会で会った女学校時代の友人と計画した念願のヨーロッパ旅行だったのです。

「そうそう、お土産の注文聞いとこうかしら」

「うーんとね、そうだわ、素敵なオルゴールとフランス人形がいいな、そしてあたしオルゴールに合わせて歌を歌うの、お人形とデュエットするの」

「彩ちゃんらしい考えね、わかったわ、彩ちゃんそっくりな歌い手さんのフランス人形がご注文ね」

お母さんはそれっきり帰ってきませんでした。思いがけない飛行機事故で遠い世界へ行ってしまったのでした。

その事があってから、彩ちゃんは笑わなくなりました。学校へ行っても、誰かがなぐさめるような言葉を一言でもかければ、黒く大きな瞳に涙をいっぱいためてうつむいてしまうのです。日曜日の公園は親子づれでにぎわうのですが、彩ちゃんはそんな楽しそうな人たちに混じって、ブランコに座ったまま母親たちを眺めていました。彩ちゃんを知っている町の人たちは、そんな姿を見ると思わずもらい泣きの涙をこぼすのでした。

初夏の風が吹き始めたある日曜日の事です。その日の公園はとっても混んでいました。

「お姉ちゃん、ブランコ乗らないのならあたしに貸してちょうだい」

小さな女の子にそう言われました。

「ああ、ごめんなさいね」

そう言って、漕がずにただ座っていたブランコを降りた彩ちゃんは、お墓参りに行くことにしました。もう一度公園に戻った時には、人影が少なくなっていました。またブランコに座ると目の前に大きな夕焼けが広がって、その中に一番星が輝いていました。

「星……」

やがて多くの星々が夜空を飾る頃になると、公園に人影はなくなりました。その時、彩ちゃんはお父さんの言葉を思い出していたのです。

『お母さんはね、星になってしまったんだよ、空の彼方で消えたんだからね』

「そうだわ、あたしも星になろう」

そんな考えが彩ちゃんの頭をかすめた時です。金色の尾を引いた流れ星が公園の森の中に落ちました。彩ちゃんはその星の欠片を拾おうと思い、落ちた場所を探して公園の中の森のエリアに足を踏み入れました。でもそこは街灯もまばらで足がすくみます。

『なんだか怖い、帰ろう』

そう思い踵を返したその時でした。

「彩！」

懐かしい声がしました。振り返ると、そこには星をちりばめた服を着たお母さんが立っていたのです。

「ママ！」

彩ちゃんは駆け寄りました。

「彩ちゃんは弱い子ね、悲しみをいつまでも摑んでちゃだめじゃないの」

背中を抱きしめ、お母さんがそう言いました。

「さっきは何を考えていたの」

「星になってママのいる世界に行こうかなって」

「なに言ってるの、あなたの目指す星は他にあるはずよ」

そう言うお母さんは厳しい目をしていました。

「だって」

「いいからついていらっしゃい」

彩ちゃんはお母さんに顔を押し付け、涙を見せまいとしながら歩きました。どのくらい歩いたのでしょう、何時間も歩いたような気もしましたが、ほんの数分だったのかも知れません。

「さあ彩ちゃん、ここからは一人で行くのよ」

そう言われて顔を上げてみると、彩ちゃんは明るい日差しに浮き上がった美しい商店街の入り口の虹のアーチの下に来ていました。周りを見渡すと広ーい野原がどこまでも続いていて、それと同じように商店街の先も小さな点に見えるまでずっと続いていました。

「この道のどこかに、彩ちゃんの探しているものが必ずあるはずだから」

「探しているもの？」

お母さんはやさしく頭をなでてくれました。その時、彩ちゃんはお母さんにはもうこれで二度と会えないという事を感じ、お母さんの服にちりばめられていた星を一つ取ったのでした。

「お母さんがここに居られる時間はもう終わり、名残惜しいわね、でも、さあ行きなさい、彩」

彩ちゃんはうなずくと商店街へ向かって歩き出しました。お母さんの言葉には有無を言わせぬ強さを感じたからです。

「彩、くじけちゃいけませんよ、しっかり生きるんですよ……彩」

お母さんの涙声に振り返った時にはもう姿はありませんでした。

彩ちゃんは歩き続けました。人っ子一人いない商店街をどこまでも歩き続けたのです。うつむいて、ただ歩き続ける瞳には何も映りませんでした。うつむいた視線がレンガの壁にぶつかり歩みを止めました。顔を上げるとそこには大きな樹が立っていて周りをレンガ作りの花壇に囲まれ、横には白いベンチが置かれていました。通りの真ん中ですが、小さなロータリーのような休憩スペースになっているようです。歩き疲れていた彩ちゃんは無意識にその白いベンチに腰掛けましたが、その時、頭の上の木の枝で何かが動いたのには気が付きませんでした。レンガの花壇の真ん中の大きな樹の幹には鳥の巣箱くらいの青い小さい家が掛けられていて、そこからちょうど彩ちゃんの上に枝が伸びていました。彩ちゃんの頭上で動いたのは、青い小さい家から飛び出してきた、青い小さな人でした。

『白いベンチに座ってくれたのは、女の子だ』

青い小さな人は枝に腰掛けて、じっと彩ちゃんを見下ろしていました。

『やっぱり、すっごく大きな悲しみを持ってる。今年拾った、幸せの欠片はあの子にあげよう、きーめた』

青い小さな人がズボンのポケットから青く光る小さな石を取り出すと、彩ちゃんに向けて落としました。その石は蛍のようにゆっくりと明るくなったり暗くなったりを繰り返しながら彩ちゃんの胸の辺りまで下りてゆくと、その胸に吸い込まれるようにスーッと消えていきました。

『これで良し、今年の役目は終わりだな、目覚まし時計も修理したし、春まで寝ようかな』

青い小さな人はあくびをしながら、青い小さな家へ戻っていきました。

そんな事は知らない彩ちゃんですが、しばらく休んで足の疲れが引いたころ、周りを見渡すとの目を引く看板がありました。そこにはこう書いてありました。

『希望の星へ続く道、入り口』

そこは、商店と商店に挟まれた細い通路になっていました。通路の入り口に扉は無く、石畳の小道が続いています。彩ちゃんがその道を進んでいくと、急に辺りが暗くなってきました。

『なに、』

瞬きをする間に、そこには星明かりに照らされた夜の世界が果てしなく広がっていたのです。彩ちゃんの足元から先には、いくつもの道が放射状に地の果てに向かって伸びています。そして空の星は銀色にきらめいていました。彩ちゃんが後ろを振り返ると、もうそこには何もありませんでした。星のまたたく荒野があるだけでした。

『戻る道は無いってこと』

そう思った時、横から声がかかりました。

「彩ちゃん」

驚いて思わずしゃがみ込みましたが、そっと目をあげるとそこには若い男の人が立っていました。

「ごめんごめん、脅かしちゃって、ボクはただのここの案内人だよ」

若者はそう言うと、彩ちゃんをじっと見つめ、彩ちゃんを見定めるような真剣なまなざしをして、腕組みをしながら考え込んでいましたが、急に笑顔に戻るとこう言いました。

「わかった、彩ちゃんはあの道だね」

そう言って無数の道の中の一本を指差しました。その道も他の道同様に地平線の彼方に消えていました。

「おーい」

若者が星空に向かって呼びかけると、一つの星が一瞬強い光を放ちました。その光が作り出した彩ちゃんの影がムクムクッと起き上がり、彩ちゃんそっくりの女の子がそこに立ちました。若者は星影の彩ちゃんの手を引いて、さっき指差した道まで連れて行って背中をポンと押しました。するとその星影の彩ちゃんは真っ直ぐに振り向きもせずにその道を歩き始めたのです。その道の前には『歌手の道』と書かれた木の看板が立っていました。

若者は呆然と立ちすくんでいる彩ちゃんのそばまで来て話し始めました。

「もう君はどんな事があってもくじけないよ、影があの道を歩き続けている限り、道を間違える事もなければ、踏み外す事もない、君はいつかきっと希望の星を………」

その言葉を聞くうちに無性に眠くなり、立っている事が出来ず若者にもたれかかっていました。

・・・

「おい、君、どうしたの、大丈夫、こんなところで寝ていたら風邪引くよ」

ブランコのくさりに寄りかかって寝ていた彩ちゃんを揺り起こしたのはパトロールのお巡りさんでした。

「あらあたし、何してたのかしら、こんなところで」

立ち上がった彩ちゃんの膝から何かがポトッと落ちました。拾ってみるとそれは星型をした小さなガラスの飾りでした。

「星が落ちたのかしら」

それをポケットにしまいながら、夜空を見上げそうつぶやきました。

それからの彩ちゃんは見違えるように明るくなりました。まるで悲しい出来事を忘れてしまったかのように。今日も彩ちゃんは公園で友達と元気に遊んでいます。でもそんな彩ちゃんの影が他の子たちに比べて、ほんの少し薄いのに気づく人はいませんでした。彩ちゃんの星影は、あの道を今も歩み続けているのでしょう。

18・アドルアーム（part1）

耕作さんは三十七歳、平凡なサラリーマンです。毎日同じ時間に起床、決まった時間の電車で会社へ向かい、決まった時間に帰宅します。たまにはお酒を飲んで帰る日もありましたけど……。

家には十年前に結婚した綺麗な奥さんと七歳になる女の子が一人、それから三歳になる男の子が一人いるのでした。耕作さんがお風呂に入っているといつものように奥さんの声が聞こえます。

「あなたー、ごはんよ」

耕作さんは息子の耕一を抱き上げ『よっこらしょ』と言いながら湯舟から出ました。なに不自由なく、たいした不満もない、どこにでもあるような家庭の姿でした。それなのに耕作さんはこの頃気分が晴れません、心の中に何かが引っかかっているようでした。お酒を飲んで帰る日が心もち増えました、そんなある秋の週末の事です。耕作さんは久しぶりにテントとシュラフを持って山へ出かけました。学生時代にワンダーフォーゲル部で慣らした耕作さんです、山へ向かうことで少しでも気分転換になればと思ったのです。若い人たちに混じって山道を歩き時々立ち止まっては額の汗を拭きました。空を見上げると秋特有の抜けるような青さの中にウロコ雲が浮かんでいます、振り向けば色づく木々の間でススキの銀の穂が流れるように揺れていました。

頂を越えたところに静かな高原が広がっていて、その中に地図には無い小さな沼があるのです、池と呼ぶ方が正確かもしれません。でも耕作さんの心の中では、それは永遠の秘密の沼でした。ここまで来る人はあまりいませんし、その沼の事を知る人も少ないはずでした。耕作さんは学生だった頃に偶然見つけたその沼がとても気に入っていて、昔はしょっちゅう通ったものでした。沼岸についた時には日が暮れかけていました。

「若い頃には昼過ぎには着けたのに、さあ急がないと」

耕作さんはそうつぶやくとテントを張り食事の準備にかかりました。ランタンに火を点す頃、熱いシチューが出来上がりました。満天の星空の下で食べるシチューというのはここへ来た時のお決まりのメニューでした。夜になると風はかなり冷たくなりました。厚手のシャツの上にセーターを着込み、倒木に腰掛けてパイプをくゆらせながらスキットルに入れてきたウイスキーをちびちびと飲んでいると、東の山陰から月が昇ってきました。ランタンの周りには虫たちが集まって回っています。それをぼんやり見つめていた耕作さんは、その時なにかを思い出しかけていました。

『あれはずーっと昔、そうだ、まだ学校へも行っていない頃の事だ、山の中を歩いているうちに道に迷った、それでも当ても無く歩いているると広い野原の一本道に出た、その道を真っ直ぐ歩いていくと、そう、店が何軒も並んでいる草原に出た、それは、そんなところには決してあるはずのない、商店街だった……』

月を見つめながら遠い記憶を探ります。

『そこで何かがあった、出会い……出会い、それとも何かを買ったのか、いやもらったはずだ……なんだったろう……そうか夢だ、あの時以来、ずいぶん夢を追い続けてきた』

心の中のわだかまりがほんの少し溶けかけてきたのを感じました。

『小学生の頃はパイロットに憧れていた、中学の頃は天文学者になろうと思っていた、高校に入る頃になると世界的大発明や大冒険をやって有名になろうと思った、それなのに、大学を卒業の頃には誰にでも手が届きそうなちっぽけな夢に変わってしまった。現実に気づいた、いつ叶うとも知れないものを追い回すより、一緒に年を重ねてくれる妻がいて子供がいる、ささやかな幸せ、いつの間にか危ない橋を渡るより、石橋をたたいて渡る人生を選んでいた。肩を組んで歩く恋人たちを横目に、私は絶対そんなものにうつつを抜かすような事はしないと固く心に誓っていたのに、……それなのに……こんなありふれた人生にはありふれた将来しかありゃしない、大きな夢を高く掲げ、わき目も振らずに走っていた頃、未来は輝いて見えていたのに……いったい何人の男が夢を叶えられるんだ』

気がつくと大粒の涙が膝を濡らしていました。

「こんなはずじゃなかった」

耕作さんがおもわずそうつぶやいた時です、東の空の満月の中から何かが飛んできました。黄色く光る月を背に、虫のような影が近づいてきます、虫ではないようです。キラキラ光る砂のようなものを振りまきながら耕作さんの目の前まで来て止まりました。小さな女の子のようでした。白い体にトンボのような羽を背中に持ち、肩にかかった栗色の髪の間から大きな黒い瞳がのぞいていました。大きさはちょうど耕作さんの親指くらい、動くたびにキラキラ光る砂のようなものが体からこぼれました。

「君は？　……」

「あたし、私はあなたが生まれたとき、一緒に生まれたあなたの夢なのよ」

「私の夢」

「そう、十月の満月の夜、自分の主人が『こんなはずじゃなかった』って呪文を唱えるとその人のところへ行くことが出来るの、そしてその人の夢を叶えてあげることができるのよ」

「夢が……いまさら」

耕作さんは目を閉じてうつむきました。

「あなたの夢が叶わなかったのは私のせいなの、私の持っていたあなたの夢は大きくてとてもおいしそうだった、だからバクたちはみんなそれを食べたがっていたわ、そしてある日とうとう、バクたちに隙をつかれて夢を食べられてしまったの、あなたの夢である私の持ち物は、なんの魅力も無いありふれたものだけになってしまったの。でも今夜の私は違うわ、あなたの夢を叶えてあげることが出来る、その力が今の私にはあるのよ」

耕作さんの夢だと言う女の子は肩に止まりました。

「さあ行きましょう」

「行くってどこへ」

「決まってるでしょ、人々の夢の世界、月と地球の間で月にずっと近いところにある、アドルアームよ、私の暮らしているとても美しい国よ」

肩の女の子が羽をゆっくり動かすと耕作さんの体はフワリと浮き上がりました。目を下に向けると月を映した沼が銀色に輝いています、耕作さんと女の子は満月に向かって一直線に夜空を駆け昇って行きました。

「下に何かが見える、明るい町並み？」

まだ状況がよくわからない耕作さんの眼下に見えてきたものがありました。

「この辺りがアドルアームと地球の中間地点ね、今下に見えているのは妖精たちの商店街、こちら側の世界の中心だって言う人もいるけれど、どうかしらね。それはともかく人は生涯に一度だけあの商店街を訪れることが出来るの。耕作さんも小さい頃通ったはずよ、その時から私の持つ夢袋はみるみる大きくなって困るくらいだったもの」

耕作さんは思いました、それこそが先ほど思い出しかけていた記憶なんだと。

しばらくして、前方に見えていた月と後ろに遠ざかっていく地球が同じくらいの大きさに見えるようになった時、肩の女の子が前方を指さして言いました。

「あそこにアドルアームの入り口があるのよ」

耕作さんにはわかりませんでしたが、やがて視界いっぱいに銀色の岩のゴツゴツした月が広がって、あっ、と思った時には大地に降り立っていました。空は深い青色で、太陽は見えませんが明るい光が降り注いでいます。あたたかな風が一面の草原をゆるやかに波打たせていました。その向こうの小高い丘には真っ白な塔が立っていてそこに何人かの人や馬のような動物の姿が見えます。振り返ると大きな川が流れていて岸には色とりどりの花が咲き乱れ、水鳥が羽ばたき数人の娘たちが戯れていました。対岸にはレンガ作りの家が立ち並ぶ町並みが広がっているのが見えました。耕作さんは近くの泉の岸まで歩き、そこで水面に映った自分の姿を見て驚きました。そこには二十歳くらいの若者が映っていたのです。

「これが、ここが、アドルアーム」

「そう、ここでは誰もが年を取らない、そして人生をやり直すことが出来る、やりたい事ができるの、夢が叶うわ、ここには何だってあるのよ、学校だって、研究所だって、飛行場だってあるわ、なんといってもここは世界中の人たちの夢が集まって出来ている国ですもの」

耕作さんの頭の中は混乱していました。なんの心の準備も無く、いきなり異世界に放り出されたようなものです。呪文を唱えたと言うけれども、そんな認識もありませんでした。出発すると突然いわれましたが、それを了解したわけでもなかったのに、気がついたらここにいたのですから……。確かに最近は心のもやもやが溜まっていたかも知れません。それは、突き詰めて考えてみれば、若い頃思い描いていた未来と現実との違いに失望と戸惑いを感じていたのかも知れません。だからと言って、このような形で振り出しに戻ってやり直しましょうと言われても、あまりの展開の速さに心が追いついていませんでした。

「そんな事を言われても、突然の事で、状況が理解できないんだ」

「今すぐ何かをしようなんて、そんなに焦らなくても良いと思うわ、これまでだってずっと夢は夢だったんだから、少し時間を掛けて考えてみればいいわ」

耕作さんは泉のそばに腰を下ろしました。脇にはバラの茂みがあって、ほのかな花の香りが香っています。

「それで、この国に来た人はここで何をしてるんだろう」

女の子はうすもも色のバラの花に腰掛けました。

「もちろん、夢を実現させているの、大きな帆船を作って冒険旅行へ出た人もいれば、島に姿を変えた人もいる、海の底で暮らしている人もいれば、南の島を買い取って動物の楽園を作ろうとしている人もいる。憧れのスターそっくりの人と結婚して楽しく暮らしている人もいる」

女の子はうれしそうに話を続けますが、耕作さんは素直に喜べませんでした。

『それもいいかな……過去なんか捨ててしまって……やりたい事を……』

耕作さんはそんな事をぼんやり思いました。

『でも……いや幻だ、20年前の私ならそれも出来たろう……それに、よくよく考えてみれば、今の自分は落胆するほど惨めなのだろうか……そもそも夢って何だ、実現さえすればそれで良いのか、夢を叶える事？　それがすべてという事でもないようにも思う……』

目を閉じたままの耕作さんは、心の中で自問自答を繰り返していました。

『憧れを抱き続ける……それがあの頃の生きてく希望でもあったし、挫折も確かにあった……そうやって少しは成長してきたんだと思うし……そして今の私がいる』

バラの香りを含む暖かなそよ風が頬をなでていきました。

『叶う夢があれば、形を変えていく夢もある……どちらが正しいなんて誰にも決められない……やっぱり私の居場所は』

閉じていた目が開いていきます。

『そういう事か』

そしてゆっくりと立ち上がりました。

「ここで出来ない事はないんだね」

「もちろんよ」

「じゃあ地球へ帰る事は？」

「えっ、……出来るけど……もし帰りたければ私をそこに咲いているバラの棘に刺せばいいの、でもよく考えてね、私はあなたの夢、その私を棘に刺し止めてしまえば夢はそこで終わり、二度と叶うことはないのよ、あなたは運のいい人、この国に来ることが出来るのは十月の満月の夜に呪文を唱えた人だけ、誰もが知っている呪文じゃないわ、だからここへ来られるのは年に一人いるかいないかなの、そのチャンスを逃すなんて事しないわよね」

バラの花に座って、身振り手振りで楽しそうに話していた女の子を耕作さんはいきなり鷲づかみにしました。

「キャー、なにするの、私を刺したらあなたの夢はそこに釘付けよ！」

耕作さんの手の中で女の子はバタバタ暴れ、指に噛みついたりもしました。

「いいんだ、今の私の体は私だけのものじゃない、私がここに留まってしまったら家族はどうなる……夢は形を変えていくんだ、だから……悪いのは君じゃない、バクに夢を食べられたと言っていたけどそれは違うと思う、そんな事で夢が消えたら救われないけど、たぶんしぼんだ袋に入りきれずこぼれた夢をバクが食べたんだよ、袋がしぼんだんだとしたら、きっとそれは私の勇気が足りなかったから、それと心の迷いがいけなかったんだ、でも、もう迷わない、君のおかげでやっと気づいたんだ、今の私の夢はささやかな幸せさ……それでいい」

「あなた本気なの、今すぐ決めなくてもいいのよ、やめてーやめてよー」

耕作さんはバラの棘に女の子の背を向けました。バラの木をよく見ると、女の子にそっくりの小さな人が何人か刺されて干からびていました。女の子の涙が指を伝わります。

「もう一度考えてみて、お願い」

やけどしそうなほど熱い涙でした。

「さよなら私の……夢」

気づくと、耕作さんはすっかり夜の明けた沼岸のテントの前にただずんでいました。夜通し何をしていたのか、どうした事か記憶がありませんでした。ただ、心の底から、こみ上げてくる思いがありました、言葉にはなりません、感じるのです。さあ家へ帰ろう。

・・・

長い夢からさめて
足元に目を落とす
くるぶしまで包み込む、青い草の上
目を上げれば、あたたかな陽射しが躍っていた

・・・

テントをたたむ耕作さんの心に、そんな言葉が流れ込んできました。心は穏やかでした。

19・アドルアーム（part2）

アドルアームは夢の国、世界中の人々の夢が、小さな女の子の妖精の姿を借りてほのぼのと暮らす夢の国。ここへやってきたわずかばかりの人間と夢を司る王様の住む美しい国。でもたいていの人たちはそんな国がある事を知りません。たとえ話したところで誰も信じてはくれません。でも、アドルアームは確かにあるのです。地球と月の間でずっと月に近いところ、そこにその国はあるのです。

「また一人、バラの棘に刺されたそうよ」

「ここのところ続けて二人だわ……、どうしてかしらね」

そんなひそひそ声が聞こえてくるのは、アドルアーム王宮の王様の会議室の窓からでした。何億もの夢の化身の妖精たちを代表して、数百人の妖精たちが王様を囲んで会議を開いていました。

「呪文を唱えてやってきた者たちが、アドルアームを去ってしまう事件が続いているようじゃ、どうしたものかのう」

豊かな金色の口ひげを蓄え、赤地に金の刺繍をほどこした重そうなガウンを着た王様は困り果てた顔をしていました。玉座に座りそのまなざしは虚空を虚ろにさ迷っていました。頭には金の台座に、赤い布を金糸で張り付けた王冠が載っていてその重さに、押しつぶされた眉毛と眉間には深いしわが刻まれています。それが、ことのほか沈痛な困り果てた表情を作りだしていました。しかし、どこまで真剣に悩んでいるのかはいささか疑問です。妖精たちの手前、苦悩を装っているふしがありました。それというのは、眉の下のつぶらな大きな瞳は、ランランとした光をたたえていたからです。それは言葉で言うほどには事態を悲観していない、そういう王様の心を映していたのでしょう。新たなアイデアを促す、そんな狙いがあったのかも知れません。

「王様、私に考えがあります。私は最近バラの棘に刺された妖精の事件をいくつか調べたのです、そしてあることに気がつきました。ここへやってきた人間たちには共通点があるのです。まず第一にここへやってくる人間たちには大抵もう若さがないという事です。なにしろ呪文が『こんなはずではなかった』ですから、こんな言葉をつぶやく人間はあまり若くはないと思うのです」

「しかし呪文を変えるわけにはいかぬぞ」

「承知しておりますわ、続いて第二にここへ来た人間たちは若くないのですから叶えるべき夢が小さなものになっております、そして叶えたいという願望も薄れかけてしまっているのです」

王様も妖精たちも揃ってうなずきました。

「第三に、ここへ来た人間たちには家族という者があってそのために未練が残って地球での生活を捨てきれないのです。結論といたしましては若く夢多く、独り者でしかも夢の叶う望みの少ない者を連れてくれば良いと思うのです」

「でもここへ来られるのは年に一度、それも十月の満月の夜に呪文を唱えた人だけよ、こちらから来る人を選ぶなんて出来ないわ」

誰かが意見をのべましたが、その後は沈黙の時間が過ぎ、考え込んでいた王様が顔をあげました。我が意を得たりといった微笑がそこに浮かんでいました。

「いや、出来ない事ではない、妖精たちの商店街を通せばアドルアームと地球を結ぶ橋が架けられる。夜の訪れる事のない妖精たちの商店街を境にして夜から夜への橋を架けられれば……よし、一つ試してみよう、若い人間を呼んでみよう」

そう言った王様の瞳は、キラキラと輝いていました。

「そんな商店街があったの」

「人の夢を守り寄り添う、いわば人々の分身である私たちからすれば異端の妖精や、精霊のたぐいが住む商店街の事よ、でもあの道を通って地球へ行けるなんて知らなかったわ」

夢の妖精たちはささやき合いました。

「誰か、私の主人こそはと言う者はおらぬか！」

その声に答えて、みかん色の羽を持った妖精が手を挙げました。

「私の主人がいいわ、ほら夢だってこんなに大きいもの」

そう言って持ち上げたみかん色の夢袋はパンパンに膨らんでいたのでした。

・・・

古びた木造のアパートが立っていました。少し離れた場所にはしゃれたマンションが立ち並んでいるのですが、その一画にはまだそういった古い建物が残っていました。ギシッ、ギシッと言う階段のきしむ音に続いてドアの開く音、そして閉まる音と共に部屋の中に裸電球の明かりが灯りました。時計の針はもう夜中の十二時を回っています。こんな時間になってやっと仕事を終えた浩子さんは誰もいない自分のアパートの部屋へ帰ってきたところでした。部屋の中だというのに吐く息は真っ白で、浩子さんは両手を口に当ててハーハーと息をかけていました。

「寒いわ、もう十一月も終わろうとしているんだからしかたないわね、でもせめて体を温めるためのストーブが欲しい」

首に巻かれた暖かそうなピンクのモヘアのマフラーは一昨日の十九歳の誕生日の記念に自分で編み上げたもので、浩子さんを飾る唯一つの彩りでした。何しろまとっている赤いコートも、グレーのスカートもみんなつぎはぎだらけなのです。両親を早くなくした浩子さんは町のレストランでウエイトレスをしながら一人でアパートで暮らしています。十一時に最後のお客さんが店を出た後、後片付けをして帰ると毎日こんな時間になってしまい、わずかばかりの給料はアパートの部屋代と食費で消え去り、服やストーブを買うお金はほとんど残らないのでした。それでも浩子さんは泣き言は言いません。浩子さんには心の支えとなる夢があったからです。いつの日にか一流の女優になって満員のホールに立ちたい、私の演技で人々を酔わせてみたい。そう思うと不思議につらい事も我慢できたのでした。そんな浩子さんでしたが、時々寂しくなる事もありました。今日のように星が綺麗な寒い夜には、意味もなく涙がこみ上げてくる事があったのです。

半分欠けた月の光が、ほとんど家具らしい物の無い寒々とした部屋の畳の上に四角い格子型に差し込んでいました。浩子さんが光の差し込むそのベランダの窓を開くと冷たい夜風が吹き込んできて目に沁みました。目が潤み、星が瞬いて見えたその時です、月の方から時々キラッキラッと光りながら近づいてくる物に気づきました。

『なにかしら』

よく見ようとして瞬きをした時にはそれはもうベランダに届いていました。それはガラスの橋でした。今度はその橋をみかん色にうっすらと光る親指くらいの女の子が滑り降りてきて、浩子さんの肩に飛び移りました。

「こんばんは」

浩子さんは突然の事に目をまんまるくしたまま声がでません。

「驚かせてごめんね、私はルル、あなたの夢の化身なの」

「私の？」

「そうよ、今日はね、あなたを夢の国アドルアームへ招待しようと思ってここへ来たの」

「アドルアーム？」

「アドルアームでは王様や、大勢の夢の妖精たちがあなたの来るのを待っているわ、さあ行きましょう」

「でも……」

浩子さんは戸惑いました、明日の仕事だって休めないし、夢なら覚めてと考えていました。

「ねえ、早くしないと夜があけちゃうわ、太陽が出ると橋は消えちゃうもの」

「ちょっと待ってて、服を着替えるから、こんなボロじゃだめでしょ」

夢の国、王様、普段口にしない言葉を聞いて身なりの事を考えましたが、そう言ってしまってから着替える服を持ち合わせていない事をあらためて思いました。

「いいのよそんなこと、アドルアームへ行けばどうにでもなるわ、夢の国なんだから」

肩のルルがトンボのような羽を羽ばたくと二人は橋の上をスルスルと滑り出しました。はるか下の方に点々と見えていた町の明かりが見えなくなり、しばらくすると急に暖かな陽射しが照り付けてきました。橋の上をすべるように進む浩子さんが身を乗り出すようにして見下ろすと、一面の広ーい草原の中に一本の道が続いていて、その両側に点々と小さな店が並んでいるのが見えました。

「ここは何処かしら……」

「妖精たちの住むところ、あそこに見えてるのは商店街、人は生涯に一度だけあの道を訪れる事が出来るの。浩子さんはもう通ったのかしら、あそこを」

ルルにそう言われて、あらためて草原の中に続く商店街を見下ろすと、浩子さんの胸の奥の柔らかな部分が微かにうずいたように思いました。

『なにか懐かしい思いがある』

でも、形のある記憶はよみがえってはきませんでした。名残惜しさと共に商店街は遠くなり、再びあたりが暗くなると、後ろには青く浮かぶ地球、前方には半分欠けたあばただらけの月が同じくらいの大きさに見えていましたが、あたりはほんのり明るくなり、花の香りを含んだ暖かな風を頬に感じた時には柔らかい草の上に降り立っていました。まるで蛍の光に照らされているような微かに明るい夜の草原でした。目の前に黒いシルエットとなって西洋風のお城がそびえ、ずっと遠くの方に町の明かりらしいものが揺れていました。

「アドルアームへ着いたわ、もうすぐ夜明けよ、新しい世界のはじまりよ」

「私……どうすればいいの」

「浩子さんはずっとこの国に住むの、そして夢を叶えればいいわ、一つの夢を叶えたらまた新しい夢を探すの、ね、素敵でしょ、悲しみなんてこの国には無いし、働く為に自分の時間を割く必要もないの、やりたい事をしていればいいしそれに飽きたら旅に出てもいいわ、そこで優しい彼にであったら恋をするのも自由……、来て良かったでしょ！」

「えっ、ええ、でもそれほんとうなの」

「もちろんよ」

　町の方の空が燃えるように赤さを増していき、バラ色になり、やがて空一面が朝焼けに染まりました。浩子さんはじっと立ったまま夜明けのドラマの美しさに見とれていましたが、あたりがすっかり明るくなった頃、ハッとわれにかえりました。

「もしもよ、もしも寂しくなったら地球へ帰れるの……」

「どうして、浩子さんには地球に頼れるような人は一人もいないでしょ、両親もいないし恋人もいないわ」

「お願いルル、答えて」

　夢の化身たちは嘘をつくことが出来ません。

「ほら、あそこに白い塔の立つ丘があるでしょ、あの向こうの野原にある泉のほとりに野バラの茂みがあるの、その棘に私を捕まえて刺せばいいわ」

ルルはちょっと悲しそうな目をしましたがそう教えてくれました。

「王様のところへ行きましょう、みんなを紹介するわ」

二人はすぐそばに見えている大きなお城につづくなだらかなスロープをゆっくりと登っていきました。

「ねえルル、どうしてあなたは私をここへ連れてきてくれたの」

「それはね、あなたの夢はたくさんあるけどちっとも叶いそうもないからよ、あなたの夢は女優になること、それからフライトアテンダント、まだあるわ、世界中を飛び回りながら紀行文やエッセイを書く女流作家。ところが毎日毎日仕事に追われて自分だけの自由な時間すらない、お金も無い、それじゃ何もできやしないわ、私にできる事はその夢を見失わないように、バクたちに食べられないように守ってあげる事くらいだわ、でもそれじゃあなたの夢は空回りするばかり、だから私」

「もう結構よ！」

浩子さんはほとばしる大きな声でルルの言葉を途中でさえぎりました。うれしそうに浩子さんの周りを飛び回っていたルルはおもわず草の上に落ちて膝をついていました。

「ごめんねルル、脅かしちゃって、でも……私だってわかってたわ、このままじゃだめだって、なにも出来ずに年を取ってしまうって……」

浩子さんもルルの横の草の上に腰をおろしました。ルルがちいさくつぶやきます。

「かわいそうな浩子……でももう大丈夫よね」

「私は、人からそんな風に思われているのね、きっと」

握り締めた浩子さんの手は小さく震えていました。

「でもね……だからってここで夢を叶えたから何だっていうの、無理やり夢を叶えさせてもらって結局なんだっていうの、ここは、私の元居た世界とは違うんでしょ」

「浩子……ここはアドルアーム、確かに浩子がさっきまで住んでた世界とは違うわ」

ルルはその小さな目で浩子さんを見上げました。浩子さんは目にわずかに涙をにじませて歯をくいしばっていました。

「という事は、私を知っている人は誰もいないって事でしょ、幼馴染も、アパートの大家さんも、それにここで生きるって事は、父さんや母さんと暮らした昔の思い出とのつながりは切れてしまうのよね、世界が違うのだもの」

「わからないわ、私わからない、なぜそんなこと言うの、夢が叶うっていうのに、それがどうして不満なの、ここにさえいればどんな事だって出来るのに……、幼馴染の友達が欲しいならそう望めばいいじゃない、夢として叶えればいいじゃない、思い出が大事なら思い出の丘みたいな自分だけの記念碑を建てるのはどうかしら」

「そうねえ」

浩子さんはルルを見やりました。ルルの気持ちはよくわかりました。そこには善意しか無いのです。それが伝わってくるので、自分の気持ちをどう言葉にすれば良いのか、そして何をすべきなのか、わかりかけていても、それでも迷いがありました。

「やっぱり、違うかな、それでも良いという人も中にはいるかも知れないけど、私はそんな風に割り切って生きられるほど、器用じゃないもの」

浩子さんの目は遠くの一点を見つめたままで動きません、身振り手振りでアドルアームでの暮らしを提案する、ルルの言葉も耳にはいらないようでじっと考え込んでいました。

やがて大きなため息を一つつくと視線をゆっくりとルルの瞳に向けました。

「やっぱり私は……自分の好きなように生きていたいの……自分の生きる道は自分で選びたい、同情されてそれに甘えていたくない、夢が叶うなら私の力で……たとえ少なくても、私のことを知っていてくれている人がいて、身近には昔の思い出がいっぱいあって、好きな人も嫌いな人も全部含めて、大勢の人々が集う地球で生きたいの、やっぱりここには居られないわ」

浩子さんはそう言うと、隣に座っていたルルの羽を突然つまんだのでした。

「な、何するのよ」

「もし、もしも夢が叶わなくてもいいの……夢を見続けてさえいられたら……」

浩子さんは駆け出しました、泉のほとりの野バラを探して。

『待て！　娘よ、そこにいるのはお前の夢の化身じゃ、それを滅ぼす事は、すなわちおまえ自身の未来を打ち消す事になるのだぞ』

それはお城のほうから響いてくる王様の声でした。

「だって……だって私」

足をもつれさせた浩子さんが崩れるように倒れこむと、自由を取り戻したルルは『王様ー』と泣き叫びながらお城の方へ飛び去って行きました。

『わしが間違っておったらしい、娘よ地球へ帰るが良い、今夜また橋をかけてやろう』

玉座に体を預け目を閉じた王様は微動だにしませんでした。

浩子さんはお城へ招かれ不思議なごちそうや妖精たちに囲まれて楽しい時間を過ごしました。人々の夢の化身である妖精たちは、それこそ浩子さんが思いもつかなかったいろいろな夢を持っていました。そういった夢物語に触れた事で浩子さんの夢も、また夢に対する思いも変化をしていきました。違った角度から見つめなおし、そのおかげで気が付かなかった事に気づいた、少なくとも、浩子さんにとってそれは無駄な時間では無かったのです。

夜になり、浩子さんが橋の袂まで来たときです。お城の方からあわただしく飛んできたルルが浩子さんの服の胸ポケットに何かをそっと入れました。浩子さんは気づきませんでしたがそれは王様がこっそりとルルに渡してくれた物で、アドルアームの大地に育った四葉のクローバーの種でした。種はやがて浩子さんの心に根付いて多くの葉を茂らす事でしょう。

「さよなら浩子、わたしね、浩子と話しててね、夢は叶えるためだけのものじゃないってなんとなくわかった気がするの」

「そうなのかな、私も、ルルに出会って何かが変わった気がするな。でもしっかり私の夢、守っててね！　元気でねルル」

「うん、浩子が元気でいる限り、私も元気でいられるからそんな事心配ないわ、それより、浩子こそしっかり生きなさいよ」

浩子さんは橋を滑っていき、やがて夜空の彼方に消えました。今頃はアパートのベランダで月を見ているかもしれません。でももうアドルアームへ行った事など忘れてしまっているでしょう。

アドルアームはそういうところにあるのですから。

20・アルプスの白い花（恋）

日陰になった電車の窓に片肘をついて静かな寝息を立てている青年がいました。旅の疲れがつかの間の夢を見させているのでしょう。横には大きなザックが青年にもたれるように置かれていました。ゴトンという振動で目を覚ました時、電車はちょうど駅につくところでした。青年は目をこすりながら視線を外に向け、駅名を確かめると横のザックを重そうに背負いホームに降り立ちました。七月の太陽の強烈な日差しは起きたばかりの青年にはまぶしすぎたようです。

「ここがグリンデルヴァルトなんだ」

そうつぶやくと、ちょっと目を細めてあたりを見回しました。そこはユネスコ世界遺産にも登録されているスイスのユングフラウ地域への観光の要の駅でした。夏はトレッキング、冬はスキー客でにぎわう所です。村はアイガー北壁の麓に位置し、氷河の他にも雄大なアルプスの花畑を展望することも出来る観光の拠点でした。駅を出ると道の両側には山小屋風のホテルが立ち並び、その向こうの小高い丘は牧草地になっていて淡い緑のカーペットが緩やかかな起伏を見せています。さらにその奥には巨大な壁のように岩と雪の山々が高さを誇りあっていました。ゴツゴツした立体感あふれるその威容は、まるで手を伸ばせばその雪をつかめそうな錯覚を起こすほどの近さに大きくそびえていました。

青年はゆっくりと歩き始めました。ホテル街を抜けると一面の牧草地が広がり道はさらにその奥へと続いています。太陽は真上にあり、さえぎる物の一つも無い澄んだ空気のもとで容赦なく青年に降り注いでいました。小一時間も歩くと体は汗ばんできました。それでもアルプスを渡る高原の風は涼しく額に光る汗を心地よく乾かしてゆくのでした。登ってきた道を振り返るとずっと下のほうにグリンデルヴァルトの村が広がり、ユングフラウヨッホの方から下ってくる登山電車が小さくおもちゃのように見えています。いえ、登山電車だけではありません、この谷全体がまるで作られた箱庭のように美しいたたずまいを見せていました。

青年はすぐそばの岩に腰をおろすとしばらくその景色に見とれていました。汗ばんだ服が次第に乾いていきほんの少し肌寒さをおぼえた頃、足元に目を落とすと一株の白い小さな花が咲いているのに気づきました。肉厚の花びらには短い毛が密生していてその花が、五から六輪寄り添うように咲いている様子は、青年の目には美しいというよりもの悲しげに見えたのでした。

『日本の山のどこかで、これに似た花を見た事があったな……そうだ、ウスユキソウに似ている』

そんな事をちょっと考えただけで直ぐに目をそらしました。青年は悲しげに見えたその花をそれ以上見つめる事に耐えられなかったのです。ゆっくりと目を閉じると小さなため息を一つつきました。その時、誰かが青年の肩をついたのです。目を開けたとき、そこには白い服に金色の髪、青い目をした少女が青年のとなりにちょこんと座り、じっと青年の目を見つめていました。

『いつの間に来たんだろう』

青年は思いました。

『私はずーっとここに居たわ……あなたがここへ来るもっともっと前から』

少女の声は直接心の中に聞こえてきました。少女の唇は閉じられたままなのです。それでも目だけはかすかに微笑んでいました。

『悩みがあるのね』

『この子はいったいなんなんだ、なんでこんな事聞くんだろう』

青年はそんな事を考え続けていました。

『恋を……しているんでしょう……でもその気持ちを伝える事が出来ないでいる、どう、そのとおりでしょう』

青年はドキリとしました。少女は心に話しかけるだけでなく、その心を読む事も出来るようなのです。

『なぜ心を打ち明けてみないの？』

「それは」

青年は思わず声に出してつぶやきました。一瞬、言うのをためらったのですが、心を読んでしまう少女を前にしてとうとう観念して正直に話す事にしたのです。

「自分に自信が無くて、もし打ち明けて断られたら……もしそんな事になったら……それが怖くて結局なにも言えないんだ、遠くで見ていられればいいかなって」

青年は遠い目をしてグリンデルヴァルトの村を見下ろしていました。

『自分に自信が無いのは、なにもあなただけじゃないわ、私だって同じ事よ。私がこんな高い山の中に住むようになったのはもう遙か昔の事……自分の姿をあまり見られたくなくて、目立たないところへ目立たないところへと移っていくうちいつの間にか高い山の中に暮らすようになり、気がついたらもうこういう夏でも涼しいところにしか住めないような体になってしまっていたの、それはそれであきらめていたわ、自分でしてきた事だから、でも美しい名前をつけてもらってからまた自分に自信が無くなってしまったのよ。私の名前はたいていの人が知ってるの、でもその姿は知らないという人が世界中にはたくさんいるわ。名前に憧れて私を見にきた人がね、なんだこんなものか……ってつぶやく声が時々聞こえてくるのよ、耳を覆いたくなるような時だってあったの……だけど、ある日気づいたの、私は私なんだって、こんな私でも愛しいと思ってくれる人はいるんだって、自分が思うほど人は私のことを醜いとは思っていないと……今では後悔しているの、何で逃げたりしたんだろうって、逃げたりしなければ南の国の楽園に住めたかも知れないのにって……だけどそんな事はもういいわ、今の私はアルプスの私だもの』

少女は話し終わると青年に笑いかけました。その澄み切った瞳を見たとき、青年は心の底から美しいと思ったのです。

『そうだわ、私の愚痴を聞いてくれたお礼にあなたとって大切な事を教えてあげるわ』

『大切な事？』

青年は首を傾げました。

『とにかくこの丘を登って行きなさい、丘の頂上に立てばそれが何かわかるわよ、きっと』

『君は……君は誰なの……もしかして君は』

『そうよ、私はあなたの足元に咲いている白い花よ』

青年は足元に目を落としました。

『白い花？　……この悲しげな白い花だって』

『失礼ね、悲しげに見えるのはあなたの心のせいだわ』

『名前は？　名前はなんていうの』

『……そのうちわかるわ、きっと……サヨナラ』

少女の姿はかき消すように消えてしまい、足元の白い花は風にかすかに揺れていました。

「丘の上か」

そうつぶやくと青年は歩き始めました。まるで何かにとりつかれたように、振り返る事もせず黙々と急な斜面を登っていきました。丘の頂に立ったところであたりを見回しました。

「なんだ、何もありゃしないじゃないか」

青年がそうこぼしたとき、少し離れたところに何かが見えたのです。

「あれなんだろう、何かあるぞ……町かな……商店街の入り口だ」

まさかこんな所にと思ったのですが、確かめようと近づいてみるとそこはまさしく商店街でした。入り口には虹のようなアーチが架かり、両側にびっしりと小さなお店が並んだ通りは、その先が小さな点になって見えなくなるほど遠くまで続いていました。

青年はその商店街へ踏み込みました。野菜や果物を並べた店、石壁の真ん中に木の扉だけがあって小さな看板が掛けられている店、明るく小ぎれいな書店、東洋の昔話に出てきそうな木と土壁の入り口に木綿の暖簾を下げた店。ただ気になったのはその奇妙な組み合わせだけではなく、青年以外に誰にも会わないのです、店員の姿もありませんでした。ただ何かに引かれるよう、左右の店をのぞきながら通りの奥へとしばらく歩いていくと、

「ボロン」

突然後ろでギターの音が聞こえました。驚いて振り向くと、そこにはギターを抱いて切り株の椅子に腰かけ、店と店の間のレンガの壁にもたれた初老の男がいました。彼の髪は胸までのび、まるいつばの大きな帽子の下から、うつろな目で青年を見つめていました。

「今日のお客は君一人か……」

今しがた通り過ぎた時には居なかった、背筋に冷たいものが走りました。でも青年は自分でも不思議に思うほど冷静にその事を受け止めていました。

『誰かに、似ている』

そう思い立ち止まったまま、ギターを抱いた男と対峙した沈黙の時間が流れました。

「まあいいさ……オレの歌を聴いてくれ、そして何か感じるところがあったなら、この箱に志を入れてくれればいい、くだらないと思ったら立ち去ればいいから、……ずっと昔オレには愛しい人がいた、でもどうしようもないくらい臆病者だったオレは何も言う事が出来なかった……そして今はごらんの通り、この世界でしか生きていけない……この歌には終わりがない、歌いだしたらオレの気が済むまで歌い続けるからそのつもりで」

その男はそう言って、またボロンとギターを鳴らすと歌い始めました。
・・・
あまりに切ない　この気持ちを　伝えるすべもなくて
胸を打つ　その一言　口にする勇気も無い

通りすぎてく　あなたを呼び止める　勇気がない
胸を打つ　その一言　思い出に焼き付けて
すぐそばに　いるけれど　どうしてもどうしても
胸を打つ　その一言　のど元にからみついて

・・・

青年は何故かにじみ出てくる涙を拭きながらポケットを探り、見つけたコインを箱の中に投げ入れました。うつむいたまま歌い続ける男に自分自身の姿を見たような気がしたのです。

『誰かに似てるんじゃない、この人は未来の自分だ、あと一歩を、踏み出す勇気がなかったボクの姿だ』

チャリンというコインがぶつかる音が遠くの方で聞こえたなあと思った瞬間、グリンデルヴァルトの村を見下ろす丘の中腹の岩の上で目を覚ましました。足元にはさっきの白い花が咲いていていました。太陽は西にだいぶ傾いています。

『今、夢を見ていたような気がするけど、どんな夢だったっけ、何か寂しい夢だったような気がする、いつの間にこんな時間になったのか、日暮れが近い、ホテルを探さなきゃ』

そんな事をぼんやり思いました。青年は早足に歩き村へ戻ってきました。何気なく土産店の店先に目を向けると、そこに丘で見かけた白い花が押し花のしおりにされて並んでいました。

「あっ、あの花だ」

手にとって見ると、それにはこう書かれていました。

『アルプスの乙女、エーデルワイス（花言葉：勇気、大切な思い出）』

「そうだ、あの人に、この押し花のしおりを渡して……そして気持ちを伝えてみよう」

何かに背中を押されたように、青年はそんな一人言をつぶやきました。その時、自分でも何故急にそんな気持ちになったのかわかりませんでした。そのしおりを買おうとしてポケットを探ったとき、五枚あったはずのコインが四枚しかない事に気づきましたが、丘のどこかで落としたんだなと思ったのでした。

アルプスの山男たちがその白い花を探し出し、帽子に飾りたがるのは何故なのか、それにはこんな言い伝えがありました。その昔、アルプスの村に美しい乙女が住んでいました。でも彼女を妻に迎えるのにふさわしい男はとうとう現れず、乙女は嫁ぐことなく生涯を終えたそうです。乙女があまりに美しいがゆえに、誰もがためらったのかもしれません。エーデルワイスはその乙女の生まれ変わりで、それを帽子に飾る風習は、美しい乙女を妻に迎えたいという思いを込めての事なのだそうです。

恋を実らせた青年が、このアルプスの乙女伝説というのを知ったのはずっと後になってからの事でした。

21・トンボの眼鏡（旅立ち）

蛍の光、窓の雪、文読む月日重ねつつ
　いつしか年もすぎの戸を……

五年生の教室の窓から合唱が聞こえてきます。もうすぐ卒業していく六年生を送るために毎日放課後に練習しているのです、夕方になって練習が終わりました。

「さよなら、明子」

「バイバイまた明日ね」

校門のところで手を振って友達と別れた明子ちゃんは、一人夕日に長く伸びた影を引きずるようにして歩いていました。その歩き方には元気がなく、どことなく寂しそうでした。明子ちゃんは通りの四つ角を右へ折れました。家に帰るには真っ直ぐなのに……どうやら少し遠回りをして小川沿いの道を通るつもりのようです。小川の土手まで来るとまだ芽を吹いたばかりの柔らかな草の上に座り込みました。遠くの山にはまだ雪が残っていて、その雪がオレンジ色に染まっていました。雪解け水をたたえた小川はかすかなせせらぎの音を立てています。

「私もこの町で卒業式を迎えたかったのに……来年は一緒に中学校の門をくぐろうねって由紀ちゃんたちと約束してたのに……」

それは声になるかならないかくらいのつぶやきでした。

昨日の夜の事です。明子ちゃんのお父さんは会社から帰るとこう言ったのです。

「おかえりなさい、お父さん」

「ただいま明子、母さんは？」

「お台所よ」

「あらあなた、お帰りなさい、今日は早かったのね」

声を聞きつけたお母さんが、暖簾を上げて顔をのぞかせました。

「実はね、今日辞令をもらってね、本社の営業部長を命じられたよ」

「まあ、それじゃ栄転よね、おめでとう。そして戻れるのね、私たちが出会ったあの街に、うれしいわ」

明子ちゃんはその言葉の意味することを直ぐに悟り、黙ってうつむきました。

「………」

「おや、明子は喜んでくれないのかい」

「私、引っ越すのはイヤ、小学校へ入ってから今度で三度目だわ」

「明子ったら、お父さんの出世はいいことなのよ」

「今度だけは引越しはイヤ、せっかく仲良くなったお友達とまたお別れなんて、もうサヨナラはイヤ」

「明子、また聞き分けの無いことを言って」

「だって……だって……来年は一緒に卒業式に出ようって約束しちゃったもん」

そう言って泣きながら自分の部屋へ駆け込んだのでした。

明子ちゃんの投げた小石が小川の水面に小さな波紋を作りました。

「サヨナラってなんでこんなに悲しいのかしら」

そう言って立ち上がり、家へ帰ろうと一歩踏み出した時です、一瞬目の前が真っ暗になり、あっと思った時にはあたたかな日差しにつつまれた広い野原に立っていました。足元から地平線までタンポポの花が咲き誇っていて、ところどころにつくしが芽を出していました。

『私どうしたのかしら』

そう考えながら辺りを見回しているとき、遠くのほうに立ち並ぶ家並みが見えたのです。突然変わってしまった景色、戸惑いもありましたが他に行く当てもなく、そばまで近づいてみるとそこはたくさんのお店が集まった商店街のようでした。入り口には虹のようなアーチが架けられていました。中をのぞくと小さな綺麗なお店が並んでいるわりにはひっそりとしていて人影はありません、そのくせ変なところに迷い込んでしまったという不安も無いのでした。ただ、何かに引き寄せられるように商店街の奥へ奥へと歩いて行きました。都会のカフェのようなかわいらしい店、大人が通うバーのようなお店、変わった店が続いていましたが、明子ちゃんが足を止めたのは一軒のメガネ屋さんの前でした。左右にガラスの飾り窓があり、中には棚が作られていて、メガネのフレームやサングラスが飾られていました。真ん中の入り口の横には、縦長で回転式の陳列棚が置かれていて主にサングラスがたくさん掛けられていました。そこに明子ちゃんと同じくらいの背丈の男の子がいて、棚を回しながら商品をながめていました。

「何してるの」

初めて人を見かけた明子ちゃんは人恋しさも手伝ってか、物おじせずに声をかけました。すると男の子はくるっと振り返りこう言いました。

「ボクに合うメガネを探しているんだよ」

青い野球帽のつばの下で、大きなクリクリした瞳を青空のように澄ませた男の子は、水色のまるいメガネを持っていました。

「子供なのに、そんな色つきメガネじゃおかしいわ」

すると男の子はにっこり笑って胸を張り、少し強張った顔でこう答えたのです。

「だってボク、ヤゴなんだ、もうすぐトンボになるの、だからトンボメガネを買いに来たんだ」

男の子はきっと特大の勇気を込めてそう告白したのに違いありませんが、明子ちゃんは特に驚いたふうはありません。男の子をまじまじと見つめました。そのあと、ゆっくりと笑顔を浮かべ、

「なんだそうなの、『とんぼのめがねは水色めがね、青いお空をとんだから、とんだから』って歌があるもんね！」

そう歌って返しました。男の子は空を見上げてふーっと大きく息を吐きました。

「そうだね、でもボクがこの色を選んだのはその歌のせいじゃないよ」

「じゃあなんで」

その時、男の子は思いました。

『この子は信じてないんだ、ボクがヤゴだって事、まあいいか』

「ボクはシオカラトンボのヤゴだからね、知ってるかな、シオカラトンボって体全体が青いんだ、だから目元も青色って決まってるんだ」

「君には似合うから、いいんじゃない」

明子ちゃんもそう言って笑顔を返したのです。それから二人は仲良く並んでもと来た野原の方へ歩きました。

「ボクね、さっき明子ちゃんがいた小川に住んでるの、それでね、今とっても寂しいんだ、ほんとうは羽なんかいらないから、ずーっとヤゴのままでいたいよ。ゲンゴロウやカエルたちと遊んでいたい、でも仕方ないさ、ボクの体の成長は待ってくれないもの、その代わり広くて青い空を飛べるもの、そこには新しい仲間が待っててくれてるし……別れと出会いって、背中合わせなんだもん」

「ふーん、そうなの」

自分がヤゴだと言い張る男の子が冗談を言っていると思っていた明子ちゃんも、

『なんか、現実的な話だなー』

と、思い始めていました。自分の身にも似たような事情がある、そんな事が頭をかすめました。今度は男の子がトンボの歌を歌いました。

『とんぼのめがねは赤色めがね、夕焼け雲をとんだから、とんだから』

「実はね、赤色メガネは赤とんぼ専用でさ、赤とんぼに空を明け渡す頃はボクらはまた違う世界に行かなきゃならないから、そこでもまた別れがあるんだけどね、でも今はトンボにならなくちゃ、ボクね、3月31日に青空へ向かって飛び立つんだよ」

男の子は買ったばかりのトンボメガネをかけて見せてくました。

『あら、私の引越しの日と一緒なんだ』

明子ちゃんはその時そう思ったのです。

「じゃあその日にトンボになるのね、でも、そのあとまた違う世界に行くって、どういう事」

「それはね、虫の世界にもいろいろあってね、主役を交代しながら季節が巡るって言うか、寿命、って言うか、……そうか時間が進むって言うのかな、お別れの一つの形だと思う。トンボになった後は、そんなに長い事は生きられないんだよ。でもね、お別れの後には新しい出会いが必ずあるから、だからそれでいいと思ってるんだ。さあ、ボクたちも、会ったばかりだけどもうお別れだ」

「えっ、どうして」

明子ちゃんは驚いて聞き返しました。

「だって、明子ちゃんわかってくれたもん、さよなら」

男の子の声が小さくなって消えたとき、明子ちゃんは小川のほとりの草の上で目を覚ましました、どうした事か少しの間、眠ってしまったらしいのです。西の空がかすかに赤みを帯びているだけで、夜の帳が直ぐそばまで迫っていました。

「いっけない、早く帰らなきゃ、お母さん心配してるわ」

やがて3月31日の引越しの日がやって来ました。明子ちゃんはお父さんやお母さんが荷物をトラックに積んでいるのに、手伝いもしないで自分の部屋に閉じこもったままです。どうしても引越しがイヤだと言って、この場におよんでもごねていたのでした。

その日はやさしい春の太陽がやわらかな光を投げかけていましたが、窓を開けるとまだちょっぴり冷たい春風に髪が膨らみました。やがて階段を上る足音が聞こえてきて、お母さんが部屋へ入ってきました。

「さあ行くわよ、明子」

お母さんの声も心持ち控えがちなようです。こんな場面で強く叱りつけて良いものか、考えあぐねていたのでしょう。

その時でした。開かれた窓からトンボが飛び込んでくると、明子ちゃんの肩に留まりました、青い体に青い大きな目をしたトンボでした。

「あらトンボ、……シ、シオカラトンボ……だったかな、この色」

トンボを目にしたとき、明子ちゃんは胸のつかえがすーっと溶けていき、何か新しい風が吹き込んでくるのを感じたのです。

「私、行くわ、新しいお家へ、だって別れと出会いって背中合わせだもん」

「まあ、明子ったら」

お母さんは微笑みました。

「私、お友達にサヨナラ言ってくる」

明子ちゃんはそう言って外へ飛び出していきました。その後を追うように、青いシオカラトンボも青空へ飛び立ちました。

22・写真（予感）

オレンジ色のバックライトに時刻が浮かんでいました。指先が目覚まし時計の頭にあるボタンを押し、その時計が示すデジタル表示の時刻は午前4時2分を示しています。眩しいと思いつつも薄目を開けて秒表示の部分が規則的に時を刻み続けているのを見つめていると、ほんの数秒でバックライトが消え、また暗闇に戻りました。遥香（はるか）さんは時計を見る為に伸ばした腕をふたたび布団の中へ戻しました。

「また同じ夢を見て目が覚めちゃったわ」

そんな事をつぶやくと布団を目元まで引き上げました。

次の日の事です、遥香さんは短大の教室でこの頃よく見る夢の事を友達に話しました。

校庭には桜の花びらが舞っていて暖かな春の日差しが降りそそいでいます、遥香さんはこの女子短大の二年、まだ十九歳になったばかりでした。

「私ね、ずっと小さい頃から何度も見る同じ夢があるのよ。最初の頃はね、一回見ると忘れた頃にまた見るって感じだったんだけど……去年、そうこの短大に入った頃から月に一度は見るようになって、最近では週に一度くらいかな」

遥香さんは教室の窓に片肘ついて外をぼんやり眺めながらそう言いました。

「それってどんな夢？」

「それがね、息が切れるくらい草むらを走っているの、その直ぐ横を爆音って言うのかな、暴走族のバイクのそれよりもっと大きなエンジンの物凄い音を轟かせた黒い大きなものがいくつもいくつも追い越していってね、どうもそれは飛行機らしいんだけど空に飛び立つときれいに並んで、編隊を組むって言うのかな、赤く染まった空に点々と黒い影になってね、どこかへ飛んでいくの、どこからか桜の花びらが風に飛ばされてくるところでいつも目が覚めちゃうのよ」

「へんなのーなにそれ、なんか古臭い感じじゃね」

「やっぱり、そうよね、でもなー」

誰も真剣になっては考えてくれません、そして直ぐに話題は変わっていきました。

「遥香きっと疲れてんのよ、それより青葉通りの郵便局の隣に新しいカフェが出来たの、これから行ってみようよ」

その日の講義が終わり、友達と別れた遥香さんは駅へ向かいながらまたあの夢の事を考えていました。

『今晩もまたあの夢を見るのかしら、でも言われてみれば古臭い夢だわ、もしかすると昔見たドラマかなんかの一場面が忘れられなくてあんなへんな夢になるのかしら』

掻き上げた髪の間から桜の花びらが一枚こぼれて落ちました。

ホームは帰宅を急ぐ人たちで込み合っていました。遥香さんはいつものように体重を人にあずけて押されるままに電車に一歩足を踏み入れました。その瞬間いままで体をあずけていた前の人がフッと消えて、遥香さんは前のめりに倒れこみました。『あっ』次の瞬間、柔らかい絨毯のような物の上に両手をついていました。体はどこも痛くありません、驚いて辺りを見回すと、目の前に一筋の街並みが続いていました。視線を上に向けると真上に大きな看板がありました。いえ、看板ではなく虹のようなアーチを掲げた商店街の入り口に立つ門柱でした。首を回して振り返れば、そこは緑の絨毯を敷き詰めたような原っぱがどこまでも続いていたのです。すぐ目の前の街並みに目を戻すとそこはやっぱり商店街で、ずっと奥まで続いているようです。遥香さんはゆっくりと立ち上がり、服の汚れを払うとその商店街へ踏み入れました。放心状態まま、あても無く歩きました。

「さあ早く早く、映画が始まっちゃうよ」

その声に立ち止まったのは、映画館の前でした。入り口の横にあるチケット売り場の窓から、券売りの太って丸眼鏡を掛けたおばさんが、遥香さんを呼びました。

「そこのお嬢さん、さあ急いでおいで、開幕のベルは鳴ってるよ」

その声に誘われてチケット売り場の方へ向かいながら、チラッとタイトルの書かれた看板へ目を向けました。そこには、『もどり道』と書かれていました。

『もどり道か、どんな映画かしら』

そう思いながら券を買うと上映室へ入っていきました。他の人の邪魔にならないように、姿勢を低くして進みましたが横目に見える座席には人影がありません。席についてからそっと周りを見回してもやっぱり人影はありませんでした。『あら、券売りのおばさんの言葉につられちゃったけど、何だか人気の無い映画みたい、失敗かしら』

映画は始まったばかりのところでした。画面の下に白字で『鹿児島県　知覧』と映り消えました。桜並木の道を誰かが歩いているようです。日の出前の空に黒いシルエットとなって木々が続いていました。カメラのアングルはその人の目の位置にあるようです。じっとスクリーンを見つめているうちに、風が肌寒いなと感じ、その時には遥香さん自身が桜並木を歩いていました。やがて何かの門が見えてきました。そこにはカーキ色の軍服を着、小銃（日本軍では最も一般的な小火器。ライフル銃と呼ぶこともある）を提げた男の人が立っていました。左右にはずっと遠くまで鉄条網が張られています。遥香さんは〝大刀洗（たちあらい）　陸軍航空廠（りくぐんこうくうしょう）　知覧分廠（ちらんぶんしょう）〟と書かれた門をくぐりました。そのとたん胸の中に何かがこみあげてくるような息苦しさを感じたのでした。まるで咽ぶのを懸命に抑えているようで足取りもおぼつきません。やがて兵舎を過ぎると滑走路が見えてきました。そこには微かな朝焼けを背景に数十機の戦闘機と搭乗員とおぼしき若者の影が浮かび上がっていたのです。遥香さんは小走りでその横の見送りの人たちの列に並びました。戦闘機のエンジン音がはりつめた辺りの空気を震わせています、その時自分を見つめている視線を感じました。

『どこっ、誰』

日の丸の鉢巻を締め、軍刀を提げたまま直立不動で整列している若者の誰かがじっと遥香さんを見つめているはずです。でも微かな朝焼けですが逆光になってしまっていて一人ひとりの顔はまったく見えません、ただはっきりと熱い視線を感じていたのです。一瞬、一人の若者の飛行眼鏡がキラッと光りました。

『あっ、あの人だわ……でも顔……顔がわからない』

若者たちが一斉に杯を机に置きました。

「機につけー」

隊長と思しき若者の声が静けさを破り、真っ白な第二種軍装を身にまとった司令官の姿はあわい朝焼けの光を受け、敬礼の直立不動でオレンジ色に浮かび上がっていました。若者たちはそれぞれに爆装（航空機に爆弾を搭載すること）された自分の愛機へと走っていき、遥香さんの目はそのうちの一人の姿を追っていました。その人が操縦席に身を沈める前に、また遥香さんの方へ視線を向けました。

『あなたは誰……私はこんなに苦しいのに……一言の言葉もかけてくれないまま、あなたはどこへ行こうとしているの』

いくら我慢しようと思っても、泣いてはいけないと思っても、涙が頬を伝わりました。

「文子、泣いちゃだめ、泣いちゃだめよ、文子、特攻隊を涙で送っちゃいけないの」

隣に立っていた、自分と同じようなもんぺ姿の女の人が、自分も涙を流しながらそう言って遥香さんの肩を揺すりました。

『文子……私は文子なんかじゃないわ……それとも』

戦闘機の爆音が一段と大きくなり、滑るように動き出しました。

『わたしは映画に出演しているのかしら』

見送りの人たちは腕がちぎれるかと思われるほど帽子や日の丸の旗を振っています、遥香さんは駆け出しました。自分でも何故だかわかりません、ただ滑り出した飛行機を追って走らずにはいられなかったのです。

『あの人が……行ってしまう……これは映画なんかじゃない……私にとっては、今起こりつつある事実なんだわ』

一機、また一機、戦闘機が離陸していきます、操縦席から白いマフラーが投げられました。

『これは、いつも見る夢の中と同じだわ』

遥香さんは息が切れるくらい滑走路の横の草むらを走っていました。その時、足がもつれて倒れこんでしまい両手をついて顔をあげたとき、朝焼けの空にポツポツと黒い影になって浮かんでいる戦闘機がまぶたに焼きつきました。風に飛ばされてきた桜の花びらを拾い上げると、どうしても止まらない涙がそのひとひらを濡らしてゆくのでした。しばらくそうしていると人の気配を感じました。顔をあげるとそこには映画の券を売っていた太った丸眼鏡のおばさんが立っていて、遥香さんに悲しそうな瞳を向けていました。

「もどり道、なんですね」

遥香さんはそう尋ねました。

「そうだよ、あんたはもどり道を通ってきて、今はあんたの前世を見てるんだよ」

「それじゃ今起きた事はみんな本当の事なのね」

「そうともさ、今は昭和二十年四月、日本が大きな戦争をしていた時代なんだよ、あんたはその時代に生きていたのさ、そして空襲で死んじまった」

「……」

「大勢の若者たちと一緒に、その恋も実らせないままで」

おばさんの眼鏡の奥の目にたまった涙が、昇ったばかりの朝日を受けキラリと光りました。

「時の流れは時にとてつもない大津波となって無力な人間の運命を洗い流してしまうのさ、歴史の濁流に飲み込まれ、結ばれる事の無かった恋は、生まれ変わった時に必ず実る、だってあたしがそう決めたんだもの」

おばさんは遥香さんのほうへ手を差し出しました。遥香さんはその手を取って立ち上がると涙をぬぐいました。

「おばさんは誰なの？」

「あたしはただの券売りだよ、だけど時々おせっかいを焼いて、こんなお手伝いもしてるのさ、時代が大きく方向を変えたときにはそういう仕事が増えるもんさね」

二人は兵門のほうへ歩きました。日は昇り暖かな春の日差しがそそいでいました。

「あんたは最近この夢をよく見るんだろ……それは時が近づいている証拠さ」

桜並木に差し掛かりました、前方に白いスクリーンがぼんやりと浮かんでいます。

「さあ、そろそろここから抜け出すよ、いつまでも居るわけにはいかないからね」

「……おばさん」

券売りのおばさんの温かい手に包まれていました。

「今度こそ、幸せになりなさいよ、さようなら」

おばさんに背中を押され、スクリーンの中に一歩踏み入れたとたん、満員電車の中の人混みの中で揉まれている自分に気づきました。

『やだわ、通勤ラッシュのただ中で、人波に揉まれながら立ったまま居眠りしてたのかしら、ちょっと怖いな、気を付けなきゃ、でも悲しい夢だったな、やっぱり疲れてんのかな』

電車はちょうど遥香さんの降りる駅に着くところでした。

それから数週間が過ぎた初夏のある日曜日の事です。朝刊の新聞広告に『夢ヶ丘デパート七階催事場にて、激動昭和の写真展、開催中』というチラシが入っていました。その広告を目にしたとき、遥香さんはどうしても行かなければならない衝動に駆られたのです。催事場には所狭しとばかりにたくさんの写真が掛けられていました。一枚の写真の前で遥香さんの足が止まりました。『知覧』と題されたその写真には、滑走路に整列した戦闘機と日の丸の鉢巻を締めた若者たち、それを見送るもんぺ姿の娘たち、……そうです、いつも見ていた夢の中の景色がそこにあったのです。その時、遥香さんはその写真を見ているうちに次第に胸が高鳴ってくるのを感じていました。その時、背中にも熱い何かを感じました。

『何だろうこの感じ、そう、いつもの夢の中の感覚みたい』

遥香さんは思わず視線を足元に落としていました、背中の感覚に心が身構えている、何かが近づいてくる、その思いで、真っすぐに写真を見続けていられなかったからでした。

『でもこれは違和感じゃない、どこか懐かしい。寄せてきた波が、自然に戻っていくように、元あった場所にただ戻るだけ、そんな感じ』

視線に入ったのは今日履いてきたコンバースの白いバスケットシューズでした。その後ろには、スリムなデニムの裾とナイキの赤いスニーカー。

『この人が後ろに立って、今同じ写真を見ている人』

後ろに自分と同じように、その写真を食い入るように見つめている誰かがいる。

『この人……この人の視線が、私の背中越しに見つめていた写真から、今、私の後ろの耳元に移った。私に気づいてくれた。そうして、今、私を見つめている。これは夢の中で感じていた視線と同じ、という事は、誰だったかしら、……私はもうわかっている』

遥香さんはそんな事を考えながら、胸の鼓動が抑えきれなくなっている事を感じていました。

『そう、あの時、戦闘機の中から私を見つめていた視線』

次の瞬間、振り向いた遥香さんと、遥香さんの背中を凝視していた青年の視線が、交差したのです。

『ああ、この人だ、やっと、会えたんだ』

遥香さんの頭の中に、券売りのおばさんの笑顔が浮かびやがて消えていきました。

『今度こそ、幸せになりなさいよ、さようなら』

胸に、おばさんの言葉が浮かび、消えていきました。

23・青いちご（勇気）

風さえもキラキラ輝いて見えるような四月のレンゲ畑で子供たちが騒いでいました。追いかけっこをしている子もいれば、輪になって歌っている子供たちもいます。広いレンゲ畑には、レンゲの花の淡い赤と葉の緑、それらの間からのぞくこげ茶色の土、ボールを投げたら天に抜けてそのまま落ちてこなくなってしまいそうな青い空、フワリと漂う真っ白な蝶々雲、レンゲと土の香りが辺りを包み込んでいました。所々に土が盛り上がったモグラの穴、空で踊るヒバリのさえずり、何もかもが生き生きと生命の喜びに満ち溢れ、新しい春を精一杯楽しんでいるようでした。

「さあ、みなさーん、よく聞いてくださーい」

子供たちを引率してきた太った中年の女の先生の声です。

「ここを写生場所にしまーす、自由に好きな場所で好きなものを描いてください。ただあまり遠くへ行かない事、先生の見える範囲にしてくださいねー」

「はーい」

子供たちは仲良しグループに分かれ、思い思いの場所にビニールシートを広げて陣取ると、絵の具を出したり水を汲みに行ったり準備を始めました。やがて落ち着くと絵になる構図をそれぞれ探し始めます。どこを向いたってレンゲの花が目に飛び込んでくるのですから、どの子もどの子もレンゲ畑を描き始めました。

小川の土手に腰掛けてレンゲ畑を見下ろすようにして描いている子供たちのグループの中に、一人だけみんなと反対向きに座って小川の方に目を向けている子がいました。マサオ君です。小川の岸にはイチゴが植えられ白い花を咲かせています。よく見ると赤い大きな実に混じって、まだ青く小さいイチゴが葉の陰からのぞいていました。小さいけれどちゃんと粒々もあるのです。マサオ君はそのイチゴの実を見ていたのでした。いつも食卓や果物屋さんで見るイチゴは真っ赤でつやつやしています。青いイチゴの実を見るのは初めてだったのです。レンゲの花よりもその青いイチゴに惹かれました。キラキラ光る小川の岸、かわいらしい白い花、まだ青いイチゴ、所々に見える熟した赤いイチゴ、とても魅力的な構図に思えました。そんな絵を描いてみたいなあとマサオ君は思ったのです、が、それなのにいつの間にかみんなと同じ向きに座りなおして、レンゲ畑の絵を描き始めていました。それでも気になるのか時々振り向いては青いイチゴの実を見つめていました。

太陽がだいぶ西に傾いた頃、だいたいの子が絵を描き終えて先生のところへ見せに行きます。マサオ君も描いた絵を持って先生のところへ行きました。その絵は絵の具がはみ出ていたり、画用紙の白がところどころ残っていたり、どう見ても雑な仕上がり、とても真剣に描いたようには見えません。先生はその絵を見て何も言わずに顔をしかめただけでした。それでもマサオ君はほっとしました、何故かと言うと誰もがみんなレンゲ畑の絵を描いていて、それ以外のものを描いた人は一人もいなかったからです。マサオ君がもしイチゴの絵を描いていたら、きっと一人で目立ってしまってみんなに冷やかされたかも知れません。マサオ君はその時、先生が最初に言った『……自由に好きな場所で好きなものを描いてください……』という言葉をぼんやりと考えていましたが、そんな気持ちは直ぐに打ち消してしまいました。

ところがです。マサオ君がその日の夕食の食卓についた時の事でした。テーブルを見たときハッ、としました。そこにはデザートとしてガラスの器に盛られたイチゴが置かれ、白熱灯に照らされてツヤツヤと光っていたのです。次の瞬間でした、一番上にあったイチゴがコロンと転がりまだよく熟していなかったらしく、そのイチゴは裏側の青い面をマサオ君のほうに向けて止まりました。それを見たマサオ君は心臓が止まってしまうかと思ったほど驚いたのでした。心の奥の誰にも見られたくないところに突然スポットライトを向けられたような気がしました。忘れようとしていた事を大きな声で言い当てられたような気がしました。そんな感覚から逃れようと思い切り目をつぶると体がグルグルと回りだしたのを感じました。回転はどんどん速くなっていくようでした。椅子ごと回っているのか、それとも体が浮き上がっているのか、怖くて目を開ける事ができませんでした。

「助けて、ママー」

そう叫んだとたん、柔らかい草の上に尻餅をついていました。恐る恐る目を開けてみるとそこはスミレの咲き乱れる広い野原でした。まだくらくらする頭を振ってもう一度辺りを見回してみると遠くの方に家並みが見え、それ以外はスミレの濃い紫と、葉の緑が織りなす斑(まだら)模様が一面を覆っていました。あの街並みは何だろうと近づいてみるとそこはどう見ても商店街でした。入り口には虹を模した大きなアーチが架けられていて、そこから見渡せる通りは遠く点になって見えなくなるまで伸びていました。

マサオ君はその通りへ踏み込みました。一人きりという不安から逃れるためどこかに誰かいないかと見回しながら進んでいきました。しかしその通りはひっそりと静まり返っていて人の気配はありませんでした。だんだん不安が大きくなってきた頃、『イチゴの館』という看板が目に留まりました。真っ赤に塗られたその店は、まるでイチゴを立てて置いたような丸みのある三角形をしていました。入り口に突っ立ったままボーッとしていたマサオ君の横にいつの間にか小さな女の子が立っていました。白い大きな帽子を深々とかぶり顔は見えません、黄緑色のワンピースに緑色のブーツを履いていました。ほんのりと体からは甘酸っぱい香りがこぼれていました。その女の子はマサオ君の手を取ると店の扉を開きました。手を引かれて店の中に入った時、扉は音もなく閉まり、その扉はまわりの黄緑色の壁に溶け込むように消えてしまいました。

「あっ」

思わず声を上げた時、女の子がクスクス笑いながら白い帽子を取りました。帽子を取った女の子の顔は青いイチゴだったのです。濃い緑色の瞳がマサオ君の顔を見つめていました。

「きっ、君は誰」

「驚かなくてもいいの、私はレンゲ畑の小川の土手であなたに見つめられていた青いイチゴよ」

「…………」

「マサオさんはいつも人と一緒じゃないと何もできないのね、今日だって私の絵を描いてくれなかったわ」

マサオ君はうつむいてしまいました。

「入ってきた入り口はもう無いの。でも、ほら、反対側の向こうには扉が五つあるでしょう」

女の子が入ってきたのと反対側の壁を指差しました。黄緑色の壁に白い丸い扉が五つ並んでいます。

「イチゴの館から出る方法はね、あの扉の一つを自分で選んで進むの、次の部屋にもまた五つの扉があるわ、どんどん自分で選んで進んでいくのよ、そうすればいつか外へ出られるわ、一つ扉をくぐるともう後戻りは出来ないの、扉の選び方が悪いとへんてこな世界に迷い込んじゃうかもしれないわよ」

女の子はまたクスクスと笑いました。

「そんなのイヤだよ、ボク」

その声は今にも泣き出しそうに震えています。

「ここにはあなたしかいないのよ、人には頼れないし、誰かの真似もできない、だから自分で決めて自分で進むの、……がんばってね」

そう言い残すと女の子の姿も壁に溶け込むように消えていきました。しかしマサオ君はしゃがみこんだまま動けませんでした。自分ひとりで扉を選び、後戻りも出来ないなんて、しかも扉の選び方が悪いとへんてこな世界に迷い込んじゃうなんて、とんでもない話でした。だからと言って自分の他には誰もいない場所で、床に体を投げ出して手足をバタバタさせて、幼児みたいに勝手に泣き喚いたところでどうなる事でもなく、心の奥ではそれがわかっていたからでしょう、どんなに心細くても、動揺する自分をもう一人の自分が懸命になだめていました。でも頭は混乱するばかり、その時、また女の子の声がどこかから聞こえてきました。

『マサオさん、あなたは自分の心に嘘をついていつも人と同じ事ばかりしてるわね、ほんとうは違う事がしたくてもそれをする勇気がないのね、そんな気持ちもわかるけど、でもいつもいつもそれではダメよ、時には自分の思った通りに生きなさい、信念を持って、小さな事にクヨクヨしないで、人が何をしようとあなたはあなたの思った通りにすればいい時だってあるの、自分の心に素直になって、自分の信じるものに向かって歩いていきなさい、たとえそれが間違っていても、決して後悔しないように、納得いくまで立ち止まったりしてはいけません、男の子ならそれくらいの度胸を持ちなさい、さあ立ち上がって扉を選んで進むのよ』

その声は力強くマサオ君の胸に届きました。

『言われて見ればその通りかも知れないな、きっとそうなんだ、自分で決めてもいいんだな、そっか、自分で決めたのならその結果に、ヤダって言えない、言ったところで誰のせいにもできないから』

やけくそに近かったのかも知れませんが、そう思えた事で勇気と自信が体の中にみなぎってくるのを感じたのです。扉を開けると次の部屋にも同じように五つの扉がありました。扉を選ぶ度に体の中から何かがあふれてくるのを感じながら、いくつめかの扉を開けた時でしょうか、また女の子の声が聞こえてきました。

『よくここまで来れたわね、さあここが最後の部屋よ、この部屋の扉を開いた時、元の世界へ戻れるわ、ここまで来れたんだもの、もう大丈夫ね、あなたは自信を持って自分の道を歩いていけるわ、最後にこれだけ覚えておいて、イチゴの花言葉は〝先見〟って言うの、先のことを見抜く賢さって意味なの……それじゃサヨナラ、またいつの日か私の事を思い出してね』

マサオ君は最後の部屋の扉を開いて出ていきました。その後、誰もいなくなった部屋にさっきの女の子が姿を現し、こんな事をつぶやきました。

『どの扉を通っても最後にはこの部屋へやってくる、この館の出口はここしかないんだもの……、これで何人目かしらね、勇気と自信を覚えてこの部屋を出ていった子供は』

マサオ君はいつの間にかもとの食卓のイスに座っていました。目の前にはイチゴが盛られています。大きなその一粒を口に頰張ると口の中いっぱいに甘酸っぱさが広がりました。

『そうだ、今度の日曜日にまた今日のレンゲ畑に行って今度こそイチゴの絵を描いてこよう』

そんな考えが頭に浮かんでいました。

24・海の星（嘘）

みさきちゃんは笑顔のすてきな女の子でしたが、ひとつだけ悪い癖がありました。それは時々嘘をついて人を驚かすのです。大抵はたわいのない事です。どうしてかと言えばいつもいろんな事を想像しては楽しんでいたので、その延長でその事を人に伝えてその人が何を思い何をして最後にどうなるのか、それを見ているのが面白かったからです。例えば、百円のガチャガチャで指輪のおもちゃが出てきた時にはこんなことを言っていました。

『道を歩いていると光るものが落ちていたので拾い上げるとこの指輪だった。はめてみると急に未来の事が思い浮かぶようになった。魔法の指輪に違いない。その予言によるとあなたは明日、転んでけがをする。でも予測できれば禍を避ける方法があるから教えてあげる。その代わり今日は私の頼みを一つ聞いて欲しい』

たとえ本当であってもあまり褒められた遊びとは言えませんでした。

いつだったか、先生にひどく怒られた事もありました。国語の授業で朗読の時間があり、教科書に載っている物語を何人かで読みつないでいくのです。最後のところでみさきちゃんが指名されました。そのお話は可哀そうな結末で、みさきちゃんとしては気に入らず自分なりに結末を変更して満足していたので、その時、ほとんど無意識に、そらんじていた自分の組み立てたストーリーを朗々と読み上げてしまったのです。教室は急にざわつき、先生は目を丸くしてポカンと口を開いてみさきちゃんを見ていました。でも最後にクラスメートはこう言ってくれました。

「その方がいいね、私はみさきの結末のほうが好き」

でも先生は、メガネの上目使いでみさきちゃんを睨むとこう言いました。

「勝手に話を変えてはいけません、それは嘘つきと同じですよ、廊下に立ってなさい」

ある日の事です。息を切らせて走ってきたみさきちゃんが、家のドアをバタンと開いて言いました。

「ママ、石焼き芋屋さんが向かってくるよ」

ママが石焼き芋に目が無い事を知っているみさきちゃんが、ママの反応見たさについた嘘でした。財布を摑んで走り出たママが、目を吊り上げて帰ってくるまでに三分と掛かりませんでした。にやにやしていたみさきちゃんにママの雷が落ちたのは言うまでもありません。

「みさき、ついて良い嘘と悪い嘘の区別もつかないの、わかるまで物置に入ってなさい」

そうして庭の暗い物置に閉じ込められてしまったのです。みさきちゃんは目をつぶり膝を抱えて座り込んでいました。嘘はいけないってわかってはいるけれど、ついつい色々想像しているとこんな事話したらどうなるだろう、その好奇心に負けてしまう自分を持て余していたのです。でもさすがに、面白半分でからかう嘘はまずかったなと思っていました。同じ嘘でも普段はもう少し自分でも誇れる嘘をついていたのに。

『そうだ、自分でも誇れる嘘って、私にとって何なのかしら』

つぶっていた目を開いた時、物置の奥の方に微かな明かりが見えました。庭の物置はそんなに広くはありません。手を伸ばせば壁に手が届くほどです、でもその明かりはずいぶん遠くに見えていました。立ち上がってそちらに一歩踏み出すと、風が頬を撫でました。

草の香りが運ばれてきます。辺りは段々明るくなっていきました。足元に目を落とすと、スニーカーが埋まるほどの草が生えていました。急激に明るさは増していきました。そして気づいた時には、みさきちゃんは日差しの降り注ぐ草原に立っていたのです。まぶしくてかざした手の向こうに、入り口に大きなアーチの架かった通りがあり、ずっと遠くまで続いているのが見えました。普通なら周りの変化に気が動転してしまうのかも知れませんが、普段から空想に慣れ親しんできたみさきちゃんにはその状況を楽しむ余裕がまだあったのかも知れません、躊躇なく通りの中へ踏み込みました。でも、歩いているうちに好奇心よりママの言葉が頭の中で大きくなっていきました。『好奇心でこんなところをのんきに散歩している場合じゃないわ、早く夢から覚めて、ママに許してもらわなくちゃ』次第に視線が下向きになり、『ついて良い嘘と悪い嘘の区別もつかないの』ママの言葉が頭の中でこだましていました。周りの景色はほとんど目に入らないようになり、気づくと白いベンチに腰掛けていました。ベンチの後ろには一本の樹が植えられたレンガ作りの花壇があり、商店街の中の休憩スペースになっているようでした。ふっと目をあげると、ベンチの目の前には本屋があり看板には『つむぎ書店』と書かれていました。シャッターを開けた状態の店内はオープンスペースになっていて、壁には大きな本棚がびっしりと並び、書籍がつまっています。中ほどには背の低い本棚が列を作っていて、手前の台には平置きの本がいくつも積まれていました。そこには白いワンピースに紺色のエプロンを掛け赤い頭巾をかぶり、はたきを手にした女の人がパタパタとはたきを振っていました。たぶん店員さんでしょう、みさきちゃんがぼんやり眺めていると、女の人がにっこり笑いかけてきました。みさきちゃんがベンチを立ち、近づいていくと、女の人は積まれていた本を一冊取り上げそれを差し出しながらこう言いました。

「あなたもつむぎの子ね、待ってたわ」

「私が来るのがわかってたの」

「つむぎの子はたいていの子がここに立ち寄るのよ」

お姉さんの青い目が、ジッとみさきちゃんに注がれていました。包み込むような、何もかも見通しているような優しいまなざしでした。

「つむぎの子？」

「あなたのような子を私たちはそう呼ぶの、はいこれ、あなたにはこの絵本よ」

差し出された本は『海の星』と書かれた絵本でした。みさきちゃんは渡された本を開きました。そこにはパステル画と共に、文章がつづられていました。

・・・

砂浜に寝転んで夜空を見上げると、数えきれない程の星が輝いていました。

「パパ、きれいだね星空」

「そうだね、あれが見えるかい」

「どこどこ」

坊やは小さな瞳をまんまるく開いて、指さされたあたりに目を凝らせています。

「ああわかったよ、五角形に並んで真ん中に二つ、全部で七つの星でしょう」

遠く波の音が聞こえていました。

「前からあったかな、あの星」

「いいや、この間出来たんだよ、新しくね」

「へーえ、みんな色が違うんだね、紫、赤、橙色、黄色、黄緑、緑、青、虹の色と一緒だ」

「よく知ってるね、じゃあ海の星は知っているかな」

顔を少し傾けて考え込みました。そんな坊やの前髪を潮風がやさしく撫でていきます。

「もしかしてヒトデの事?」

「あたり、あの七つの星はね、この間までヒトデだったんだよ」

「ふ~ん、海の星が、空の星になったんだ」

「知りたいかい、どうしてか……」

「うん」

坊やは目をキラキラさせてパパを見つめています。

「えーと、いつも空ばかり見つめているヒトデがいたんだ、そしていつも同じ事ばかり考えてた。空の星はなんであんなにきれいなんだろう、星は星でもボクたち海の星とは大違いだってね」

坊やは黙ってうなずきました。

「ヒトデは考えた、ボクたちも空の星のようにピカピカと光れないだろうか、それよりも空の星になれないだろうかってね」

「そうだね、ボクもそう思うよ、海の星より空の星のほうがいいや」

「おや、どうしてだい」

「だってきっと高い所からいろんな物が見えるもの、それにみんなに見てもらえるもん」

「ヒトデもね、そう言ってたよ、そしてある時星の神様にお願いしたんだ、どうかボクを空の星にしてくださいってね。そしたら神様は言ったんだ、ちょうど七色の星が欲しいと思ってた、だから七色のヒトデが集まったら空の星にしてやろうってね」

「七色のヒトデなんているの」

「だからね、そのヒトデは世界中の海を探したんだ、赤いヒトデはすぐ見つかった、それからが大変だったけど、青いヒトデ以外はみんな見つかった。そしてみんなが空の星になりたがっていたんだ」

「それから……」

　坊やが先を促します。いつの間にか月が昇り海面を照らしていました。

「そしてね、神様に頼んだのさ、青だけはどうしても見つかりませんでした、でもどうか空の星にしてください。神様は笑って答えた、何を言ってるんだい、ちゃんと七色揃ってるじゃないか、お前は自分が青いヒトデだって知らなかったのかいってさ」

「なーんだそうか」

目をキラキラさせた坊やの笑顔が大きくなりました。

「ヒトデは大喜びでね、海の仲間にお別れを言ったんだ、さようならボクは今よりずっときれいな空の星になりますよ、さようなら。そして神様は約束通り、七つのヒトデを空に投げ上げてあの星にしたんだよ」

「良かったね、願いがかなって」

「でもそれっきりさ、七つのヒトデは離れ離れで動く事も出来ない、今じゃ寂しがっているよ、海の方が楽しかったって」

「そうか、星になったら自由に動けないんだ、でもパパはなんでその話を知ってるの」

パパはにっこり笑って坊やの頭に手を乗せました。

「だってパパが星の神様だもの」

それを聞いた坊やはビックリしてすぐには声がでませんでした。

「ほっほんとに」

「ほんとさ、いいかいよく見てるんだよ、今この貝を星に変えるからね」

パパはそばに落ちていた貝殻を拾うと、それを星空に向かって力いっぱい投げました。

「ほら、星になった」

「えーどこどこ」

空には無数の星がきらめいていました。

「ほら、あそこさ」

「ふ～ん」

あんまりたくさんの星があって坊やにはよくわかりませんでした。でも星の神様が言うのですから間違いないと思ったのです。

「パパは凄いんだね」

少し離れた海面に落ちた貝がポシャンと音をたてました、もちろん波の音に消されて坊やには聞こえませんでしたけどね。
・・・
みさきちゃんは本を閉じるとこう言いました。

「これは、嘘のお話ね、誰が読んだって嘘だってわかるわね」

ジッとそばに立っていたおねえさんの手がそっとみさきちゃんの頭の上に置かれました。温かい手でした。

「そうね、でも誰も困らないでしょう。むしろ子供はわくわくするかもしれないわよ。あなたはつむぎの子、そんな物語をつむぐ事ができるはずよ」

お姉さんの青い目は、まだジッとみさきちゃんの瞳に注がれていました。隠し事や、ごまかしをすべて見抜かれてしまいそうな、そんな強いまなざしでした。

「ついても良い嘘ってこと？」

そう言ってお姉さんを見上げた時、辺りが急に真っ暗になり、そして目の前の扉が開かれ光が差し込みました。そこには物置の扉を開いたママが立っていて、みさきちゃんをその胸に抱き寄せました。

「ここに閉じ込めたら、泣いて騒ぐかと思ってたわ」

「ううん、何か夢を見てたみたい、ママ、ごめんなさい、でもね、みさきわかった気がする、ママが言ってたこと」

ママがまた、ぎゅうっと抱きしめてくれました。

25・北風の中で（忘れ物）

アクリルの風防を通して真下に広がる美ヶ原高原を見ていた。視線をもう少し先へ移すと八島湿原、夕日を反射していくつもの池がオレンジ色に光っていた。その向こうに今オレが向かっている霧が峰高原のグライダー練習場の滑走路がある。斜めの日を受けた山肌は、まるで光と影が作り出す立体大パノラマそのものだ。更にその先は遠く八ヶ岳連峰へと続き、その間を観光道路のビーナスラインが縫うように走っている。ところどころに車のヘッドライトやテールランプが星粒ほどに見えていた。

『日が沈み切る前に着陸しなけりゃ』

そんなことをぼんやり考えながらオレはその時、愛機『北風二世号』に乗って高度三千メートルの風の中を滑るように飛んでいた。コックピットの中は何もかもがオレンジ色に染まって燃えているようだ。見渡す限り雲ひとつない大空の中、何者にも邪魔されずに届く夕日がこの狭い空間を包み込んでいたから……。

その時、何気なく太陽の方へ目を向けると逆光の中に黒い人影が見えた。

『まさか』

オレは目をこすってもう一度目をこらすと、やっぱり小さな人影が空に浮かんでいた。そうじゃない、オレのグライダーと並んで飛んでいたのだ。

『……あれは、ノブちゃんだ！』

小さな人影はグライダーの下を潜って反対側へ移った。飛行機のように両手を広げ、夕日を受けたノブちゃんの顔がはっきり見えた。あの頃とちっとも変わっていない、オレを見て無邪気に笑いながら右手を振っていた。振られた右手にはめているのは青い毛糸の手袋。何もかもがオレンジ色に染まっている中で、その手袋は鮮やかな青い光をわずかに放っていた。

ノブちゃんは幼友達だった。オレは段々と小さかった頃の事を思い出し始めていた。いつもは思い出せないような遙かな記憶がその時に限ってごく自然に、長いロープを手繰り寄せるように、次から次へと鮮明に蘇ってきた。

ある秋の日の事だった。ノブちゃんとオレは野原で遊んでいた。遊びつかれてあお向けに寝転んだまま空を見上げていた。突き抜けるような青く高い空でトンビが回っていた、飛ぶというより浮かんでいた、翼は動いていなかった。

「鳥はいいなあ、自由に空が飛べてさあ」

オレが思っていた事を口にするとノブちゃんはこう言った。

「あのトンビは風を捕まえて浮いているんだって、パパが言ってた」

その時オレは何の事かわからなかった、今思えば上昇気流の事を言っていたんだろう。

オレは聞き返した。

「風か、風ってどうやって捕まえるのさ」

「それが問題だよ、それがわかればトンビのように飛べるのにねえ」

それからオレたちは空を飛びたいという事を長い事話していた。時の過ぎるのも忘れて飛ぶことへの憧れを話し続けていると、いつの間にか夕方になっていた。オレたちはもう帰ろうと言って駆け出した。野原を過ぎて林の中の道の中ほどまで来たとき、道を外れた奥のほうに明かりが見えた。最初に発見したのはノブちゃんだった。

「あれなんだろう」

「ほんとだ、行ってみようか」

そこに立った時、景色は一変していた。さっきまでの夕暮れとは裏腹に明るい日差しが辺りを満たしていて、そしてそこにあったのは、商店街の入り口だった。虹のようなアーチを描いた門柱があり、その先には両脇にびっしりと店が立ち並び、ずーっと遠くまでつづいていた。オレたちはキョロキョロしながらずいぶん奥まで入り込んでいた。二人の目を引いた店は、青いペンキで塗られた木の壁に『北風』と書かれた看板が下がっていて窓も無かった。オレたちは重い木の扉を力いっぱい押して中へ入ってみた。そこに人の気配があった。ドキッとしたし、ノックもせずに勝手に入った事もあったので緊張し、ついて出た後付けの言葉が少し震えたのを覚えている。

「ご、ごめんください」

狭くて薄暗い店内には金色の髪を背に垂らし、白く長いひげを豊かに伸ばした一人の老人が、木の切り株で作った丸椅子に腰掛けていて、オレたちを見て微笑んでいた。

「さっきの声は坊やたちじゃな、さあこっちへおいで」

オレたちは言われるままにおじいさんの前まで進んで二人で顔を見合わせた。

「坊やたちは風を捕まえたいんじゃろう」

おじいさんの着ているゆったりした青い服はにぶい光を放ちながら風も無いのに揺れていた。

「そんな事できるわけないもん」

ノブちゃんはそう言いながらも上目遣いにおじいさんを見つめ、次の言葉を待っているようだった。

「それなら、これをあげよう」

おじいさんが差し出したのは、一組の青い毛糸の手袋だった。

「これはな、北風の王子の物じゃった、しかし王子は王様の止めるのも聞かずにこの手袋を投げ出して南風の王女のところへ行ってしまったのじゃ。情けない話じゃが、色気にたぶらかされたというわけじゃ。それなんでな、これはもういらない物じゃ、じゃがな、この手袋の魔法の力はまだ残っておる。この手袋を使えば風を掴む事が出来るのじゃ、坊やたちが遊ぶにはちょうど良いじゃろう」

北風の王子や南風の王女の話は意味がよくわからなかった。でもオレたちは片方ずつその手袋を渡された。おじいさんは伏し目がちにして最後にこう付け加えた。

「十二月の良く晴れた日にとても冷たい強い風が吹く、風の中に金色の細い髪の毛が混じって飛ばされてくる事もある、そんな日に風を掴んじゃいけない、その風は王様の風じゃ、王様は今も王子が帰ってくるのを待っているのじゃ」

右手袋はノブちゃんが、左手袋はオレがはめた。そしてその日から、風はオレたちの思い通りになった。風に手をかざして握り締めればたちまちフワリと浮き上がり、速い風に掴み変えれば鳥よりも早く飛ぶ事だって出来たし、手を離せばシャボン玉のようにふわりと地面に降りられた。ただ不思議だったのは、手袋をはめると他の人たちにはオレたちの姿は見えないし、声も届かないらしいという事だった。その事を除けば、風を掴むのはオレたちの秘密の遊びになっていた。

北風が吹くようになった十二月のある日の事、いつものように野原で風と遊んでいるとオレの首筋に光るものが巻きついた。手にとってみるとそれは金色の長い髪の毛だった。

オレはおじいさんの言葉を思い出した。

「ノブちゃん、金色の髪の毛だよ、今日はもうよそうよ」

ノブちゃんはニコッと笑って首を振った。

「今日の風はいつものと違うよ、なんかこう感じるんだよ、ボクこんな風を待ってたんだ、ずーっとずーっと待ってたんだよ」

その時、ひときわ強い突風が吹いた。あっと思った時、ノブちゃんの姿は空高く舞い上がって吸い込まれるように見えなくなった。その日の夜、ノブちゃんのお母さんがノブちゃんを探して家に来た。遊びに出たまま帰ってこないと泣いていた。ノブちゃんの家庭は何か事情があるらしく、ちょっと悩んでいた事は聞いていた。両親が別れて暮らすらしい、そんなことも確か話していた。だから、自分も何処か知らない所に行きたい、そう言えばそんな事を言っていた事もあった。そして、その日から二度とノブちゃんの姿を見る事はなかったし、手袋を使う事も止めた。やがて時が過ぎ、そんな事があった事すら、もうほとんど思い出す事も無くなっていた。

そのノブちゃんが、今、オレのグライダーの横に並んで飛んでいた。金色の冠をかぶり、ゆったりした青いスーツで身をつつみ、腰には短剣を下げていた。服装は変わってもノブちゃんは昔のままだ、あの日のままあいつの時間は止まったんだ。大人になっていく事の苦しみも悲しみも喜びも知らないままあいつの時間は永遠に止まったんだ。オレはノブちゃんが少しうらやましく思えた。なんの迷いも無く、自分の気持ちに素直になってそんな世界に飛び込んでいけたノブちゃん。ノブちゃんの顔は幸せそうだった、一点の曇りも無いその瞳はオレには眩しすぎた。オレが遠い昔に忘れてきた物をノブちゃんはいまだに持っている。そうだ、オレはあの手袋をどうしたんだろう。そう考えながら操縦桿を握り締めた自分の手に目を落とした時、オレの左手にはあの手袋がはまっていた。何もかもがオレンジ色に染まった中で、その手袋は鮮やかな青色に見えていた。

オレはノブちゃんに向かって、思いっきり左手を振った。そうしながら心の中でノブちゃんに話しかけた。

『ノブちゃん、ノブちゃんは風を手に入れた、でもオレだって風の事を忘れたわけじゃないよ、ほら、今こうしてノブちゃんと並んで風に乗ってるんだもの』

ノブちゃんのえくぼがいっそう大きくなった。オレは思った。

『あいつは北風の王子になったんだ、金色の髪の毛を見たあの日に』

それと同時に頭をかすめたのは、あの日のノブちゃんのお母さんの顔だった。

『やっぱり、自分はノブちゃんのようには出来ないし、ノブちゃんと同じように後に続く子は、たぶん、いちゃいけない』

だから、左手の手袋を外し、キャノピー（操縦席を覆う透明な天蓋）を少し開いて外へ捨てた。ノブちゃんはツバメのように旋回してそれを拾い、左手にはめると、大きく手を振って一気に上昇していった。その姿はすぐに見えなくなってしまった。

「返したよ、ほんとにさよならだね」

オレはそうつぶやくと、高度を下げるべく操縦桿を操作し、着陸態勢に移行した。

26・集めれば花束（いたずら）

メルヘンストリート、と誰かが名づけた不思議な商店街の中に、青いペンキで塗られた木の壁に『北風』と書かれた看板が下がっている店がありました。中から楽しそうな声が聞こえてきました。

「王様、ぼくら生まれて初めてプレゼントをしたんです」

北風の子供たちが王様と呼んだおじいさんは、金色の髪を背に垂らし、白く長いひげを撫でながら、木の切り株で作った丸椅子に腰掛けて子供たちを見回していました。ゆったりした青い服は風もないのに揺らめいています。

「ほう、これはまた、誰に何をあげたんだい、話してごらん」

少し耳を傾けてみましょう。
・・・
ヒュルルルルル……

庭の隅っこで生まれた小さなつむじ風がスーッとしおりちゃんの方へ近づいていきます。でも一生懸命に庭を掃いているしおりちゃんは気づきませんでした。

クルクルクル、ヒラヒラヒラ
箒で集めた落ち葉がまた散らばってしまいました。

「あーあ、また元通りになっちゃった」

しおりちゃんはほっぺを膨らませました。

『ワーイ、怒った怒った』

『ハハハ、箒で地面をたたいてら』

そんな事を言いながらしおりちゃんの周りを回っているのは北風の子供たちでした。小さなつむじ風を起こして落ち葉を吹き飛ばしたのはこの子たちのイタズラでした。

「しかたないなあ、掃き掃除のやり直し……」

しおりちゃんはまた掃き始めます。

『何度やっても同じなのにね』

『また落ち葉が集まった頃に来ようよ、それまで向こうの公園で遊んでよう』

北風の子供たちは笑いながら飛んでいきました、それにしてもとんでもないいたずらっ子たちです。

しばらくして北風の子供たちが戻ってきた時にはもう掃除が終わっていました。しおりちゃんは集めた落ち葉や枯れ枝でたき火をしてかじかんだ手を温めているところでした。

北風の子供たちは柿の木の枝に腰掛けました。

『あれっ、もう掃除終わってる』

『戻ってくるのが遅かったね』

『フフフ、ボクもっと面白いいたずらを思いついたよ』

一人がそう言って枝から飛び降りると、フーと息を吹きかけて、たき火のそばでしゃがんでいるしおりちゃんの顔の方へ煙を流しました。しおりちゃんは煙たいので、煙の来ない場所へ移りましたが、今度はそっちへ煙を流すのです。

『ククク ッ、しおりちゃんすっかり困ってるみたいだね』

『ほらね、面白いいたずらでしょ』

北風の子供たちは代わりばんこに煙の向きを変えました。

「へんねえ、さっきから私のいる所へばかり煙が流れてくるわ、ゴホッゴホッ」

『ワハハハハ』

北風の子供たちは大笑い。

「そうだわ、きっと北風のいたずらね」

しおりちゃんはひとりでうなずきました。

「こらっ、北風のいたずらっ子たちめ、私はあんたたちなんか大嫌いよーだ」

『あれっ、しおりちゃんにはボクらが見えるのかなあ』

『違うよ、ほらっ、誰もいない方を向いて話してるもの』

『ほんとだ、へへへ、見えるわけないものね』

そんな毎日を繰り返しているうちに春が少しずつ近づいてきていました。春が来たら北風たちはその町を去らなければならないのです。今日も柿の木の枝に座って北風の子供たちが話しています。

『ボクね、さっきうんと高い所まで登ったらね、遠くの方に南風たちが見えたよ』

『ほんとうかい、それじゃもうすぐこの町ともお別れだね』

『ねえボクたち、しおりちゃんにずいぶんいたずらしちゃったね』

『うん、しおりちゃん北風なんか大嫌いって言ってたもん。本当は友達になりたかったんだよね、ボクたち』

『そうだ、お別れの日に何か贈り物をしようよ』

『それは良い考えだね、花束なんかどうかな、しおりちゃん春には花が咲くって楽しみにしてたよね』

『……でも、ボクたちまだ子供だからあまり重たい物は運べないよ、落ち葉くらいなら何とかなるけど……』

ある朝、庭の梅の木のつぼみが開きました。北風たちは梅の木の花が咲くのを合図に北の国へ帰らなければならないのです。

朝起きて窓を開けたしおりちゃんは、今日はいつもより少し風が暖かいと感じました、そしてほのかな花の香りに気がつきました。

「まあすてき」

庭一面に黄色い菜の花の花びらが散らばっていたのです。

「どうしたのかしら、この辺りにはまだ咲いていないはずなのに」

しばらく首をかしげていたしおりちゃんがポンッと手をたたきました。

「あっ、わかった、やっぱりそうよ、姿は見えなかったけど感じたもの、いたずらっ子の北風さんが遠くから運んできてくれたのね、花びらだって集めれば花束って事かな。北風さんありがとう、また来年ね」

　小さな庭は、ほのかな梅の香りと、菜の花の香りに包まれていました。

「でも、お掃除大変かもね」

　しおりちゃんは北の空を見上げて微笑みました。
・・・
「ほっほっほっ」

　話を聞き終えた白い髭のおじいさんは、その髭をさすりながらゆったりと笑いました。

「女性に花を贈ったか、良い心がけじゃ、だがな、北風は凛々しい紳士でなければならん。いたずらは褒められんぞ。それからな、新しい王子にはその事を話すなよ、あいつは堅物じゃ、お仕置きを受けるかも知れんのでな」

「はーい、王様、もういたずらはしませーん」

　その約束が、守られるかどうかは保証の限りではありませんが、北風の子供たちは『北風』と書かれた看板の横の、重そうな木の扉の隙間をするりと抜けると、空高く舞い上がっていきました。

27・黄昏（たそがれ）の道（日はまた昇る）

町には泣き声が充満していました。まだあちこちで煙が昇っています。チロッチロッと真っ赤な炎がのぞいている家もありました。道には人が倒れています。足の無い人もいれば顔の砕けている人もいます。まだ苦しんでいる人もいました。ヒュルルル……、ヒュルル……という音が遠くから聞こえてきてその後、閃光に続いて大きな音が轟いてきました。たぶん隣町のあたりです。

戦争が起きました。はじめは小さな争いが次々と国を巻き込んでいき、やがては世界大戦にまで広がったのです。この国もその渦に巻き込まれました。戦火は山を焼き、野原を焼きこの町にもやってきて破壊と炎の限りを尽くし、後には悲しみと絶望を残していきました。それでも戦争は終わりませんでした。若者は軍隊に送られ足並みを揃えて戦場に向かいました。子供たちもある年齢になると軍隊へ送られました。戦争はもう何年も続いているのです、そして若者たちが帰ってくることはありません、子供たちにも未来はありませんでした。

・・・

商店街の入り口の広場に妖精たちが集まっていました。

「子供たちや、迷い人がこの通りに来なくなって何年になるかしら」

「恐ろしい事が起きて、それが人々の未来を奪ってしまったのよ」

「人々の未来が無くなれば私たちの世界も滅びてしまうの」

「ごらんよ、もう崩れかけているよ」

妖精たちの目は一斉に商店街の通りへ向けられました。あんなに綺麗に輝いて、訪れる人々に懐かしさと好奇心を与えていた虹を模したアーチも、薄汚れたままです。『とってもおいしい飲み物屋』や『落ち葉売ります』の看板も道に落ちて埃に埋もれています。ほとんどの店は壁が崩れかけて、中にはドアが取れかけた店もありました。窓ガラスも割れたところが目立ちますし、通り全体に寒々しい風が吹き抜けていて、そのたびに通りは色あせていきました。もうじき何もかもが崩れて、あとは風に飛ばされこの世界は消滅してしまうのです。

妖精たちは毎日毎日、店の掃除をしたり、ペンキを塗ったりしていたのですが、そんな事をしても無駄だったのです。人々が来なくなってからは何をしても美しい商店街には戻りませんでした。その事がわかってからは、毎日入り口の広場に集まって涙をこぼす日々でした。妖精たちにはこの世界を守る力はありませんでした。商店街を照らす太陽が大きく傾いていました。まさに黄昏の時です。夜になる事の無かったこの世界に、もうすぐ夜が訪れようとしているのでした。

「日が落ちる時が……」

「あとどのくらい持つのかしらね」

「…………」

誰も答えられず、長い沈黙が続きました。その時です。野を渡る静かな風に乗って、遠くの方から歌声が聞こえて来たのです。微かな、まだ微かな歌声です。
「誰か来るわ」
妖精の一人が立ち上がって野原の彼方を見つめました。まだ黒い点々にしか見えませんが大勢が並んで歩いてくるようです。段々に歌声が大きくなってきました。子供たちがやってきたのです。手に手を取り合って、歌いながら並んで歩いてきます。ケンジ君もいます、洋子ちゃんも、行くえ知れずから戻ったヒロ君の姿も、戦火の中に消えたはずの子供たちまでいるようです。翼くんも、由美ちゃんも、タカちゃんとノリちゃん、空に消えたノブちゃんの姿まで、子供のままの姿で、みんな口々に歌っていました。
『やさしさってなあに、夢を見るってどんなこと
あなたがボクに教えてくれた、あなたが私に教えてくれた
心の窓を開いてごらん、優しい風が吹き込んでくるよ
あなたが好きです、いくつになっても
私の心に灯りをくれた
ずっと昔になくしたもの、それが何かを教えてくれた』
「戦争は終わったのね……終わったのね」
妖精の誰かがつぶやきました。するとその声を合図に妖精たちも歌いだしました。

『恋をするってなあに、生きてく事ってどんなこと
あなたがボクに話してくれた、あなたが私に話してくれた
心の耳を傾けてごらん、ほんとの声が聞こえてくるよ
あなたに会いたい、いくつになっても
私の明日を開いてくれた
ずっと心で守ってくもの、それが何かを教えてくれた　』

歌声は大合唱となって、商店街に染み渡っていきました。そうです、通りに生気が蘇ってきました。歌声と共に吹いてきた風は柔らかに妖精たちを舞い上がらせたのです。

28・終章　アデュウ／adieu（二度と会えない別れ）

【七月・高原にて】

淡い青色のレースのカーテンの向こうには朝日を受けたばかりの高原が、ミルクを霧吹きでまいたような朝もやに包まれてたたずんでいました。カーテンを引くとまだ明るさに慣れきっていない私の目に何の断りも無く、光の矢が飛び込んできます。
『眩しいな』

白く塗られた格子型の窓をそっと押し開き朝の空気を胸いっぱいに深呼吸、こうすると抑えようのない懐かしさが胸の奥でうずくのです。それはもう遠い昔、そうずーっと昔の微かな記憶。

今ながめている高原はそこに息づく数知れない様々な生命と共に、目覚めたばかりの静けさに満たされています。私はその何かを待っているようなこの朝のひと時がとても好きなのです。朝露を光らせた高原を渡ってきた涼しい初夏の風がネグリジェの胸元のフリルを揺らしました。

『くすぐったい』

少しずつ薄れてきた朝もやの向こうに一面に咲き誇るうす紫の小さな花が見えています。つやのある薄い花びら、それは白い山の風の露と書くハクサンフウロ（白山風露）という花なのです。季節感のあまり無い都会で生活している私は、毎年ハクサンフウロの咲く頃にこの高原のコテージにやって来て、そしてこうして窓から眺めます。こうしていると一年間分のイヤだった事、悲しかった事が何もかも胸の中からすーっと青空の中に溶け出してしまい、その後の空間に新鮮な何物かが入り込んでくるのを感じるのです。それは何かと言われてもうまくは言えません。でも例えるなら白い風、まだ何色にも染まっていない幼い子供の心を満たしているようなものかな。日がだいぶ高くなってきました。私の他には誰もいないコテージ、白いTシャツとスリムジーンズ、スニーカーに着替えるとコーヒーを入れてベランダへ、テーブルの上にはクロワッサンと、昨日麓のバス停の前で買ったブルーベリージャム、結んでいた髪をほどくと一瞬の風にサッと広がりました。

「気持ち良いなあ」

胸の奥でまた懐かしい微かな記憶がうずきました。

あれはまだ小さな女の子だった頃、私はハクサンフウロの刺繍のあるうす紫のテーブルクロスを持っていました。あれは誰かにもらった物だったか、いまではもうはっきりと思い出す事が出来ないのです。途切れ途切れの記憶を少しずつ手繰る、砂に埋もれてしまったベネチアングラスを探すように、乱暴に探し回って欠いてしまったらもう二度と思い出す事が出来ない、そんな不安定な記憶、でも、私にとってはかけがえの無いとっても大切な事のように思うのです。不思議な商店街、レストラン、魔法のテーブルクロス……。

「今年はどこまで思い出すことが出来るかしら」

飲み終えた二杯目のコーヒーカップをテーブルに置くと黄色いリボンのついた白い夏帽子に手を伸ばし、水筒とサンドウィッチを詰めた小さなザックを肩にそのまま高原の奥へ向かう道を歩き始めました。

小さい頃、父が事業に失敗し私の家は貧しかった。その日の食べ物にも困るような日もあったくらい。そんな時期だった、あのテーブルクロスをもらったのは、何処でだったろう、誰だったんだろう、思い出せない、でもきれいな女の人だった。

「これをあなたにあげる、これは魔法のテーブルクロスなの、食べたい物と呪文を唱えるとこの上に出てくるのよ」

「どうしてあたしにくれるの」

「それはね、私にあなたが見えて、あなたに私が見えるからよ」

うす紫色の不思議な人。うすい緑のワンピースを着ていたように思うけれど、肌も、長い髪も、濃淡はあってもみんなうす紫色に見えていた。

「この魔法は本当に困った時にしか使ってはいけませんよ、このテーブルクロスの魔法はね、他人の幸せをほんの少し分けてもらうだけなの、でも気にしなくていいわ、少しくらい幸せを分けても困らない人たちから分けてもらうんだから」

そう言われ、でも何となく不安な気持ちがぬぐえず、うす紫色の不思議な人を見上げてたずねた。

「おねえさんは誰、名前は何て言うの？」

その人は私の気持ちを察したのか、ゆっくりとひざを折ると私に目線を合わせてくれた、その瞳はやっぱりうす紫色だった。

「私は妖精、名前は……アデュウって言うのよ」

やっぱりすべてを思い出せない、確かそんないきさつだったと思う、それにあのテーブルクロスをもらう前に何か出来事があった、その記憶もはっきり思い出せない、何か怖い体験をしたようにも思う。
・・・
危ないから一人の時にストーブを点けてはダメよ。そう言われ冷え切ったアパートの部屋で働きに出ている父と母の帰りを待っていた。二人はなかなか帰ってこない。寒いしお腹が減った。そんな時、窓から向かいのレストランのテーブルに焼きたてのステーキが運ばれてきたのが見えた。テーブルに着いているのはお金持ちそうな老夫婦。私はうす紫のテーブルクロスを取り出してステーキが食べたいと呪文を唱えた。あっという間にテーブルクロスの上には湯気を立てているステーキが現れた、でも、レストランのテーブルからは料理が消えて老夫婦はキョロキョロと辺りを見回していた。私はその時わけもなく悲しくなり、止まる事を忘れた目覚まし時計のように泣き続け、気づいた時にはテーブルクロスを引き裂いてしまっていた。

『そうだわ、私はあの後あのテーブルクロスをどうしたんだろう』

途中、サンドウィッチを食べながらも色々な思いに心を馳せ、時々歩き疲れて熱く火照った足を草原に投げ出して空を見上げました。何度目かの休憩の時、足元に目を落とすと一輪のハクサンフウロが私のくるぶしをくすぐっていました。ベランダから遠くに見えていた山並みが直ぐ近くに迫っています。

「いつの間にこんな遠くまで来てしまったのかしら」

私はもと来た道をもどり始めました。それにしてもあのテーブルクロスをどうしたんだろう、どうしても思い出せません、いいえそれどころか本当にそんな事があったのかどうか、もしかすると夢だったのかも知れない。だってそんな不思議な事があるわけないもの、でも……夢だったとしても、本当だったとしても私にとっては大切な思い出。

『他人の幸せをほんの少し分けてもらうだけ』

あの言葉は私の胸に残った、そして私はいつもあの言葉に反発して生きてきた気がする、なんでかしら、だから今の私があるようにも思う。うす紫のあの女の人はアデュウと名乗った、それって確かフランス語で二度と会えないサヨナラの時に使う言葉。偶然かも知れないけれど、でももしそうだとすると、あの人にはもう二度と会う事が出来ないという事なのかも知れない。

前方に夕日に染まったコテージが見えて来ました。もう直ぐ日が沈みます。私はベランダの椅子に腰掛けて夕焼けに燃える高原を見つめました。やっぱり私はずーっと昔ここへ来た事がある、いいえ、正確にこの場所ではないかも知れない、でも確かにハクサンフウロの咲く場所だった、そう思ったときハッとして思わず立ち上がりました。遠くの方にあの女の人が見えたのです。確かめようと瞬きした後にはもう姿は見えませんでした。見えたような気がしただけかも知れません。あの人はアデュウと名乗ったのだから。今の私にはもう見る事の出来ない世界を一瞬垣間見たような気持ちにもなりました。小さかった頃、ハクサンフウロの咲く所で道に迷った……不思議な商店街、やっぱりその辺の記憶がつながらないのです。この続きを思い出すのはまたにしよう、休暇は明日で終わり。私はまた、都会の喧騒の中へ帰っていかなければなりません、私の帰りを待っていてくれる人がいるから。今度来るのは来年の今頃、ハクサンフウロの花が咲いたら、その時は一人じゃなくて二人で来るかも知れない、そんな事をぼんやり思いました。

【三月・丘にて】

「もうすっかり春ね」

そう言って彼に微笑みかけました。三月の房総半島、ここは彼の故郷なのです。私たちは今、小高い丘の上に腰を下ろして直ぐ下に広がっている菜の花畑を眺めていたのです。その向こうには白い砂浜、そして大きな弧を描く水平線。海はガラスの破片をちりばめたようにキラキラと輝いていました。

「この辺りの春は特別早いんだ」

彼の横顔に遠くの海が重なってちょっと眩しい、風が途切れると少し汗ばむくらいの陽気。私はコットンのカーディガンを脱いで膝の上でたたみました。彼とお揃いの黄色いポロシャツ、半そでの腕に空気が流れるのがとても新鮮に感じられます。

『去年の秋以来だもの、半そでのシャツは』

そんな事を感じていました。

「菜の花みたいだよ」

「どっちがきれい」

「そりゃ菜の花さ」

彼が白い歯を見せて笑いました。

「ねえ、ここがケンジの何時も話してた菜の花畑なんでしょう」

「うん、こうして菜の花を眺めていると遙か昔の事をぼんやり思い出すんだ、この菜の花畑で何かがあった」

「何かって」

「わからない、でもボクにとってとても大切な事だった気がする、気がするだけなんだけど」

「私もそんなふうに感じるところがあるのよ」

「ハクサンフウロの咲く高原のことかい」

「あ・た・り」

目を閉じて上を向くと日差しを感じてまぶたが温かい、眠ってしまいそう。彼と私、どことなく似てる。そんな事をぼんやりと思う。

「七月になってあの花が咲いたら高原のコテージに行けるかしら」

「ボクも行ってみたいと思ってたんだ」

沖を走っている貨物船が汽笛を鳴らしました。胸の奥に染み渡るような響き。

「もう一度あの頃に戻ってみたいなあ、少年の頃にさ」

彼が腕を頭の後ろに組んで草の上にごろんと転がりました。

「でも私はなんだか怖い気もする、もう一度やり直したらケンジには出会えないかも知れない」

「そうだね、ボクたちには未来がある」

「そうね、大切なのは私たちは、今ここに居るって事ね。過去はどうしても思い出さなくちゃいけないってわけではないし、私も高原のコテージでは昔の事を思い出そうとしてきたけれど、でも、もういいかな、今からは前だけを見てればいい」

　私は彼を見つめ、

『そう思えてきたの、ケンジと出会ってからは』

　その言葉は口にはせずに飲み込みました。ケンジは何度かうなずくと、顔だけこちらに向けてつぶやきました。

「君の横顔に光る海が重なってる……とってもきれいだ」

　彼は照れ隠しに、いつもそんな言い方をする、ひねくれもの。

「少年の頃のボクと今のボク、どっちがいい」

　私はわざと考え込むようにして。

「今の方かな」

「ボクも……今の君が好きさ」

　彼がまぶたを閉じるのを見た時、

「思い出に……アデュウ」

　私は思わずそうつぶやいていました。

「ん……何か……言った」

　ケンジの、寝言みたいなとぼけた声。

「ううん、何でもない、あっほら、あそこにモンシロチョウ……」

もう返事は無かった、遠く波の音、そして微かな彼の寝息。

おしまい

あとがき

二つのお話とも、最初に書いたのは三十年以上前の事です。当時、立原えりか先生の書くファンタジー物語を好んで読んでいました。それらの本は今でも私の本棚の一等地を占めています。その世界観は妙に懐かしく、その世界に入り込むと、幼い頃に感じていたわくわく心を彷彿とさせる心地良さがあったからだと、今では思っています。

そんな立原えりか先生に憧れて、まねごとを始めたのが最初でした。そのうち何故そんなに魅かれるのかと考えた時、そこで思い至ったのは誰もが少年少女の頃に持っていた、うまく言葉には出来ないけれど、何か無意識な大事な心を、いつまでも忘れずにいたいという自分の中にある思いだと気が付きました。ならばそれを書き残そうと思った次第です。

しかしながら、立原先生のような才能も実力も有りませんでしたので、何度か公募に挑戦したことはありましたが日の目は見ませんでした。元々、作家と言われる方々は、例えるならその創作力は、時速３００㎞は出るスーパーカーで、時速１００㎞で走るくらいの力量の余裕を持ってお書きになっているのだと思えるのです、だからこそ次から次へと物語を生み出すことが出来るのだと、しかし私の場合は精一杯でも時速90㎞の性能なのに、お尻を叩いて無理をして１００㎞で巡行しているポンコツ車のようなものだと内心しみじみ感じてしまいました。所詮勝負にならなかったという事だと思います。諦めて一旦封印しましたが、思い出したように時々書き足したりもしていたのですが月日は流れてしまいました。

最近、サラリーマンとしての第一線を離れた事で、時間に余裕が出来た事もあり、未練の残っていた、昔書いたお話をもう一度手にとり、加筆修正を行い、縁あってこの度、文芸社さんから出版させていただく事が出来ました。

今このあとがきに目を通してくださっている方は、この本を手に取ってくれた方と思いますので、あらためてお礼を申し上げたいと思います。また出版にあたり、ご助力をいただいた文芸社の方々にも謹んでお礼申し上げます。

著者プロフィール

北村 誠（きたむら まこと）

埼玉県浦和市（現さいたま市）出身。
東海大学工学部卒。
温泉とお酒に目が無いおじさん。何時の日にか、クルーズ船での世界旅行が夢。
群馬県桐生市在住。

鏡の色は何色／メルヘンストリート

2021年７月15日　初版第１刷発行

著　者　北村 誠
発行者　瓜谷 綱延
発行所　株式会社文芸社
〒160-0022　東京都新宿区新宿１－10－１
電話　03-5369-3060（代表）
03-5369-2299（販売）

印刷所　株式会社暁印刷

ISBN978-4-286-22687-3